十一屋翠
ill.ファルまろ

CONTENTS

第1話　魔王、封印されたフリして死んだフリをするのじゃ

「覚悟しろ魔王!!」

「ふははははっ!!　わらわを倒そうなど一〇〇年早いわ小童どもめ!!」

古来より、人族とわらわ達魔族は戦い続けておった。

だがそれは善と悪の戦いではなく、単純にその世界に暮らす住人同士の戦いであった。

そう、ただ利益を求めて異種族同士が戦っていただけなのじゃ。

だがいつからか人族は自分達こそ正義で魔族は邪悪と言い出し始めた。

そしてわらわ達に対し、勇者と言う刺客を差し向けてくるようになったのじゃ……が。

「どうした勇者達よ。お主達の力はその程度か？」

「うわぁぁぁぁっ!!」

わらわの小手調べであっさりと勇者が吹っ飛んだ。

うわぁ、この勇者クッソ弱いのう。

だが弱いのは勇者だけではない。

「おのれ卑劣な！　正々堂々と戦ぐわぁぁぁぁっ!!」

「神よ！　我等にご加護を！　邪悪な者の力を神の威光の下に抑え込みたまえ！　ホーリージャッジメきゃぁぁぁぁぁ!!」

王国近衛騎士筆頭と聖女が余波で吹っ飛んだ。

というかわらわ、さっきから搦手無しで相手しておるんじゃが。

あと聖女、お前が使った魔法はただのデバフ魔法じゃぞ？

魔法の発動キーである術式名を仰々しくしておるだけで、後はただ無暗に派手に光っておるだけで
わらわ達魔族が使うデバフ魔法と効果は同じじゃからな？

「くっ、人々の苦しみの感情を己の力に変える邪法を使うなど、恥ずかしくはないのですか‼」

と聖女が悲壮な眼差しでわらわを非難してくるが、そんな事実は全く以ってない。

本当にそんな術式は存在しないのじゃ。というかなんじゃそのフワフワした理屈の術式は？

何故人が苦しんだらわらわの力が増すのじゃ？

多少なりとも魔法を学んだことがある者なら、いくらなんでもそんな荒唐無稽な術式など無理にも
程があると分かろうものであろうに。

まぁこやつ等はただ光るだけのデバフ魔法を神の奇跡とありがたがるボンクラ共じゃ。

だろうこそ勇者達、いや人間達は心からわらわを悪だと信じる事が出来るのじゃ。

「卑劣な！　貴様の所為でどれだけの数の民が苦しんでいると思っているのだ！」

前衛で剣を振るっていた騎士が叫ぶも、わらわにはそれがマッチポンプにしか見えなんだ。

と言うかじゃの、本当にマッチポンプなのじゃが。

お主等の民が苦しむ理由は、お主等貴族の汚職と増税と強制徴兵と略奪が原因ではないか。

人族の国は我等魔族との侵略に対抗する為と言う名目で税を増やし、略奪も緊急的な徴収の名目で

行ってきおった。

つまり人間達の国が疲弊しておる最大の原因は、貴族達の腐敗が原因なのじゃ。

正直我等魔族でもあそこまで悪辣な搾取はせぬぞ。

民を絞り過ぎては経済が麻痺してしまうからのう。

まぁそれを言ったところで貴族と宗教に洗脳された連中は信じようともせんのじゃが。

事実数代前の勇者まではわらわも人間国の問題を親切に指摘してやっていたのじゃ。

じゃが自分達が善、魔族を悪と教えられてきた彼等は、わらわの指摘を自分達を騙す為の欺瞞と断じて話を聞こうともしなかったのじゃ。

たまーに話を聞くだけの頭がある者がおったが、そういうまともな連中は裏切り者扱いされるか都合が悪いとして暗殺されたのじゃよなぁ。

とまぁそんな理由があってわらわは勇者達の説得を諦めた。

などと戦闘中にもかかわらずわらわがこんな事を悠長に考えていられたのも、勇者達がクッソ弱いからじゃった。

「くそっ！　あんなに小さいのになんであんなに強いんだ！」

「大人の色気の欠片も無いくせに偉そうにしおって！」

「清く正しい生活をしないからその様なみすぼらしい見た目になるのですよ！」

「やかましいわ！　特に聖女!!」

こやつ等クソ失礼じゃな！

わらわは発育不良なのではない！　魔力が強すぎる所為じゃ！

この世界の住人は魔力が強い者ほど長生きする。そしてそれは肉体の老化も同様じゃ。

人並外れて魔力の多いわらわは、それ故に成長もまた人並外れて遅くなってしまったのじゃ。

つまりわらわの肉体は実年齢よりも遥かに若いと言うことじゃ！　寧ろ羨むがよいわ聖女!!

ちゅーか術者ならその程度の事知っておって当然じゃぞ？

まぁ今の人族はこの程度の勇者達をわらわの相手にしようとする程弱体化しておる。

そう考えれば魔力が直接寿命に影響する事を忘れてしまったのも理解できんでもない。

いやホント弱いのじゃよ、こやつ等。歴代勇者の中でも最弱ではないかの？

まぁ人間の国はわらわ達魔族と戦争中にもかかわらず権力争いが続いておる所為で、まともな人材は前線送りにされて死ぬか暗殺されるか閑職に回されておるからのう。

お陰でわらわ達魔王軍としては楽に優位に立てるので大助かりなのじゃが。

とはいえ人族を全滅させるわけにもいかぬ。同様に圧勝してもいかん。

何せわらわが統治する魔王国は、荒事に特化し過ぎて平和な生活に馴染めない種族も少なくない。

だからこそ人族というガス抜きの出来る敵が必要なのであった。

そんな訳で人族を全滅させない為、わらわは人族との国境沿い近くに偽の魔王城を建築し、そこに勇者達をおびき寄せて決戦を行っておったのじゃよ。

本物の魔王城に勇者達を連れてきたら城内が戦闘で荒れて困るでの。

さて、今代の勇者達の実力はよくわかった。

こやつ等もわらわの実力は身に染みて分かったじゃろうし、適当なところで追い払うとするかの。

この程度の実力なら下手に殺すよりも生きて返した方が人間同士で揉めて時間がかせげる故な。

昨今の勇者の弱体化は本当に凄まじく、もはや勇者達の存在はわらわにとって人間達を妨害する為のコマも同然じゃった。

まぁそのくらいの利用価値でもないと勇者となんぞ戦っておれんからのぅ。

昔は本当にわらわ達魔王が直接相手をせんといかん難敵じゃったが、今では人間を滅ぼさんよう手加減する為に相手をせんといかんのじゃから面倒なものじゃて。

……いい加減一から勇者の相手をする役目の者を育ててもええかのう。

はぁ、早ぅ城に帰ってゆっくり休みたいものじゃ。

最近ちゃんとした休みを取っておらんし、勇者達を追い払ったら纏まった休みでもとるかのう。

出来れば宰相が仕事を持ってこんように誰も知らぬ秘湯にでも引きこもりたいところじゃの。

などと久々の休暇を夢想しておったら、勇者共が何やら奇妙な動きを見せた。

「くっ！　こうなったらアレを使うしかない！」

「あ、あれを使うのか⁉」

「あれは切り札ですよ⁉」

勇者の言葉に連中の空気が変わった事をわらわは感じ取る。

「ほう、何をする気じゃ？」

ほう、切り札とな。成る程、この程度の実力でわらわに戦いを挑んできた理由はそれか。

とはいえ、万が一と言う事もある。わらわは油断なく勇者達の行動を観察する。

過去には勇者達の切り札を侮って倒された魔王もおったからじゃ。

じゃが、この警戒と言う行為こそが、わらわにとって大きな油断であった。

そう、勇者達が、人族がここまで愚かな事をする筈はないと言う無意識の油断が。

「シュガー！　真聖結界だ!!」

「何？」

予想外の言葉に思わずわらわは虚を突かれてしまった。

「はい、勇者様！」

勇者が豪奢な装飾の施された剣を、そして聖女が清浄な気配を放つ杖を構える。

「おい、まさか……!?」

それこそは、神が地上の民に与えた神器。

その名は『真聖剣ガッドロウ』、そして『真聖杖テスカスタック』。

それを使った奥義などただ一つしかありえぬ。

二つの神器が内に蓄えた力を放出し始めた事で、わらわは最悪の予想が真実であると確信する。

「し、真聖結界じゃとぉぉぉぉぉ!?　しょ、正気か貴様等!?」

「ふっ、動揺したな魔王！　これこそがお前達邪悪を撃ち滅ぼす神の恩寵、真聖結界だっ!!」

「そ、そんな事を言っておるのではない！　それは……！」

「問答無用！　聖剣よ！　邪悪なる者を封じる光を！」

「悔い改めなさい！　聖杖よ！　邪悪なる者に懺悔の時をお与えるのです！」

警告を発しようとしたわらわの言葉を遮り、神聖剣と神聖杖が眩い輝きを放った。

「馬鹿なっっ⁉」

二重の光に包まれわらわは驚愕の声をあげる。

だがそれは勇者達の切り札に恐れをなしたからではない。わらわが驚いたのは、

「真聖結界をたかが魔王との戦いに使うじゃとっ⁉」

かつて、地上は邪神と呼ばれる一柱の神によって滅びの危機にあった。

邪神とは人や魔族のくくりを越えた地上の全ての命の敵。

その力は凄まじく、地上の民の力では手も足も出ない程に強大であった。

それゆえ地上の民は神に乞うた。自分達を助けて欲しいと。

その願いに応え、神々は神器を地上の民に与えた。それこそが勇者達の持つ剣であり杖じゃった。

これらの神器を使った奥義『真聖結界』によって見事邪神は封じられ、地上に平和が訪れた。

だがこの力にはある大きな代償が存在したのじゃ。

「いかん！　なんとしても阻止せねば！」

わらわは急ぎ封印から逃れようと魔力を全開にする。

「逃げようとしても無駄だ魔王！　神の力にお前ごときが逃げられる筈が無い！」

ぐぅ、い、いかん！　凄まじい力がわらわの力を封じてゆく。

光は幾重もの円環をわらわの周囲に生み出し、それらが交差して球形をなしてゆく。

そして光の球体となった円環の群れがわらわを押しつぶさんと圧縮していき、遂には目に見えない程に小さくなり、そして消滅した。

「……」

円環とわらわが姿を消した後も、勇者達は油断なく警戒を続けておった。

だが一向にわらわが姿を現さなかった事でようやく警戒を解いて大きく息を吐く。

「ま、魔王を倒したぞぉー！」

勇者達が歓声を上げて喜びを分かちあう。

「やりましたね勇者様！」

「ああ、シュガー！　君達のお陰だよ！」

「よし！　さっそく国王陛下に魔王討伐達成の報告をしに戻ろう！」

「まってくださいよ騎士様。まだこの城を探索してませんぜ」

とそこに、先ほどの戦いで姿が無かった男が姿を現す。

「ちっ、盗賊風情が私に意見するな」

喜色満面だった近衛騎士筆頭が途端に不機嫌になる。

男は盗賊ではなく、勇者一行の斥候役じゃ。

戦力として劣る為、戦闘中は気配を消して陰から勇者達の援護に徹していたのじゃ。

「まぁまぁ、そう言わずに。ここは魔王の城ですよ。ってこたぁここには世界中から盗まれた各国の財宝がある筈でさぁ」

「むっ、そうか……そうだな」

財宝と聞いて騎士の顔が欲深く歪む。明らかに城の財宝を懐に納める気満々の笑みじゃった。

わらわを倒して心が大きくなった勇者達は、欲深な顔を隠す事もなく略奪に向かったのであった。

うん？　何故封印されたわらわがそんな事を言えるのかじゃと？

それは当然、わらわは封印されておらんからじゃ。

勇者達が去った事を確認したわらわは、物陰から姿を現す。

「やれやれ、勇者達が未熟で助かったわい。本当に間に合ってよかったのじゃ」

というのも、真聖結界による封印を行うと、神器が内に貯め込んでいた膨大な力を全て消費してしまうのじゃ。それこそが真聖結界の代償。

そして邪神を封印した神器は次に邪神が復活する時まで長い時間をかけて力を蓄え直すのじゃ。

かように不便なのは、地上の民が神器の力を乱用せぬよう、神々がわざとそうしたのじゃろうな。

それゆえ地上の民は代々神器の真の力を邪神以外に使わぬようにと固く禁じられてきたのでじゃ。

「その神器の力をこのような所で使うとは……」

わらわは呆れ果てる。なにせ魔王とは邪悪な者ではない。地上の一種族の王でしかないのじゃ。

そんな相手に邪神を封じる力を使い切ってしまうなど正気の沙汰ではない。

「わらわを封じても、神器が力を取り戻す前に邪神が復活したら全てが台無しになるのじゃぞ」

ちなみに、そんな危機的状況でどうしてわらわが無事だったのかと言うと、真聖結界が発動した瞬間、転移魔法で隠し部屋に緊急避難したからじゃ。

完全に発動した真聖結界であればわらわが逃げる隙など無かったところじゃが、そこは勇者達が未熟であったおかげじゃな。

「何より神器の数が足りなかったからのう」

神々が地上の民に与えた神器の数は五つ。じゃが勇者達に用意出来たのはそのうち二つのみ。

その結果、真聖結界にはわらわが逃げるだけの隙間が空いておったのじゃ。

もっとも、わらわだから気付けたのであって、並の術者なら気付くことも出来ず封じられておったことじゃろう。

「発動こそ許してしまったものの、結界が完成しなかったお陰で神器の持つ全ての魔力を使わずに済んだようじゃな」

わらわは神器に残っておった魔力の波動から、最悪の事態だけは免れる事が出来たと安堵する。

「ともあれ、このままここに居ては勇者達と鉢合わせして今度こそ取り返しのつかんことになりかねん。一旦城に戻るとするかのう」

人族の予想外の暴挙に危険なものを感じたわらわは、本来の本拠地である魔王都に戻り急ぎ部下達と対策会議を開く事を決意するのじゃった。

第2話　魔王、裏切られたので長期休暇を取る事にするのじゃ

わらわが治める国、魔王国ガイラルの首都ガイラリアは魔大陸の中央、天然の要害と呼べる立地に

建てられた都市じゃ。

周辺を危険な土地に囲まれ、更に強力な魔物が徘徊する文字通りの魔都である。

ぶっちゃけ都市を建築するまではかなり面倒な土地であったが、後々まで民が安全に暮らす事を考えれば最適な立地じゃった。

事実侵略者がガイラリアを攻めるには、険しい地形や危険な魔物による天然の防備を越えてくる必要がある故、未だ負け知らずの要塞都市よ。

む？　そんな厄介な土地では流通に問題が起きるのではないか、とな？

うむ、その通りじゃな。じゃがそこは人族と違う我等魔族よ。

飛行能力のある種族や手懐けた大型の魔物を使って輸送を行うので問題はないのじゃ！

何よりわらわのような強力な魔族ならば、転移魔法を使って一瞬で遠方の地に移動できるのじゃ。

ん？　転移魔法が使えるなら襲撃されないかじゃと？　まぁその辺りの対策はしてあるわい。

そんな訳でわらわが転移魔法で自室に戻ってくると、それを察したメイド達がノックと共に室内へと入って来る。

「「「おかえりなさいませ魔王様」」」

「うむ。留守中変わりはなかったか？」

「いつも通りでございます」

「ならばよい」

わらわがソファーに腰掛けようとすると、副メイド長が待ったをかける。

「勇者との戦いで汚れてしまった事でしょう。お着替えを用意してございます」

見ればメイド達の手にはわらわの着替えが用意されておった。

「あー、傷も受けておらぬ故、着替えは良い。これから会議があるからの」

「そんな！　戦闘で汗をかいたままで人前に出るのですか⁉」

「埃もついております。どうか、どうかお着替えを‼」

メイド達が必死の形相でわらわに着替えをしろと詰め寄って来る。

正直汗もとくにかいておらぬし、なんなら自分に清掃魔法を使えば一瞬で汚れは落ちるのじゃが
……それを言うとこやつ等あからさまに悲しむんじゃよな。自分の仕事が無くなるとか抜かして。

「分かった分かった。予備の服を用意せい。それに着替える」

「「「畏まりました‼」」」

メイド達が嬉々とした顔に切り替わってわらわの服を脱がせに掛かる。

そして体を濡れタオルで拭き、清掃魔法をかける。濡れタオルで拭いた意味あるのかのう？

次いで下着を替えられ、メイドが脱いだ下着と服の匂いを嗅ぐ。

いや待て、今変な光景が見えなんだか？

じゃが視線を戻した先には何事も無かったかのように脱いだ服を畳むメイド達。

……幻覚か？

そのままわらわは成されるがままに服を着せられてゆく。

「終わりましてございます。今日のワンポイントはチャーミングなリボンでございます」

「うむ。ところでリーメイアは？」

わらわはいつも居る筈の側近の顔が無い事をメイドに尋ねる。

「メイド長は魔王様の新しいドレスを受け取りに行っております」

「ああ、パーティ用のヤツか」

成程、あ奴が珍しく留守にしているのはそれが理由か。

けど、わらわドレスとか興味ないんじゃがのう。どうせ公的な場には魔王の衣装で出るし、防御力の低いドレスとか着る気もおきんのじゃがなぁ。

「メイド長、今度のドレスはかなり防御力があるからご安心くださいと仰っていましたよ」

「おお、そうかそうか」

まぁどのみち箪笥の肥やしになるんじゃろなぁ……メイド達の着せ替え人形にされた後で……うう、勇者との戦闘よりもそっちの方が面倒なんじゃが。

「それでは失礼いたします」

着替えを終えると、何故か満面の笑みで余の服を抱きかかえながら退室するメイド達。

何で顔に押し付けながら出て行くんじゃろなぁ……あれで前見えるんかのう？

ともあれ着替えを終えたわらわは通信魔法で宰相を呼ぶ。

するとそう時間もおかずに部屋の扉がノックされた。

「入れ」

「失礼いたします。魔王様。勇者との戦いは終わったのですか？」

入って来たのはわらわに仕える家臣の一人、ヒルデガルド宰相じゃった。

ヒルデガルドは先代から跡を継いだ家臣であり、わらわが留守の際には魔王国の切り盛りも担当出来る才媛なのじゃ。ちと結果を求めすぎるきらいはあるがの。

あと見た目がナイスバディでバインバインな出来る女風なのじゃ。

ちょっぴりくたびれた感じもしてるがの。

「……」

「ま、魔王様？　どうなさいましたか？」

わらわの眼差しにヒルデガルドが後ずさる。

いや別にそのデカい胸に嫉妬なぞしておらんよ？　わらわ魔王じゃし。嫉妬なぞしておらんよ？

「いやの、それが厄介なことになったのじゃ」

「魔王様程のお方が厄介、ですか？」

魔王であるわらわの口からそのような言葉が出た事に驚くヒルデガルド。

そして勇者達との戦いの一部始終を聞き、信じられないものを聞いたと驚愕に目を見開く。

「と言う訳で人間達は事もあろうに真聖結界を使ってきたのじゃ」

「な、何という……っ⁉　神器を種族間の戦いなどで使うなど！」

流石に人間と違って神器の重要性を理解しておるヒルデガルドは、勇者達の異常な行動に動揺を隠せなかったようじゃった。

「全くじゃ。お陰で脱出には手間がかかったぞ」

「そ、それにしても真聖結界を受けてよくご無事でしたね……」

「ひとえに勇者達が未熟だったお陰じゃな。でなければ今ごろは為す術もなく封じられておったじゃろうて。まぁ神器の数が足りなかった事もあるがの」

「ううむ、人族達は何を考えているのでしょうか？　この様な話が他国に知られれば他種族も黙ってはいないでしょうに」

　ヒルデガルドの言う通りじゃ。

　そもそも神器とは神が地上の民の為に与えた物であり、人族だけのものではないのじゃ。

　たまたま今代は人族が神器の適応者として選ばれただけであって、他種族が神器の適応者になる事も普通にあるのじゃがのう。

「となると、魔王様を封印したと勘違いした人間達の反応を見るべきでしょうな。そしてその行動を見て他種族と連携を取るべきでしょう」

「いや、それでは後手が過ぎる。すぐに幹部達を招集し会議を行う。同時に他種族との交渉の為の使者を出せ！」

「……はっ！」

「皆が集まるまでわらわは休息をとる。会議の準備が始まったら呼びに来い」

「畏まりました。それではごゆっくりお休みください。魔王様」

「うむ、任せた」

　戦闘よりも勇者達の愚行で受けた心労を癒すようにソファーに沈み込んだわらわは、それ故に去り際のヒルデガルドが浮かべた邪悪な笑みに気付けなかったのじゃった。

「……ふぅ」

ソファに沈み込んだわらわは天井を見つめれば、思わず気だるい声が漏れる。

「……面倒じゃのう」

それはこれより先に起こるであろう戦乱を憂う王としての懸念……などではなく、ただただ面倒くさいという感情であった。

「あぁ～、一体人間共は何を考えておるんじゃ！　たかが魔王との戦いで世界の命運を握る神器を出すとか馬鹿ではないのか!?」

本当に面倒な事になりおった。

正直言ってこれ、わらわ達魔族だけで何とか出来る問題ではないぞ!?

「どうせ人間共の事じゃから権力欲と自己承認欲求にトチ狂って『自分達は神に選ばれた特別な存在なのだ！』とか言い出したんじゃろうなぁ。そもそもあ奴等、神器の適合者を独占する為に前任者が死んだ後も他種族に神器を見せないようにしだしたしのぅ」

人種族の神器独占は複数種族の間で問題視されていた事じゃったが、まさかそれがこのような最悪の形で表出する事になるとは流石のわらわも予想外だったのじゃ。

「あー、どうせどの種族もこんな事を二度と起こさん為に、神器を自分の国に置くべきじゃとか言い出して揉めるんじゃろうなぁ」

考えるだけで頭が痛くなるわ。

確かに短命の種族にとっては自分達の種族から神器の適合者が出る事は人生で一度あるかないかの大事件なんじゃろうが、わらわ達のような長寿種族の場合は割と何度も見る光景なんじゃよなぁ。

だからこそエルフなんぞは神器の継承とか面倒事しかないと放置しておけるんじゃが……

「ああ、早く後継者に全て任せたいのぅ……でもなぁ、まだ育ちきってないんじゃよなぁ」

わらわも魔王として自分の後を継ぐ後継者候補達の育成をしておるが、いかんせん長寿種族である魔族は人種族のような短命種族に比べて成長が遅い傾向にある。

この辺りは寿命が長いが故の気の長さが原因なんじゃよなぁ。

ちゅー訳でわらわの後継者として相応しいモノが育つまでにはまだまだ時間がかかる。

代わりに一度即位してしまえば長寿種族の王はかなり長い期間在位し続けるのじゃがな。

「早く後継者候補達を育てて魔王の座を引退したいのじゃー」

そもそもわらわ、なりたくて魔王になった訳ではないのじゃ！

ちょっとばかし人より面倒見が良かった所為でいつの間にか周りの連中によって王に祭りあげられてしまったんじゃよなぁ。

そしてちょっかいかけてくる連中を返り討ちにし続けておったら、いつの間にか先代の魔王をぶっ飛ばしておった。

そんで気が付けば新しい魔王よ。

ちゅーか先代弱すぎじゃろ。倒した事にも気付けんとか。

「はー、早く若い連中が育たんかのー。あ奴等図体だけなら育ちきっておるんじゃがのぅ」

そんな事を考えながらソファーの上でゴロゴロしておると、扉がノックされる。

「魔王様、ヒルデガルド宰相様より準備が整ったとの事です」

「うむ、分かった。すぐに行く」

準備が整ったと聞いたわらわは直ぐにソファから立ち上がると身を整える。

「む?」

しかし部屋を出る直前にわらわは不穏な気配を察する。

具体的には殺気を感じたのじゃ。

わらわの地位を狙う者が刺客を寄こしたか？　随分久しぶりの事じゃの。勇者との戦いの後ならわらわが消耗していると判断したと言うところか。

随分と甘い目算じゃな。それに壁の向こうから殺気を放つなど未熟にも程がある。

わらわは自分の命を狙う刺客が外に居る事を察しつつも、ためらうことなく扉を開く。

そして部屋の外に出た瞬間、扉の取っ手側から刺客が黒塗りの短剣を突きだしてきた。

「死ねぇ!!」

襲ってきたのは豪奢な鎧を身にまとった騎士じゃった。

それはこの国の近衛兵の鎧であり、間違っても主であるわらわを襲うはずのない存在じゃ。

近衛兵？　いや中身は違うな。わらわの部下に毒殺を目論む騎士などおらぬ。

わらわは至近距離で襲ってきた近衛兵の攻撃を回避しつつ、魔力の波長からその中身が自分の部下でないと察する。

更に体をわずかに動かして、魔力を纏った手刀で騎士の意識を刈り取る。

「ぐわぁっ!!」

刺客を倒したわらわじゃったが、そのまま油断することなく体を捻ると背後から迫って来ていた第二の刺客を迎え撃つ。

「……っ!?」

まさか自分の奇襲がバレていたとは思わず、刺客が驚きに眼を見開く。

「甘いのぅ」

そして紙一重で毒の短剣を回避すると、拳を突きだし頑強な鎧ごと胸を打ち抜いた。

見た目が幼な……小柄だと侮るでないぞ。魔族の実力は見た目では分からぬのじゃからな。

「がはっ!?」

「囮役がわざと殺気を隠さぬ事で本命から注意を逸らすのは悪くなかったぞ。だが肝心のお主が殺気を隠し切れておらんかったのは減点じゃの」

「馬鹿な……」

そう、わらわが未熟者と判断したのは、本命の刺客の方だったのじゃ。

まぁそれでも一流と言って差支えのない実力ではあったの。生憎わらわには届かんかったが。

「やれやれ、失敗してしまいましたか」

聞き覚えのある声にわらわが振り向くと、そこには部下を引き連れたヒルデガルドの姿があった。

「わらわは幹部達を呼べと言った筈じゃが？　このような者達を呼べとは命じておらぬぞ」

ふむ、見覚えのない連中じゃと思ったら、ヒルデガルドの手の者か。

「ふっふっふ、呼びましたとも。ただし議題の内容は勇者についてではなく、魔王陛下の後継者を決める為の会議ですけれどね」

「何のつもりじゃヒルデガルド？」

ヒルデガルドに問うたが、実のところコヤツが何を目論んでいるのか凡そ見当が付いておった。

「お分かりになりませんか？　下克上ですよ」

「下克上じゃと？　正気か？」

やはりか。こやつはわらわの地位を狙っておったからのぅ。

ヒルデガルドは上手く周囲に隠していたつもりじゃったが、狙われている本人であるわらわからするとその隠蔽ぶりは完璧であるがゆえに不自然さを感じたのじゃ。

元々魔族はこの力を尊ぶ傾向にある。

その為、例え王の言葉と言えど、気に入らない命令にはどうしても他種族よりも不満を生じさせてしまうのじゃ。

じゃがヒルデガルドにはそれが無かった。

わらわに心酔する者達ならわらわの言う事はすべて正しい、そこには自分の考えの及ばぬ意図があると深読みする者もおるが、コヤツはそうではない。ちゃんとこちらの意図を酌もうとする。

じゃからこそわらわは彼の叛意を察する事が出来たのじゃ。

「寧ろその言葉は貴方にお返ししましょう。魔王ともあろうお方が勇者に敗北して逃げ帰って来るとは恥ずかしくないのですか？」

「じゃからそれは事情を話し……」

「黙りなさい！　魔王とは魔国の力の象徴！　それが他国の者に負けて逃げかえったなどと、勇猛果敢で知られる我等が国民に言える訳がなかろう！　貴様はもはや魔王にあらず！　この王冠、捨てて貰いましょうか!!」

ヒルデガルドめ、どういうつもりじゃ？

ヒルデガルドの叛意は分かっていたものの、鋼の理性で慎重を期してきたコヤツがわらわを襲う理由が分からなかったのじゃ。

「本気でわらわに歯向かうつもりか？　わらわは最強の名と共にこの国の頂点に立つ魔王じゃぞ？」

わらわは言葉に魔力を込めて騎士達を威圧する。

「「「ううっ!?」」」

その迫力に圧倒された騎士達は思わず後ずさる。

そう、魔王は圧倒的な力の持ち主がなるもの。

それこそただの威圧で歴戦の戦士達が圧倒されるほどに。

だからこそヒルデガルドの強気な態度は不自然であった。

「ハ、ハッタリです！　魔王は勇者の真聖結界で力の大部分を封じられている！　かつての力はありませんっ！」

ああ成る程、そういう事か。ヒルデガルドめ、わらわが神聖結界からの脱出に魔力を消耗させた事を、真聖結界を受けて力を封印されたと勘違いしたのじゃな。

そこに至ってわらわはようやくヒルデガルドが叛意に至った理由を理解した。

確かに魔王が大きく力を減じさせているなら、一世一代の大博打に出る理由も分からんでもない。

何しろもし勇者が倒されたら折角封じられたわらわの圧倒的な力が蘇ってしまうかもしれんのじゃからな。

ならば先に弱体化したわらわを倒してから勇者を始末するのが理想的な展開じゃ。

しかしそれは勘違いも甚だしかった。

わらわは力を封じられたわけではなくただ単に消耗しただけだったのじゃ。

そして先ほどまでの休息で消費した魔力の大半は回復しておる。

わらわ程の使い手ともなれば、短時間で膨大な魔力を回復させる術にも長けているのじゃよ。

でなければ神の如き力を持つと言われる魔神龍と一週間も全力で戦い続ける事など出来んわい。

「殺せ！　勇者に恐れをなして逃げかえるような臆病者に魔王の資格はない!!」

やれやれ、随分と好き勝手言ってくれるのぅ。

呆れつつもわらわはヒルデガルド達を戦闘不能にするべく魔法の構築を行っていたが、そこでふと妙案を思いつく。

待てよ？　これは使えるかもしれん。

わらわは攻撃を回避しつつ、すぐさま弱い魔法の構築に切り替える。

このままヒルデガルドに倒されたフリをすれば、わらわがこの国の運営をする必要が無くなる。そうなれば人間達は見事魔王の封印に成功したと信じるじゃろう。

わらわと違ってヒルデガルドは臆病じゃ。

ならばこの状況を利用して人間達との間に休戦協定を結び、十分な戦力が整うまでは人族との戦いを再開させせようとせんじゃろう。

同時に勇者達も消耗した力を補充させるべく神器を休ませる筈じゃ。

わらわは攻撃を回避しつつ、無意識に笑みを浮かべる。

「な、何だコイツ!?　何でこの状況で笑えるんだ!?　不利なのはそっちなんだぞ!?」

その光景にヒルデガルドの部下達は、威圧された訳でもないのに身を震わせる。

何より！　数百年ぶりに纏まった休みを取れるのじゃ!!

そう、魔王に就任して以来、わらわは纏まった休みを取っておらなんだ。

だってどいつもこいつもバトル脳で政治や統治が苦手なんじゃもん！

「はぁぁぁぁ!!」

わらわはヒルデガルドの部下達を魔法と剣で薙ぎ払いながら正面のヒルデガルドに迫る。

「ひ、ひぃぃぃっ!!」

ヒルデガルドの情けない悲鳴を聞いてわらわは我に返る。

いかんいかん、久しぶりに休みを取れると思ってつい興奮してしまった！　ここは落ち着いて。

「ぐぅっ!!」

最後の壁を突破する直前で、わらわはうめき声をあげてバランスを崩す。

「っ!?　今だ！　やれっ!!」

奇跡的に生まれた隙に指揮官が号令と共に剣を振るう。

「ぐわぁぁぁぁぁ!!」

わらわは雄叫びのような悲鳴を上げて大げさに仰け反ると、まだ倒れ切っておらなんだヒルデガルドの部下達にぶつかる。

そして彼等の肉を抉ってその血を隊長の剣と自分の服に飛ばすと、よろける振りをしつつ壁際までよると、そのまま窓を割って真っ逆さまに地上目掛けて落下したのじゃった。

決まった！　渾身の倒されたフリ！　これで後の事はヒルデガルドに押し付ける事が出来るぞ!!

「なぁ、何か今のわざとらしくなかったか？」

気の所為じゃ気の所為！　気にするでない！

わらわは翼をはためかせると、わざとふらつきながら滑空する。

そんなわらわの周りを何発もの攻撃魔法が横切る。

じゃが魔力の流れを鋭敏に察知できるわらわには目で見ずとも魔法がどのような軌道を描いて襲ってくるのかはっきりと分かるのじゃ。

そして翼の制御が上手くいかないふりをしながらこっそり攻撃を回避する。

「ええい、何をしているのです！　相手は死に体なのですよ！　さっさと当てなさい！」

「「「は、はいいっ!!」」」

ヒルデガルドの苛立つ声が聞こえてくると、魔法攻撃が一段と激しくなる。。

じゃが遅かったの。すでにわらわは目的の場所にたどり着いたのじゃ。

そこは王都の傍に流れる大河。

重要な水源である大河の中央に差し掛かったところで、わらわはわざとヒルデガルドの手下達が放った魔法を喰らった。

無論体表に発動させた魔法障壁でダメージゼロじゃがな。

「ぎゃぁぁぁぁぁぁぁ!!」

わらわは力尽きたふりをして大河の中でも最も流れの速い場所へと落下し、即座に水中呼吸の魔法と水中移動の魔法を発動させて川底まで沈むと、そのまま水の流れに流されてゆくのじゃった。

よーし、完璧な撃墜っぷりじゃ！　これでヒルデガルドもわらわを倒したと思ったじゃろうて！

宰相SIDE

魔王が大河に沈む光景を見ていたヒルデガルドは魔王の捜索を命じる。

「死体を探しなさい！　誰にも魔王の死体を見られぬようにするのです！」

「はっ!!」

部下達が翼を広げて飛び出した後、ヒルデガルドは再び魔王が沈んだ場所を見つめる。

「く、くくくっ！　これで私が次の魔王よ‼　ようやくだわ。ようやく私の理想の魔王国の運営が出来るようになる！」

その目は既に魔王を見てはおらず、自分が生み出す栄光の未来を映していた。

ヒルデガルド宰相は残っていた部下達に告げる。

「お前達、これまで秘密裏に行ってきた計画を本格的に実行に移します」

「おお！　遂にですか！」

ヒルデガルドの指示に、部下達が色めき立つ。

「ええ、遂にです。これまでは保守的な魔王の眼を逃れる為に小規模な実験しか出来ませんでしたが、これからは大々的に実験を行えます。我等魔族が世界を支配する為の計画をね」

「「「ははーっ！」」」

「くくっ、あの世で見ていなさい魔王！　古臭いお前が居なくなった世界を私が統一する姿を！」

魔王が生きている事も知らず彼女を殺したと思い込んだヒルデガルド宰相は、満面の笑みを浮かべ、やがて訪れる己が栄達に酔いしれるのであった。

✹第3話　魔王、最弱のモフモフと遭遇するのじゃ

フィルツボス大河、それは魔族領域を流れる巨大な大河の名称じゃ。

魔峰リィブキ山脈から流れ出た水から集まったいくつもの川が合流して出来上がったその大河は川底が大きく削れており、場所によっては下手な湖よりも水深の深い特異な河川じゃった。

そうした環境から魚だけでなく巨大な水棲の魔物も住処として暮らしており、迂闊に人が近づこうものなら、乗っている船ごと餌にされてしまう恐ろしい大河なのじゃよ。

そんな大河の河畔に一つの影が浮かび上がると、川岸の大地へと上陸した。

そう、わらわじゃ。

「ふぅ、これだけ王都から離れればヒルデガルドの追手も諦めた事じゃろう」

わらわは魔王都ガイラリアの傍に流れるフィルツボス大河に不時着するフリをして追手から逃れると、そのまま川底を水中活動魔法を行使して、魔王都から遥か離れた土地に逃げてきたのじゃ。

「流石に体が冷えたのぅ」

と言ってもわらわ程の使い手になるとたかが数時間水に浸かったくらいで具合を悪くする事など無い。ちゅーか魔族は大抵健康で頑丈じゃしな。単純に気分の問題じゃ。

「しかしこれからどうしたものかのぅ」

念願の自由を得た訳じゃが、自由を得たら得たで何をすれば良いかと途方に暮れてしまう。

い、いかん、数千年間魔王仕事をしておった所為で、今更何をすれば良いか思いつかぬ！

おおおお……、もしかしてわらわってばワーカホリックじゃったのか!?

おかしいのう。魔王となる前は普通にだらだらとその日暮らしをしておったはずなのじゃが……

「まずは次の仕事を探すか？　いやいや折角魔王を辞めたのじゃぞ。暫くはのんびり過ごすべきじゃ。

また面倒な役割を押し付けられては堪らぬからのぅ。じゃがのんびり何をする？　昼寝でもすれば良いのか？　他には何をすれば良かったかのう？」

どうやらそれほどまでに魔王と言う職務はわらわの魂と密接に、一体化していたようであった。

「……っ」

「……って笑えんわ!!」

「ん？」

その時じゃった。わらわは自分に集まる視線を感じとったのじゃ。

誰じゃ？　複数の視線？　まさかヒルデガルドの部下か？　それにしては早過ぎる。

ヒルデガルドが叛意を翻したのはわらわが城に帰還して僅か一時間分にも満たない時間じゃ。通信魔法を使って国内に潜む子飼いの部下達にわらわの捜索を命じた可能性はなくもないが、それでも追跡部隊が来るには早すぎる。

っていうかそれが出来たらとんでもなく優秀な部下じゃぞそれ。寧ろわらわの部下にスカウトしたいわい。まぁ、魔王辞めたんじゃけどね。

といってもたまたま偶然という可能性はある。大河に落ちる所を見られていた以上、川沿いに捜索の眼を集中させるのは当然じゃろうしなぁ。

とはいえこれ以上考え続けるのも無意味か。

寧ろ仲間に報告される前に視線の主をなんとかした方が良かろうて。

「誰じゃ？　出てくるが良い」

さて、素直に出て来るかの？　それとも陰から奇襲をしてくるか？

警戒していたわらわじゃったが、意外にも視線の主達は素直にその姿を現した。

「大丈夫ー？」

「……何？」

現れたのは刺客ではなく楕円形の毛玉じゃった。

じゃがモフモフの毛の間から覗くクリクリとした二つの眼が、己は生き物であると雄弁に語る。

「なんじゃ、毛玉スライムか」

毛玉スライム。それは魔王国のみならず世界中で生息する魔物の名前じゃ。

体表はフワフワの毛で覆われており、その正体は液状の生命体スライムである。

あ奴ら毛玉スライムはゼリー状の体の表面にフワフワの毛を生やしておるのじゃ。

しかしその毛は獅子のたてがみのような防御効果はほとんどない。

何しろ本体がゼリー状のスライムじゃからな。攻撃を受けたら毛皮が無事でも中の本体が簡単につぶれてしまうのじゃよ。

その事から毛玉スライムは世界最弱の魔物と呼ばれ、冒険者や騎士を目指す子供達の練習台にされたり、弱い魔物達の餌になる生態系の底辺に住む生物なのじゃった。

その姿を見たわらわは力を抜く。

ただし警戒は完全に解いてはおらぬ。

無関係な毛玉スライムを囮にわらわが隙を見せるのを待っている追手が居ないとは限らんからの。

「濡れてるー」

どうやら毛玉スライムは大河から現れたわらわに興味を示してやってきたとみえる。

こ奴らは弱い癖に好奇心旺盛な生き物なのじゃよ。

「寒そうー」

「冷たいー?」

「乾かすー」

「温めるー」

そう言うと毛玉スライム達はわらわの体に群がってくる。

「おいおい、くすぐったいぞ」

あっという間にわらわの体はモフモフの毛玉に包まれた。

「ほわぁ……」

何じゃこれ、めっちゃフワフワするぞ。

まるで極上の毛布、いや、毛玉スライム達の温もりがそれ以上の優しい温もりを醸し出しておる。

更にくっついた毛玉スライム達がわらわの体に付着した水分を吸い取ってゆくのを感じる。

これは毛玉スライム達の主食が水だからじゃ。

それゆえ水分のある物ならなんでもこ奴らの食料になるのじゃよ。

といっても毛玉スライムは世界一最弱の魔物と呼ばれるほど弱い魔物じゃからな、生き物から直接水分を吸収する事は出来ぬ。

生物の持つ抵抗力に弾かれて水分を吸収できないのじゃ。

出来るのは意志の薄い植物かこのように他者の体に付着した水分のみなのじゃ。

「魔力いっぱいー、美味しいー」

どうやら毛玉スライム達はわらわの体から自然に放出されていた魔力が染みわたった川の水がお気に召したらしい。

そうこうしている間にわらわの体と衣服を濡らしていた水分は綺麗に吸収される。

「それにしても本当に、フカフカじゃのう……」

乾いた体を生きた毛布とでも言うべき毛玉スライム達の体が温める。正直これはたまらん。

「極楽じゃぁ～」

ヌクヌクフカフカな毛玉スライム達に包まれると、まるでぬるま湯の中を漂っている気分じゃ。

「……はっ！　いかんいかん。危うく眠ってしまうところじゃった」

近年稀に感じる心地よさに危うく意識を手放してしまいそうになったが、流石にこんな所で眠る訳にはいかん。

せめてちゃんと身を隠せる事の出来る場所でないとな……ってそうじゃないわ！

「助かった。礼を言うぞ」

わらわはもっとこのフカフカに包まれていたいという気持ちを堪えて、毛玉スライム達から離れると、彼等の善意の行動に感謝の言葉を述べる。

わらわ程の魔法の使い手ならば、衣服に付着した水分だけを蒸発させる事も、川の水で冷えた体温

を温める事も容易い事であったが、ただ純粋な毛玉スライム達の善意は久しく感じた事のない暖かなものだったのじゃ。あと単純にフワフワで気持ち良かったのじゃ。

「僕達こそ美味しいお水をありがとうー」

毛玉スライム達から心底歓喜した気配が伝わってくる。

ふふっ、権力争いと無縁な魔物は可愛いものじゃな。

昔はわらわの周りもそういう者達ばかりだったんじゃがのう。

ついついわらわを慕う者達を守っておったら、いつの間にか魔王に祭り上げられておった。

「久しぶりのお水だから僕達も助かったよー」

じゃがそこで毛玉スライム達が奇妙な事を口にした。口がどこか分からんが。

「何？　水などそこら中にあるではないか」

事実フィルツボス大河には大量の水が流れており、それ以外の河川や水源が涸れたと言う話は聞かず、例えそうだとしても明け方の植物の葉に溜まった朝露が毛玉スライム達の食事となる。

しかし毛玉スライム達達が食事にありつけない問題は水そのものが原因ではなかった。

「皆が僕達を食べ始めたからご飯を食べるの大変なのー」

どうやら外敵が原因らしいが……正直毛玉スライムの外敵などそこら中におる。

にもかかわらず毛玉スライム達がここまで言うとはどういう事じゃ？

「一体何があったのじゃ？」

詳しい事情を聞かなければ詳細は分からぬと、わらわは毛玉スライム達に説明を求める。

「えっとねー、戦争の為に強い魔物の餌にするって魔人達が言ってたんだってー」

「聞いた子は食べられたー」

魔人とは魔王国に住む種族の一つじゃ。

魔王国はわらわ魔王を始めとした魔人の国と思われがちじゃが、実際には複数の種族が暮らす多種族国家である。

ふむ、確かに以前強力な魔物を育成して戦力にするといった計画があったの。

恐らく毛玉スライム達はその魔物達を育てる為の餌に利用されたのじゃろう。

じゃがあの計画は色々問題があった故、保留していた筈。誰かが無断で事を進めたか？

「その魔物はお前達だけを襲うのか？」

「うんー、僕たちだけー」

わらわの質問に毛玉スライム達は体を揺らして頷く。

肯定の言葉が無ければ体を揺らして遊んでいるようにも見える光景じゃな。

「となると今はまだ幼い為に、毛玉スライム達くらいしか食える相手がおらぬというところか」

しかしわらわは毛玉スライム達の言葉に別の不安を感じた。

「お主らを襲う魔物達の傍に魔人はどれだけおった？」

「ひとりー」

「二人じゃないー？」

「居ない群れも居たー」

毛玉スライム達の返事にわらわは己の予感が間違っていなかったと確信してしまう。

「やはり魔物を従えるテイマーの数が足りておらぬな」

テイマーとは魔物を従える特殊な技術を持った職業じゃが、その魔物を従える方法は主に二つ。

一つは直接倒して力関係を分からせる事じゃ。

仲間を頼ってもよいが、その場合は有効な攻撃をいくつも当て、止めもテイマーがせねばならぬ。

その為強力な魔物をテイムしたい場合は、よほど入念に捕獲計画を練る必要がある。

もう一つの方法は赤ん坊や卵の頃から育てる場合じゃな。

この場合は魔物がテイマーの事を親と思う為、格上の魔物であってもテイマーに従順となる。

計画によれば現状は二つ目の方法を行っておる筈じゃが、明らかにテイマーの数と魔物の数が合っておらん。

「テイマーの居ない群れがあるという事は、結構な数の魔物達が放し飼いとなっておるようじゃな」

不味いのぅ。これではテイマーの支配力が魔物達全体に行き渡らぬ。

「となると支配力の弱い魔物が餌を求めて遠出した結果、テイマーの下に戻らず野生化するぞ」

いや、恐らく既に逃げ出した小さな群れがいくつかある筈じゃ。

知りたくもない事実を知ってしまったわらわは、大きなため息を吐く。

「このままではテイマーの手を離れた魔物達が無差別に繁殖を繰り返して国中に溢れてしまうぞ。しかも人族の領域に攻め込む為の戦力として数えていると言う事は、ある程度の戦力になる魔物の筈。とてもではないが成長した魔物をテイマー達が再テイム出来るとは思えぬ」

計画を見切り発車した者が被害に遭うなら自業自得じゃが、これは間違いなく無差別に被害が広がるじゃろうなぁ。

じゃが相手はわらわの命令を無視して計画を実行するような馬鹿者じゃ。

わらわが姿を見せて計画の中止を命じても表面上は素直に頷いておきながら、裏でこっそり計画を続ける可能性が高い。

何より計画が行われているのがこの近隣だけとは限らず、また計画を実行している者が誰かも分からぬのが問題じゃった。

書類を提出した立案者はただ名前を貸しただけで本当にそれを進めたい者は別の誰かという事も政治の世界ではよくある事じゃからなぁ。

さらに言えば、今表舞台に戻っては折角ヒルデガルドめに仕事を押し付けた事が台無しになってしまうし、勇者達にもわらわが封印されていなかったと気づかれてしまう。

しかし育成中の魔物達をわらわが全滅させれば、第三者の介入を疑われてしまうしのぅ。

いっそ毛玉スライム達をどこか別の場所に隠して……と、そこまで考えたわらわはハッとなる。

「どうしたのー?」

そんなわらわに毛玉スライム達が問いかけてくる。

「難しい顔ー」

「人生にお悩みー?」

自分達の命が狙われているにもかかわらず、毛玉スライム達はわらわの心配をしていたのじゃ。

その底抜けの優しさと純朴さに思わずわらわも苦笑してしまう。

故にわらわはある決心をする。

「のぅ毛玉スライム達よ」

「なぁにー？」

「お主ら、わらわと共に引っ越さぬか？」

「お引越しー？」

「うむ。魔物に襲われぬ場所に引っ越すのじゃ」

毛玉スライム達を別の場所に逃がす。それこそがわらわの導き出した結論じゃった。

容易に手に入る餌が無くなれば魔物達が無差別に成長する事を抑えられる。

餌が無くなった事で一時的な混乱が生じるが、なに、魔王国の住人ならば成長し切っていない魔物に後れを取る者は少ないじゃろう。

十分に成長し繁殖した野生の魔物の群れが大々的に民を襲い出すよりは、対処のしようがある。

悪くない考えだと思ったわらわじゃったが、何故か毛玉スライム達の反応は芳しくなかった。

「どうした？　嫌なのか？」

ふぅむ、魔物とはいえ己が生まれた土地に愛着があるか？

「お引越ししたいけど僕達足が遅いのー」

「遅いから隠れられる場所が無い所じゃ追いつかれて食べられるのー」

「だからお引越し出来ないのー」

毛玉スライム達の言う通り、こ奴らの移動速度は決して早くない。

感情的な理由が原因だと説得は難しいところじゃったが、手段に悩んでいるのなら問題ない。

「そのような事か。安心しろ。わらわがお主らを運んでやろう」

「運んでくれるのー？」

「助けてくれるのー？」

「うむ。わらわもこの国から出て行こうと思っておったのじゃ。だからお主らさえよければわらわと一緒に引っ越しせぬか？」

事実、魔王であるわらわの魔力をもってすれば、毛玉スライム達を外敵から守りながら移動するなど容易いこと。

「嬉しいけどなんでー？」

「どうして助けてくれるのー？」

「だーれも僕達を助けてくれなかったのにー」

毛玉スライム達の問いかけにわらわは苦笑する。

実際わらわも今まで毛玉スライム達に特別な情を抱いたりすることは無かったからじゃ。

そして毛玉スライム達が魔物繁殖のための餌にされると言う計画を聞いても、計画の確実性こそ気にすれど毛玉スライム達に対しての憐憫の情を感じる事も無かった筈じゃった。

なのに思いついたのは毛玉スライムの保護という矛盾した内容。

「何故じゃろうな……」

今までと違うとすれば今のわらわは魔王国の王ではなく、ただの私個人であることくらいか。

それ以外は……

わらわは自分の身を案じて近づいてきた毛玉スライム達の温もりを思い出す。

それは王として君臨してからの自分が感じた事のない感覚であった。

フワフワの毛玉。

魔王と言う地位に対して敬意、心酔、畏怖、恐怖、敵意、叛意そういった感情を受けた事こそあれ、わらわ個人に対して感情を向ける者は少なかった。

ヌクヌクの体温。

そして先ほどまで魔王の責務から解放されこれから何をすればよいか悩んでいたにもかかわらず、今の自分が不思議な充足感に満たされていた事に気付く。

モフモフの触り心地。

「どうして……そうか、わらわは」

わらわは己の中で形を成した答えを明確な言葉として意識する。

「モフモフによる癒しを求めておったのじゃな！」

あの毛玉の塊に包まれた時の極上のモッフリ具合。

密着した際の生物特有の身じろぎが、まるで真冬の毛布が自分から温めに来たかのような錯覚。

あの心地よさ、もはや医療行為といっても過言ではない。

「……そういえば動物好きのメイドがモフセラピーとか言っておったな」

仕事に、人間関係に、人生に疲れ果てた者達が最後に行きつく唯一無二にして最高の治療法とか言われた時には、コイツ何を言っておるんじゃと思ったものじゃが、今ならその気持ちも分かるぞ。

「そうじゃの。一人で暮らすのは味気ない（モフモフに癒されたい）からかの」

「味がしないのかー」

「味がしないのはいやー」

「美味しいのがいいー」

わらわの説明に納得した毛玉スライム達がうんうんと同意しながら体を震わせる。

「うむ、じゃから一緒に（わらわがお主等をモフモフして）ノンビリ暮らせる場所に行かぬか？」

「のんびりしたいー」

「ご飯食べてる時に襲われない所にいきたいー」

「いきたいー」

毛玉スライム達が一斉に感情を放つ。

「決まりじゃの。それではわらわと一緒に引っ越しじゃ！」

「「「わーい」」」

毛玉スライム達が喜びの感情と共に体をユラユラと弾ませる。

まるで毛布が動いているかのような光景を見たわらわは、思わずその真ん中に飛び込みたくなるが、鉄の意志でそれを封じる。

耐えろわらわ！　流石に飛び込んだら毛玉スライム達が潰れる！　確実につぶれる！

「ねぇねぇ、君の名前を教えてー」

抗いがたい欲求に必死で耐えていたわらわに、毛玉スライムが名を訪ねてくる。

「わらわの名前か？　ふっ、よかろう。教えてやろう」

わらわはバサリとマントを翻すと、毛玉スライム達に向けて己が名を告げた。

「わらわの名は第48代魔王、いや元魔王ラグリンド＝ジェネルフ＝コウラソーダである！」

ただし全身が毛玉スライムまみれなので威厳もへったくれもあったものではないが。

「うわー、すっごく長い名前ー」

「それに元魔王だってー」

「元魔王なんだー」

「元魔王なのかー」

「「「……」」」

と、そこで毛玉スライム達の声が止まる。

「「「魔王――――――っ!?」」」

のんびりとした生態で知られる毛玉スライム達が、歴史上初めて叫んだ瞬間であった。

第4話　魔王、南の島に移住するのじゃ

「魔王様だったのー？」

「びっくりー」

「びっくりしたー」

毛玉スライム達があんまり驚いておる様には思えぬ声音で驚きの声を上げる。

いや、よく見ると先ほどまでよりも毛玉が膨らんでいるので驚いておるのかもしれぬ。

驚いた時の猫の尻尾みたいじゃの。めっちゃモフモフしたいぞ。

どうして驚いて膨らんだ猫の尻尾はああも触りたくなるんじゃろうな。

「ははは、それでは引っ越しをするとしようかの。仲間はここにおる者達で全員かの？」

「分かんないー」

「他の魔物達に追われて離れ離れになったー」

ふむ、どうやら毛玉スライムの仲間達は魔物達に襲われ散り散りになってしまったようじゃ。

こ奴らの強さでは仲間と合流するのも難しかろうて。

「成る程、ではまずお主達の仲間集めからじゃな」

わらわは己の魔力を広範囲に薄く放つ。

これは自身が放った魔力に触れたものを察知する魔法で、物陰に隠れておる者を見つける事が出来るのじゃ。

戦闘中に使えばうっかり敵を見失うことも無くなるのでお勧めな魔法じゃぞ。

まぁ繊細なうえに地味な魔法ゆえ、攻撃魔法を覚えた方が早いと考える者が多くて普及せなんだのじゃが。

でも隠れている刺客を見つけたりと便利なんじゃよ。

「ふむ、近くに魔物の群れがおるな。お前達の仲間の反応もその近くにおるぞ。どうやら追われているようじゃ」

わらわは毛玉スライム達と同じ反応の群れに、違う反応の群れが近づいてゆくのに気付く。

「大変ー」

「追われてるのー？」

マイペースな毛玉スライム達であったが、仲間の危機と聞いて慌てだす。

声は相変わらず慌てている様には聞こえぬが、毛玉がプルプルしているので慌てているようじゃ。

「安心せい。すぐにわらわが助けに行く。おおそうじゃ、お主達の仲間に事情を説明をする為に誰かついて来て欲しいのじゃ」

救出した後でここまで連れて来るには仲間がおった方が良いからのう。

するとわらわの肩に乗っておった毛玉スライムがニュッと体の一部を伸ばして挙手をする。

チーズみたいに伸びてちょっと美味そうじゃのう。

「僕が行くー」

毛玉スライムはプルプルと震えつつも、勇気を出してわらわに付いてくると宣言した。

くくっ、なかなか漢気があるではないか。

「よし、しっかり掴まっておるのじゃぞ。お主達はわらわ達が戻ってくるまで隠れておれ」

「「はーい」」

毛玉スライム達の返事と同時にわらわは空へと飛びあがる。

「わー、空飛んでるー。すごーい」

肩に乗った毛玉スライムを押さえつつ落とさない程度の速度で移動を開始すると、川から離れた平原地帯に獣の群れと動く白い塊の群れを発見する。

「見えたぞ」

「どこどこー？」

ふむ、五キロ先の景色がはっきり見えぬと言う事は、どうやら毛玉スライムはあまり目の良くない種族のようじゃな。

あとフワフワの毛が頬に触れて気持ち良いのう。

「あそこじゃ」

わらわは毛玉スライム達を襲っている魔物達の姿を確認する。

「ローグウルフの群れか。毛玉スライム達の被害が少ないのはまだ若い個体ばかりの群れだからのようじゃな」

事実、ローグウルフ達の大半は小柄な個体が多く、狩りの動きも悪い。

身体能力は明らかにローグウルフの方が上なのじゃが、連携が取れておらぬために仲間の体にぶつかる者が多かったのじゃ。

そのまま仲間同士で喧嘩を始めたりして毛玉スライム達の狩りが遅れておった。

そんな若いローグウルフ達の間に体の大きな個体が割り込む。そして一鳴きすると喧嘩をしていた

二体が耳と尻尾を畳む。

どうやら狩りの途中で遊ぶなと叱られたようじゃ。

「ふむ、数体程大人の個体がおるが、若い個体に経験を積ませる為になるべく手出ししない方針のようじゃな」

とはいえ、相手は最弱の毛玉スライム。

既に群れの先頭に立つローグウルフ達が毛玉スライム達を襲い始めていた。

まだ子供ゆえ直ぐに止めを刺さずに弄んでおるお陰でまだ生きておるが、貧弱な毛玉スライムではその遊びですら殺されてしまうじゃろう。

「ちんたら飛んでいたら間に合わんな」

肩の毛玉スライムを気遣いながらでは間に合わんと判断したわらわは、即座に下級魔法であるファイアーボールの魔法を放った。

あまり威力の強い大魔法を放っては余波で毛玉スライム達が吹き飛んでしまうでな。

本来ならこの距離からファイアーボールを放っても途中で魔法が消滅してしまうが、そこは魔王たるわらわじゃ。

わらわの放った魔法は一般的な有効射程を越えても消えることなく飛び続け、先頭の毛玉スライム達から離れたローグウルフ達の群れのど真ん中に着弾した。

運悪く直撃したローグウルフは一瞬で炎に包まれ、更に着弾の衝撃でファイアーボールの魔法が爆発し周囲のローブウルフ達にも飛び火する。

哀れ中央に居たローグウルフ達はただの一撃で黒焦げとなったのじゃった。

「グァウ!?」

突然の襲撃にローグウルフ達が騒然となる。

「すまんの、勝手な話じゃがわらわは毛玉スライム達に付くことにしたのじゃ」

わらわはローグウルフ達に命中させぬよう、群れの近くにファイヤーボールを炸裂させる。

すると恐慌状態に陥っておったローグウルフ達は慌てて四方八方へと逃げ出したのじゃった。

「無駄な殺生をする必要もあるまい。あいつ等は不味いしの」

「不味いのー?」

「うむ、肉は筋張っていて毛皮の質も悪い。倒しても無理に食べる必要はない相手じゃ」

戦争ではないのじゃ、食わぬ殺生をする必要もあるまいて。

特に毛皮の質が良くないでの。触ってもモフモフしておらんのじゃ。

ローグウルフ達が逃げたのを確認したわらわは、残された毛玉スライム達の下へと降り立つ。

「無事かの?」

「誰ー?」

命が助かった毛玉スライム達じゃったが、先ほどまで襲われておっただけに警戒の色を崩さぬ。

健気にも怪我をした仲間と小さな子供を庇う姿はいじらしいのぅ。

「大丈夫ー。この人は僕達を助けてくれたのー」

そこにわらわのマントを滑り台代わりにして地面に降りた毛玉スライムが、転がりながら仲間達に向かって声をあげた。

「あっ、久しぶりー」

「生きてたんだねー」

「うん生きてたー」

ついさっきまで襲われていたとは思えぬノリで、毛玉スライム達が久しぶりの再会を喜びだす。

なんというか緊張感のないノリじゃのう。

そして再会の挨拶と事情の説明が終わったのか、助けた毛玉スライム達がわらわの方に体を向けると、一斉に体を揺らした。

「助けてくれてありがとー」

「「「ありがとー」」」

成る程、どうやらこれは感謝を表す動きのようじゃの。

うむうむ、プルプル揺れる小さい子供の毛玉スライムも愛いのぅ。

「何、気にする事はない。それよりも怪我人の治療をするぞ、怪我人は前に出ると良い」

わらわは治療を求めて前に出て来た毛玉スライム達を範囲治癒魔法で纏めて治療する。

「わー、体が痛く無くなったー」

「すごーい」

「ありがとー」

怪我が治った毛玉スライム達が再び感謝の言葉をわらわに伝えてくる。

しっかし本当に感情が伝わりにくい声音じゃのう。

「なに、気にするでない」

一通り毛玉スライム達から礼を言われると、連れて来た毛玉スライムが仲間達に引っ越しの勧誘を始める。

すると話を聞いていた毛玉スライム達から「魔王ー!?」と驚きの声が上がる。

くくっ、驚いておるわ。

そして話を聞き終わった毛玉スライム達が再びわらわへと体を向ける。

「僕達も一緒にお引越ししていいー?」

「うむ、構わぬぞ。というかその為にお主達を迎えにきたのだからの」

わらわが頷くと、毛玉スライム達が喜びの声を上げる。

「やったー、ありがとー」

「では他の場所で隠れておるお主達の仲間を迎えに行くとしようか」

「「「はーい」」」

わらわは再び探索魔法を使って新たな群れを発見すると、毛玉スライム達を引き連れて迎えに行くのであった。

「ただいまー」

わらわ達が先ほどの川辺に戻ってくると、隠れておった毛玉スライム達が姿を現す。

「「「お帰りー」」」

そして久しぶりの仲間との再会に毛玉スライム達が喜びの声を上げる。

「久しぶりー」

「無事で何よりー」

毛玉スライム達は緊張感のない声で互いの無事を喜びつつ、ハグをしあっておった。

……それ、潰れて混ざったりせんよな？

「さて、それでは引っ越しを開始するとしようかの。お主達、わらわの傍に集まれ」

感動の再会の挨拶が終わったところでわらわは毛玉スライム達を呼び寄せる。

「「「「はーい」」」」

そして魔法を発動させると、わらわ達が立っていた地面が音を立てて大地から剥離し、宙に浮きあがる。

「「「「うわー、地面が浮いたー」」」」

相変わらず驚いておるのか分かりづらい声音で毛玉スライム達が驚きの声をあげる。

こ奴等本当に驚いておるんじゃよな？

「驚いたか？　こうして地面ごとお主達を宙に浮かべて運べば、外敵に襲われる心配もないのじゃ」

「すごいすごーい」

「浮いてるー」

「とはいえこのままだと目立つからの。こうして……」

わらわは魔法で霧を発生させると、浮き上がった地面の周りに霧を纏わせる。

すると浮き上がった地面はまるで雲そのもののような姿へと変貌した。

「雲に偽装して空を移動するのじゃ」

「わー、地面が雲になったー」

「僕達雲に乗ってるー」

自分達が本物の雲に乗っておるような気分になったらしく、毛玉スライム達が喜びの声を上げながら跳ねまわる。

「あまり端にいくでないぞ。落ちるからの」

「はーぃぁぁぁぁぁ～」

さっそく落ちた。

「って、言った傍から!!」

わらわは慌てて落ちた毛玉スライムを回収する。

幸いにも地上からあまり高く浮き上がっていなかったのが功を奏したわい。

もう少し高かったら落下の衝撃で潰れスライムになっておった所じゃぞ。

「ありがとー」

「こうなるから端にはいかぬようにの」

「「「はーい」」」

と言いつつも毛玉スライム達は地上の景色が気になるらしく少しずつ端に近づいてゆく。

「仕方ないのう」

わらわは雲の端に透明度の高い氷の壁を作る事で毛玉スライム達が景色に夢中になって墜ちる事を防止する。

「わー、つめたーい」

じゃがそれはそれで毛玉スライム達の好奇心を刺激してしまったようじゃ。

まあ落ちなければそれでえぇわい。

「では行くぞ」

わらわが偽装した雲の高度を上げると、瞬く間に本物の雲と同じ高さまでたどり着く。

「すごーい、雲が目の前にあるー」

「横にもあるー」

「後ろにもあるー」

普段なら遠くにある雲に近づいた事で、毛玉スライム達は大はしゃぎで氷の壁にへばりつく。

うーむ、壁を作っておいて良かったのぅ。

はしゃぎまわる毛玉スライム達を横目に、わらわは偽装雲の移動を開始した。

「わー、雲が動いたー」

「動いてるー」

偽装雲が動き出すとまたはしゃぎ始める毛玉スライム達。

そうして暫くすると毛玉スライム達ははしゃぎ疲れたのか、偽装雲の上でまったりとし始めた。

くくっ、雲の上で雲みたいな生き物がマッタリしておるわ。

「ねぇねぇ魔王様ー。これからどこに行くのー？」

毛玉スライムの一匹がわらわのマントによじ登って肩にたどり着くと、そんな事を聞いてきた。

「うむ、海の向こうを目指しておる」

「海ー？」

「巨大な水の塊のことじゃ」

「どのくらい大きいのー？」

「お主達が隠れておった大河よりも大きいぞ」

「そんなにー？　すごーい」

さて、海を見たらどれだけ驚く事やら。

わらわは地上から見えぬように偽装雲を大きな雲の上に隠すと、その上を高速で移動させる。

そして雲が途切れたら他の雲と同じ速度にまで下げ、また大きな雲に隠れたら速度をあげての移動を繰り返した。

そして数時間と経たぬうちに雲の下に一面の青が見えてくる。

「ほれ、見えて来たぞ。あれが海じゃ」

わらわの言葉に毛玉スライム達が偽装雲の端へと集まってゆく。

そして下を見た毛玉スライム達は……

「「「「……うわー!!」」」」

珍しく明らかに驚いていると分かるトーンで声を上げたのじゃった。

更にその体は小刻みに毛をブルブルと振動させており相当に興奮しておるようじゃ。

スライムだけあって、水に関する事には興奮するのかのう?

「すごーい」

「おおきーい」

「びっくりー」

毛玉スライム達が思い思いの言葉で驚きを伝え合う間に、わらわは偽装雲を海の上へ進める。

そして空の色が変わり始めた頃、わらわ達は一つの島を見つけた。

「ふむ、大陸からの距離も悪くない。島も手頃な大きさじゃの。あの島にするとしようか」

そう決めるとわらわは偽装雲の高度を下げて島に降りてゆく。

「人工物も見当たらん。無人島で間違いないな」

上空から人が住んでいる形跡がない事を確認したわらわは、砂浜へと偽装雲を着陸させた。

念のためわらわは探索魔法を放って島で暮らす生き物の存在を感知する。

「ふむ、魔物の存在はあるが強力な魔物はおらんの。この程度なら共存も可能であろう」

わらわがおる以上、過剰に毛玉スライム達が襲われる事もあるまいしの。

念の為わらわは砂浜周辺に結界魔法を発動させ、外敵が入ってこれぬように不可視の壁を作る。

「「「……」」」

ふとわらわは毛玉スライム達がこちらを見つめておる事に気付いた。

どうしたのかと聞こうと思ったわらわじゃったが、毛玉スライム達の目を見てすぐに察した。

「砂浜の辺りなら自由にしてよいぞ。ただし島の奥は危険故、わらわが調べるまで入らぬようにな」

わらわは偽装雲の周囲を覆っていた氷の壁を溶かすと、毛玉スライム達に自由行動を許可する。

「「「わーい!!」」」

案の定遊びに行きたかったらしい毛玉スライム達は、大喜びで砂浜へと降り立つ。そして海へと向かって駆けて行った。

「ははは、元気なものじゃの」

「「「あー」」」

そして全員が波にさらわれた。

「……って!? うぉぉぉぉぉぉいいいっ!!」

こうして慌てて流されてゆく毛玉スライム達を回収するわらわなのじゃった。

やれやれ、危なっかしい連中じゃのう。

第5話　魔王、拠点を整えるのじゃ

「わーいわーい……」

小さな子供が平坦な口調ではしゃぎまわるという奇妙な声にわらわは目を覚ました。

「登るよー」

「登ったよー」

外を見ればそこに居たのは毛玉スライム達。

「何じゃあ奴らか。朝から元気じゃのう」

「降りられないよー」

そして高所でプルプル震えだす毛玉スライム達。

「ってネコか！」

わらわは降りられなくなった毛玉スライムを念動魔法でもちあげ、ゆっくりと下す。

「ありがとー」

「ありがとー魔王様ー」

朝一で発生した危機を救ってやると助けられた毛玉スライム達が感謝の言葉を述べてくる。

「うむ。これからは降りられない木に登るでないぞ」

「「はーい」」

毛玉スライム達が元気よく返事を返してくる……が。

「それじゃあ次は僕が登るー」

舌の根も乾かぬうちから登り始めおった。

「いやだから懲りんか」

しょうがないのう。別に気を引くものを作ってやるか。

「そら！」

わらわが大地に魔力を込めると、途端に地面が盛り上がり小山が出来上がる。

「「「わぁー」」」

「そら、木よりこの山を登るがよい」

「「「はーい」」」

さっそく毛玉スライム達が小山に登り始める。

所々階段状にして楽に上れるようにしてみたり、峰や穴を作ったりと変化に富ませる。

「わーい、穴だー」

「先っぽに登るー」

すると狙い通り毛玉スライム達の遊び心を刺激したらしく、皆登山に夢中になっておった。

「さて、わらわはそろそろ朝食にするか。朝は……そうじゃな、魚にするかの」

折角無人島で暮らすことにしたのじゃ。新鮮な海の幸を楽しまんとな。

わらわは飛行魔法で沖に出ると、念動魔法を使って海水をごっそり宙に浮かべる。

「ふっふっふっ、釣りをするならこれが一番じゃ」

巨大な海水の塊の中には、無数の魚達が泳いでおった。

「ふむ、わらわと毛玉スライム達の分はこの程度でよいかの」

必要な魚の数を決めると、残りは海水と共に海に返す。

「すっごーい、魚が浮いてるー」

「魔王様すごいー」

「ふっふっふ、そうじゃろそうじゃろ。では調理するとしようかの」

海水球の中から魚を取り出すと、串をブスッと刺す。他の魚にも次々と刺す。

「よし準備完了じゃ！」

あとは串を地面に突き刺し、それを炎の魔法で焼く。

「そぉい！」

そして待つ事しばし。

「よし出来たぞ！」

こんがり焼けた焼き魚の完成じゃ！

「さぁ皆も食べるが良い！」

「「「「……」」」」

じゃが何故か毛玉スライム達は、焼き魚を前にピクリとも動かなんだ。

「どうしたのじゃお主等？　もしかして魚が苦手なのか？」

しもうたな。毛玉スライムは魚を食べぬのか？

「……えっとね、魔王様ー」

と、毛玉スライムの一匹がおずおずと体の一部を上に伸ばして挙手の姿勢を見せる。

「なんじゃ？」

「これ真っ黒に焦げてるー」

「黒焦げー」

「炭ー？」

毛玉スライム達が焼けた魚を指差して口々に告げる。

「うむ。じゃからこうするのじゃ」

わらわは魚の刺さった串を手に取ると、反対の手で焼き魚の表面の焦げた部分を削り取る。

「こうやって焦げた部分を取り除けば中は食べれるじゃろ？」

うむ、戦場ではノンビリ火加減など気にしておられんからの。自然と外側が焦げても良いから早く中まで火を通す事を優先するように調理しておったのじゃ。生焼けは怖いからのぅ。

「「「「oh……」」」」

しかし何が気に入らんのか毛玉スライム達の反応が芳しくない。

んー、もしかしてこ奴ら、生の方がよかったのかの？　水を主な栄養とする種族じゃし。

と思ったが、しっかり食い始めたのでそう言う訳でもないらしい。

ふむ、まぁ種族が違うと食事の好みも変わって来るからの。こういう事もあるじゃろ。

「さて、今日は何をするかの」

朝食を食べつつ、わらわは新しい城に必要な物を考える。

「まずは真水じゃの。ワインだけ飲んで暮らす訳にもいかぬし、毛玉スライム達の為にも必要か」

真水は飲用だけでなく、生活用水としても必要になる。

水魔法で真水を出すこともできるが、それではわらわが常にここに居続けないといけなくなる。

島を留守にする場合も考えれば、毛玉スライム達の食事である水を安定供給しておかねばな。

「となれば地下水脈から水を引くか」

わらわは探知魔法を使って地下水脈を探ると、土魔法を使って井戸を掘り始める。

「土魔法が使えると人族のように人力で井戸を掘らんで良いので楽じゃのう」

わらわが魔法で掘った穴から、瞬く間に水が溢れてくる。

「わー、水だー」

「水が出たー」

水が溢れ出す光景に毛玉スライム達は大はしゃぎじゃ。

「うむ、真水じゃな」

水がちゃんと真水である事を確認したわらわは、魔法で土を変化させちょっとした噴水を作る。

「わー、僕達だー」

毛玉スライムをモデルにした水飲み場の完成じゃ。あとは排水が海に流れていくようしてと。

「わーい水がいっぱいー」

毛玉スライム達は我先にと噴水の中に飛び込んでゆく。

毛玉スライムには口というものがなく、体全体が口である為、水場に飛び込むことが食事になるようじゃ。わらわもじっくり見たのは初めてじゃな。

「襲われる心配をせずに水が飲めるの初めてー」

「安心安全ー」

「魔王様ありがとー」

毛玉スライム達が口々にわらわへの感謝を告げてくる。

「なぁに、大したことではないわ」

おっとそうそう、毛玉スライム達が水路を流れていかない様に柵も付けておくか。

「ここはこんなもんじゃの。あとは……そうじゃ毛玉スライム達が波に攫われない様にせんとな」

先日毛玉スライム達が波に攫われた事を思い出しながら、わらわは浅瀬の海底を操作する。

作るのは毛玉スライム達が流されない為の岩の壁じゃ。

しかし完全に封鎖すると水の循環が行われなくなってしまう故、細い穴をいくつも空けておく。

「よし、これで城の周辺のみじゃが、毛玉スライム達が流される心配もなくなったぞ」

余談じゃが、この岩の壁はのちに小さな魚達が捕食者である大型魚から逃れる事の出来る楽園として活用されるのじゃった。

「次は食事じゃの。肉と森で取れるであろう果物だけでは味気ないの。野菜も欲しい所じゃ」

魔族と言うと肉を生で食べる乱暴なイメージを持つ人間が少なくないが、それは魔族として一括りにされている獣人などの一部種族だけじゃ。寧ろ野菜を好んで食べる種族も多いのじゃよ。

「とはいえ野生の野菜はエグみが強い。出来れば畑で育てた野菜が欲しいのぅ」

かつて軍事作戦中に現地で収穫した野生種の野菜の青臭さを思い出してしまう。

うむ、あれは不味かったのう……。

「ふむ、となると野菜に関しては大陸に戻って買ってきた方がよいの。出来れば自分で畑を作って育てたいところじゃが……ええと、確か土に種を植えればいいんじゃよな？　いやそれなら町で野菜を買ってそれを土に植えればよいのかの？」

なんじゃ、意外と簡単そうじゃの。あとついでに必要な物資も買ってくるとするか。

「よし、それではちと大陸に戻るとするか。毛玉スライム達よ」

やるべきことを決めたわらわは毛玉スライム達を呼び集める。

「魔王様なにー？」

「なにごとー？」

「事件ー？」

「わらわは大陸に戻って必要な物資を買ってくる事にした。留守番を任せても大丈夫かの？」

すると毛玉スライム達は元気よく体の一部を伸ばす。

「大丈夫ー」

「お水あるー」

「隠れる場所あるー」

「お留守番出来るー」

毛玉スライム達の返事にわらわは満足して頷く。

「うむ、では任せたぞ。城の周辺には結界が張ってある故、魔物に襲われても城に逃げ込めば大丈夫じゃ。じゃからあまり遠くに行かぬようにな」

「はーい」

「わかったー」

「承知ー」

「むん！」

万が一ヒルデガルドの放った追手が来た時の為に、わらわは島を隠形結界で隠しておく。

よし、これで外から来た者は島を認識できなくなったぞ。

「ふふん、この規模を結界で隠せるのは魔族広しと言えどもわらわと、あとは数人程度であろうて」

本来この魔法は小さな空間に展開して追手をやり過ごしたり、隠し部屋を隠す為のもの。

じゃがわらわの膨大な魔力なら島を丸ごと隠すことが出来る。まぁ力技じゃけどな。

「では行ってくる」

「「「いってらっしゃーい」」」

毛玉スライム達に見送られ、わらわは大陸へ向けて出発したのじゃった。

第6話　魔王、人族の町に来たのじゃ

足りない物資を手に入れる為、わらわははるばる海を越えて人族の大陸へとやって来た。

「つっても、転移魔法で一瞬なんじゃがな」

転移魔法は一度行った事のある場所へと一瞬で行ける魔法じゃ。

移動距離や運ぶ人数、荷物の多さで消費する魔力が膨大になるが、わらわの魔力なら世界の果てまで転移する事も容易い。

「ええと、確か人族の町は……おお、あったあった。それでは必要な物資の買い出しをするかの」

飛行魔法で人族の町の位置を確認したわらわは、さっそく町に向かおうとしてある事に気付く。

「おっといかんいかん、このままだと人族に攻撃されてしまう」

魔王を辞めたと言えわらわは魔族じゃからな、変身魔法を使って人族に化けるとするか。

「これでよしっと」

人族に化けたわらわから、角と羽根が消え、髪の色も人族に近い色合いに変化する。

ただこの魔法、一つだけドデカい欠点があるんじゃよなぁ。というのも……

「この魔法、何で大人の姿にはなれんのじゃろうなぁ」

そう、この魔法は元の姿に近いサイズにしかなれないという致命的欠点があったのじゃ。

その所為で小さい体の者が体格の良い者に変身する事は出来ず、わらわは本来の年齢相応の姿に変身する事が出来ぬのじゃ。

この魔法、滅茶苦茶術としての完成度が高く、まず変身した事がバレる事はないんじゃが、無理に身長を伸ばそうとすると一気に魔法の精度が下がってしまうんじゃよなぁ。

「ううむ、口惜しいのぅ」

お陰でこの見た目を変えられず、色々面倒事が多かったんじゃよね、魔王時代のわらわ。

ともあれ人族に化ける事は出来た故、わらわは人族の町に向かう。

「ん？　子供か？　親はどうした」

町の入り口にやってくると、門番がわらわに声をかけて来た。

「わらわは大人じゃ。親などとっくに墓の中じゃよ」

わらわ見た目の割に長生きじゃからの。

「そ、そうか……頑張ってるんだな」

しかしわらわの見た目の所為で門番はわらわが親と死に別れた孤児だと勘違いしたらしい。

良いんじゃよ、勘違いされるのは慣れておるからの。それを馬鹿にした奴等はブチのめしたがな。

「町に入るには銅貨五枚が必要だが払えるか？」

「うむ、ちゃんとあるぞ」

わらわは人族の貨幣を取り出して門番に渡す。

わらわも魔王になる前は色々やっておったからの。人族の貨幣も多少は持っておるのじゃ。

まぁそこまで多くは持っておらんゆえ、稼いでおかんとのう。

「ん？　なんだこりゃ？　見たことない貨幣だな？」

「なんじゃと？　ちゃんと人族の国の貨幣じゃぞ？」

はて、どういう事じゃ？　確かにこれは人族の貨幣なんじゃが。

門番が悩んでいると、もう一人門番がやって来た。

「どうした？　何かあったのか？」

「た、隊長それが、この子供が見た事のない貨幣を持ってきまして」

「ふむ、見せて見ろ」

隊長と呼ばれた男がわらわの貨幣を見る。

「ああ、これは古い国の貨幣だな。国自体はもうとっくの昔に滅んだが、使えない事はないぞ」

「おお、それは良かった」

というかあの国滅んどったんか。人族の国はポコポコ出来ては滅ぶのう。

「しかしこんなものどこで手に入れたんだ？」

「あ〜、困ったら使えと親が遺してくれたんじゃよ」

「……そうか」

隊長は先ほどの門番と同じような沈痛そうな顔を浮かべる。

ごめんのぅ、ホントはわらわの親が死んだの数千年前なんじゃよー。

「この貨幣を使う分には問題ない。ただ、価値を知っている蒐集家に売った方が良い金になるぞ」

「ほう、そうなのじゃな。しかしわらわはそういったツテが無いので暫くは使わんでおくとしよう。

となるとのう、この町でわらわが金を稼ぐ方法はあるかの？」

どうやらこの貨幣は使わぬほうが良さそうじゃし、やはり仕事を探すとするかのう。

「そうだな……外から来た子供が店で働くにはツテが無いとなぁ」

「だったら冒険者になったらどうだ？」

と隊長が冒険者になる事を勧めて来た。

「冒険者？」

たしかアレじゃな。魔物退治やら探索やらをする仕事じゃ。

危険が多いが一獲千金が出来る事と脛に傷を持つ者でも就ける仕事として魔族の間でもそれなりに需要のある仕事じゃよ。

「ああ、危険だが子供でもなれる仕事だ。といってもお前くらいの子供が出来るのは薬草採取とか町の掃除くらいだろうけどな」

人族の国じゃと生活に困窮した子供の救済措置でもあるようじゃな。

魔族の子供は大抵自力で肉を狩れるから食うに困る事はないんじゃよね。

「ふむ、では冒険者になるとしよう。どこに行けば冒険者の仕事を受けれるのじゃ？」

わらわとしても素性を探られない冒険者はうってつけじゃ。

「町に入ってそのまま進むとブーツのマークが書かれた看板がある。そこが冒険者ギルドだ。受付で冒険者登録をすれば色々教えて貰えるぞ」

「分かったのじゃ。感謝する」

「おう、頑張れよ」

「気をつけてな」

無事町に入ったわらわは、さっそく冒険者ギルドに向かう。

町の中を少し歩くと、門番達の言った通り直ぐにブーツのマークが書かれた看板が見つかった。

このあたり文字が読めぬ者の為の措置じゃの。

「ふむ、ここが冒険者ギルドか。実際に入るのは初めてじゃな」

冒険者ギルドの扉を開いて中に入ると、視線が集まってきた。

見慣れぬ者への警戒と値踏みといったところか。

じゃがわらわの見た目が幼いと分かると、すぐに視線は雲散霧消する……いや、まだ何人かはわらわを見ておるな。まぁ別に構うまいて。

「あら、可愛らしいお客様ね。冒険者ギルドにようこそ。ご用は何かしら？」

受付はどこかと周囲を見回していたら、胸の大きい人族の女がわらわに声をかけて来た。

……羨ましくなどないぞ？　ホントじゃぞ？

「うむ、冒険者になりに来た」

わらわは気を取り直すと人族の女に冒険者になる旨を伝える。

「はいはい、冒険者登録ね。お父さんかお母さんは居るかしら？」

「おらぬ」

「……そう」

やはりこの女も門番達と同じような顔になる。全く、この町の人族は随分と情が深いのう。

過去に出会った人族にはわらわをただの子供と勘違いして売り飛ばそうとしたもんじゃが。

「じゃあ登録をするからこっちに来てね」

受付らしき場所に連れてこられると、人族の女は反対側に立ってこう言った。

「冒険者ギルドにようこそ」

おお、こやつギルドの職員じゃったか。気配が強い故、冒険者かと思っておったのじゃが。

「では説明をさせて頂きますね。冒険者への登録料は無料です。ただし最初の依頼を達成した際の報酬から冒険者カードの代金が天引きされます」

「ふむ、登録料を支払えぬ子供もおるじゃろうからありがたい事じゃな」

報酬から天引きされるのなら踏み倒しも出来ぬしのう。

「貴方のお名前を教えて貰えるかしら？」

「ラ……リンドじゃ。リンド＝ソーダ」

いかんいかん、本名を名乗ってはわらわの素性がバレ……ないにしても魔王と同じ名前とあってはいらぬ疑いを招きかねん。とりあえずは適当に短くした名前を名乗るとするかの。

「苗字……あ、いえ。リンドちゃんね。それじゃあこれから試験を受けて貰うわ」

ほう、試験とな？　ふむ、面白くなってきたのう。いったいどんな試験を行うのやら。

第7話　魔王、試験を受けるのじゃ

「冒険者になる為には、試験を受けてもらうわ」

「ほう、試験とな」

「ええ。戦えない子に魔物退治や町の外での採取をさせる訳にはいかないからね。と言っても失敗したら冒険者になれない訳じゃないわ。戦闘技術に不安の残る子は見習いとして街中での依頼のみ受ける事が許されるの」

ふむふむ、幼ぃ子供への救済措置の救済措置という訳じゃな。

恐らくこれは冒険者になれなんだ孤児が犯罪を犯さないようにする為じゃろうて。

「それに年に一回、再挑戦が出来るから、今回落ちても焦る必要も無いわよ」

至れり尽くせりじゃのう。まぁ無理やり冒険者になっても実力が足りなんだら死んでしまうんじゃから、じっくり実力を身に着けてから改めて挑めと言う事じゃな。

「試験はあのドアの向こうにある訓練場で行うわ。そこで試験官が来るのを待ってて」

「承知したのじゃ」

「頑張ってねー」

受付のおなごに見送られて、わらわは訓練場へとやって来る。

「ほう、意外と広いの」

訓練場と言っておったが、単に冒険者ギルドの裏手の土地に壁を張っただけの空き地じゃの。

わらわが訓練場を見回していると、同じように訓練場のそこかしこからわらわに集まる視線を感じる。くくっ、値踏みされておるのう。

「って、子供？　ああ、冒険者試験か」

場違いなわらわの姿に一瞬訝しんだ冒険者達じゃったが、すぐに冒険者になる為の試験を受けにきた新人だと気付いたようじゃ。

「おう嬢ちゃん、試験に受かるといいな！」

「まぁ失敗してもまた来年受けれるから心配すんな！」

「うむ、声援感謝するのじゃ」

こやつら、顔は厳ついが気の良い連中じゃの。

「ほう、緊張する様子が全く見られないな。なかなか肝の据わった嬢ちゃんだ」

「甘く見てるだけじゃねぇの？」

「幼女可愛い」

いやまて、今変な奴がおらんかったか⁉

と、その時じゃった。何やらギルドの建物の方から何者かが言い合う声が聞こえてきたのじゃ。

「何じゃ？」

「ですから、貴方が出張る程の相手では！」

「そうだよ父さん‼」

「まぁまぁ良いから良いから」

その声と共に、訓練場の扉が開く。

「おう、試験をするぞー！」

入ってきたのは数人の冒険者達じゃった。おっと、先ほどの受付のおなごもおるの。

そして先頭の男が周囲をキョロキョロと見回すと、わらわに視線を合わせる。

「おお、いたいた。お前さんが試験を受けに来た期待の新人だな！」

どうやらわらわに用があるようじゃ。

ふむ、受付のおなごがおるという事はこやつが試験官という訳か。

「いかにも、リンド＝ソーダじゃ」

「よし、それじゃあリンド、さっそく試験をするか」

やはりそうであったか。

「シルバーのグランツが試験をするのか⁉」

その時じゃった。突然周囲の冒険者達がざわめきだしたのじゃ。

「なんじゃ？　あ奴、有名人なのか？」

近くに居た冒険者に尋ねてみると、男は当たり前だろと息を荒くしながら答える。

「知らねぇのか⁉　シルバー級のグランツさんだぞ！　この町の、いや近隣でも最強の冒険者、大地の剛剣のリーダーだぞ！」

ふむ、どうやらなかなかの実力者のようじゃの。

確かに気配はなかなかのものじゃ。というかこの気配、さっきわらわをずっと見続けておった者の一人ではないかの？

「待ってくださいグランツさん！」

と、そこで受付のおなごがグランツを止める。

「どうしたよエミリーちゃん？　冒険者の試験じゃ格上の冒険者が試験をするもんだろ？」

「だからって新人の試験にシルバーランクの冒険者を呼べるわけないじゃないですか！　実力が違いすぎて試験になりませんよ！」

なんじゃ？　こやつを相手にするのではないのか？

「大丈夫だ。有望な新人に怪我なんてさせたりしないさ」

グランツの方はやる気満々なんじゃがのう。

「やめろって父さん。あんなガキ父さんが相手をする価値なんてないよ。時間の無駄だって」

ふむ、こやつはグランツの息子か。こっちは父親に比べてまだまだひよっこじゃの。

「ロレンツ、それを決めるのは俺だ。それに新人の実力を測り導くのも先輩冒険者として大事な仕事だぞ。上位ランクの冒険者は自分だけじゃなく、冒険者全体の未来も考えなくてはいかん」

ほほう、中々長期的な視野でものを考える事の出来る男のようじゃの。

是非ともわらわの部下に欲しいものじゃ……っていかん、わらわは魔王を引退したのじゃった。

有望な者を見るとつい勧誘したくなるのは悪い癖じゃのう。

「それはそうかもしれないけど……」

「まぁまぁ、ロレンツ君も落ち着いて。グランツも小さい子を相手に本気を出したりはしないだろうから……しないよね？」

「するわけないだろ!?　そこは信じろよ！」

なんか面白い集団じゃのう。しかし後から姿を見せたこの男……

「ほらほら、あの子を放っておいていいのかい？　ごめんね待たせちゃって」

「いや、気にしないで良いのじゃ。わらわは気が長い方じゃからの」

と、わらわはそっと立礼の姿勢を取る。

そう言えば人族の礼はこれで良いのかの？　まぁ良いか。

「……そうか、ありがとう」

などと言っている間にもグランツがわらわの前にやって来る。

「新人、試験の内容は簡単だ。時間まで俺の攻撃を避け続ける事が出来れば合格だ。もしくは俺に攻撃を当てればその時点で合格だ」

「シンプルじゃの」

「おう。冒険者は生き残ってなんぼだからな！」

ふむ、分かりやすくて良いのう。

「ところで攻撃を当てるのは良いが、魔法を当てても大丈夫なのかの？」

「おお、お前さんは魔法使いなのか！　なおさら有望だな！　だが杖はどうした？」

「そんなもの無くても使えるわい」

「ほう、杖無しで魔法を使えるのか。そりゃホントに有望だ」

そう言えば人族の魔法使いは魔法の威力を強化する為に、触媒である杖を使うんじゃったな。

わらわもそれっぽく偽装する為に杖を用意しておいた方が良かったかの？

「よし、それじゃあ行くぞ！」

「来るが良い！」

「おおっ!!」

言うなりいきなりグランツは突撃してきた。

わらわは慌てずグランツの攻撃を大きく体を捻って回避する。

「今のを避けた!?」

「グランツさぁぁぁぁぁぁぁぁぁん!!」

受付のおなごが悲鳴をあげる。

おいおい、今の攻撃わらわが本当に普通の新人じゃったら壁まで吹っ飛んでおったぞ。

こやつ殺す気か。

「うむ、そうでなくてはな！　では続けて行くぞ！」

今度は剣を小刻みに振るっての連撃が来た。

いやこれも新人が受けたら剣を吹っ飛ばされるか最悪真っ二つにされるじゃろ。

わらわは攻撃をやや大げさに避ける。

あまりギリギリで避けるのも危険じゃからの。

わらわは必要でもない限り余裕を見せてギリギリ回避とか危ない事はしないのじゃ。

「アイツ、グランツの連撃を避けてるぞ！」

「さて、そろそろ反撃といくかの」

と言っても下手な魔法を放ってもこ奴なら避けるか剣で弾いてしまいそうじゃの。

しかしこんな所で本気を出したら町を壊滅させてしまうしのぅ。手加減って大変じゃわい。

「ならば！」

わらわは魔力を練り上げ魔法を放つ。

「ファイアラッシュ!!」

接近してくるグランツに対し、わらわは人族の魔法を模した無数の炎の弾をばらまく。

「むぅっ⁉」

わらわの放った魔法を見た冒険者達からどよめきが上がる。

「うぉぉ、なんて数だ！」

「ファイアラッシュは術者の実力に応じて離れる玉の数が増える。あの娘ただ者じゃないぞ！」

説明ご苦労。戦場でもたまにああいうやたらと説明したがるヤツがおるんじゃよなぁ。

さぁ、どう回避する？

「はは、これは堪らんな。むぅん‼」

じゃがグランツはわらわの放った弾幕を手にした剣で切り裂いていく。

「ほう、魔剣か」

「その通り！　ダンジョンの戦利品だ！」

魔剣、それは魔力を宿す特別な金属を鍛える事で作られた魔力を宿した剣の事じゃ。

魔剣はグランツがやって見せたように攻撃魔法を切り裂いたり、剣に込められた力を魔法のように放つことも出来るのじゃ。

「やれやれ、魔剣が相手では下手な魔法は無意味じゃの」

「そぉれ！」

グランツは剣を振りかぶりながらわらわの懐に足を踏み入れる。

「じゃがそれは囮じゃ」

「っ⁉」

その瞬間、踏み込んできたグランツの右足が地面に沈んだ。

「おおおっ⁉」

驚きつつもグランツはわらわに向かって剣を振り下ろす。

ふふっ、そんな腰の入っておらぬ剣なぞ怖くはないぞ。

わらわは余裕でグランツの剣を避けると、バランスを崩して倒れたグランツの頭にふわりと降りる。

そして指先から放った小さな炎の弾をグランツの鼻先スレスレに放つと、地面に小さな焦げ目が出来上がる。

「これで終わりじゃな」

「「「……」」」

訓練場が沈黙に包まれるなかグランツが起き上がり、埋まった右足を地面から引っこ抜く。

「魔法の弾幕を目晦ましにして、その隙に俺が来るだろう場所に罠を仕掛けたのか。こりゃ見事だ」

グランツは、泥だらけになった右足をじっと見つめるとニヤリと笑みを浮かべて剣を収めた。

つまり試験は終了したと言う事じゃの。

「「「おおおおおおおおっ‼」」」

そしてグランツが剣を収めると同時に、訓練場が歓声に包まれる。

「すっげぇ！　あいつグランツさんに攻撃を当てたぞ！」

「それよりも攻撃を連続で回避した事の方がおかしいだろ！　魔法使いじゃないのか⁉」

「嘘だろ、父さんが……」

「合格だ。おめでとう。まさか訓練場の地面を見た目はそのままに泥沼に変えるとは驚いたよ」

「うむ、お主も中々のものじゃった。あとよく見れば他の地面との違いに気付けたと思うぞ」

わらわは泥沼にした地面を元に戻しながらグランツにアドバイスをする。

「肝に銘じておくよ。それにしても良い腕をしているな。呪文の詠唱短縮も出来るとはウチのパーティに勧誘したいくらいだ」

「と、父さん!?」

突然の勧誘にわらわではなくロレンツの方が驚きの声を上げる。

「それは遠慮させてもらおうかの。わらわも色々やる事があるでの」

「そうか、残念だ」

「父さんの勧誘を断るのか!?」

さっきから落ち着きがないのう。勧誘されて欲しいのかして欲しくないのかどっちなんじゃ？

父親はどっしりと落ち着いておるが、こやつはまだまだじゃの。

「だがウチに来たくなったらいつでも声をかけてくれよ。お前さんなら大歓迎だ」

「考えておくとしよう」

「お話は終わったようですね」

「ああ、コイツは文句なしに……合格だ」

「ええ、しっかり拝見させて頂きました。と言う訳で」

ずらりと、グランツの周りにギルドの職員達が立ち並ぶ。

「お説教のお時間です」

ガシリと職員達がグランツの腕を掴んで引っ張っていく。

「まったく！　新人の、それも女の子相手にシルバー級の冒険者が試験をするとか何考えてるんですか！　しかも手加減もせずに！」

「い、いやちゃんと手加減はしてたって！」

「嘘おっしゃい！　最後の方は明らかに本気になってたでしょ！　大人げないんですよ！　今度という今度はギルド長にお説教してもらいますからね！」

「げげっ！　それは勘弁〜っ!!」

悲鳴をあげながら、グランツはギルドの奥へと引きずられて言ったのじゃった。

「まぁ、甘んじて説教をうけるんじゃの」

「リンドさん、それでは冒険者としての手続きをしますのでこちらへ」

職員に呼ばれたわらわが訓練場を出ようとしたその時、背中に強い敵意を感じる。

「む？」

振り向けば、取り残されたロレンツがわらわを不機嫌そうな眼差しで睨んでおった。

「……」

わらわ、恨まれるような事した覚えはないんじゃがのう。

「リンドさんですが、ブロンズ級冒険者として登録させてもらう事になったわ」

「む？　新人はストーン級なのではないのか？」

「ええ、通常はそうです。しかし試験で高い実力を示したものはその限りではありません。貴方はシルバー級であるグランツさんを相手に互角以上の戦いを繰り広げました。彼も手加減していたとはいえ、下位の冒険者に出来る事ではありません。ですので中級下位であるブロンズ級からのスタートとさせて頂きます」

ふむ、実力を見せればそれに応じたランクからスタートか。なかなか臨機応変じゃの。

「それにあなた程の実力者を下位に置いておくと、本当の意味で下位の実力しか持たない者の仕事が無くなってしまうので」

過去に実力者を馬鹿正直に最下位のランクから始めさせた事で、その者がランクを上げる為に荒稼ぎしすぎて、新人の仕事が無くなってしまった事があったのだと説明される。

その反省から、ランクが上の冒険者に新人の実力を見極める試験官をさせる事にしたのだとか。

「ふむ、そういう事なら承知した。わらわとしてもその方が話が早くて助かるからの」

「ブロンズ級になると指名依頼も入ってきますが、貴方は冒険者になったばかりなのでまずは幾つか依頼を受けてもらい、慣れてから指名依頼を解禁することにします」

「気遣い感謝するぞ」

「ではこちらがブロンズの冒険者カードです。冒険者カードは身分証にもなるわ。でも無くすと再発行にはペナルティと罰金がかかるから気を付けるのよ。カードは貴方達の信用そのものだからね」

「うむ、承知した」

「冒険者は依頼を達成していくとランクが上がります。最下級はストーン級で、ランクが上がるとカッパー、ブロンズ、アイアン、シルバー、ゴールドになります」

「ふむふむ」

「依頼はあそこの依頼ボードに張ってあるものが受けられます。受けられるのは自分のランクの一個上まで。ただしストーン級は初心者なのでストーン級の依頼だけよ。あとアイアン級以上のみと書かれた依頼なんかはそのランク以上しか受けられない危険な依頼ね」

「ふむ、ではストーン級がたまたまブロンズ級の依頼の討伐対象だった魔物と偶然遭遇して、結果倒してしまった場合はどうなるのじゃ？　報酬を受け取ることが出来るのか？」

「そういうケースはまずないと思うけど、その場合は報酬は貰えないわね。功名心に駆られた新人が無茶をするから。でも倒した魔物素材の買取はしてもらえるわよ。あっ、駄目よ、強い魔物に挑もうなんて考えたら！　そういう事をする人は例外なく死んじゃうんだから」

「承知した。身の丈に合わぬ敵には挑まぬよ」

「そうそう、人間無理をしないのが一番よ。あと依頼には通常依頼と常設依頼があるわ。通常依頼を受ける際は依頼用紙を剥がして持ってきて。私達で適正かどうかを確認したら依頼開始。ただし失敗したら違約金がかかるから注意ね」

「成る程、失敗の危険もあるのか」

「次は常設依頼ね。こちらは星のマークがついてるからすぐわかるわ。常設依頼はいつでも募集してる依頼だから紙を剥がして持ってくる必要はないわ。この依頼は失敗しても違約金はかからないから他の依頼を受けるついでに受ける感じね」

ふむふむ、冒険者の仕事、意外と面白そうじゃの。魔王の次の仕事として楽しめそうじゃ。

グランツSIDE

「まったく、とんでもない新人が入って来たものだな」

そう言ってため息を吐いたのはこの冒険者ギルド支部を統括するギルド長だった。

「そう珍しい事でもないだろう。修練を積んできた奴がランクをすっ飛ばして登録するなんてよ」

「単純な腕っぷしだけならな。だが例の子供は杖と呪文無しで魔法を操り、お前の攻撃も余裕で回避したんだろう？　間違いなく宮廷魔術師、いや、それ以上の実力だ」

「ちゃんと手加減したっつーの！」

「それに聞けば貴族への対応もしっかりしていたそうじゃないか」

と、ギルド長がグランツの仲間のラルクに視線を向ける。

一見するとそうは見えないが、ラルクは子爵家の四男だった。

「ええ、多少我が国の作法とは違いますが、明らかに貴族への対応に慣れていますね」

貴族の男子は後継者か、よその貴族家に婿入りする者以外は成人すると平民になってしまう。

そうなると貴族年金を期待できない為、仕事に就かないといけなくなる。

普通は騎士団か文官になる道を選ぶのだが、ラルクは冒険者になる道を選んだ。

彼の様な貴族は少なくない。活躍如何によっては新たに貴族の地位を得る事が出来るからだ。

「となると没落貴族の娘か？　言葉遣いもそれらしいしな」

ギルド長はリンドが貴族の娘なのではないかと予想をする。

実際貴族の家は浮き沈みが激しい。政争に負ける者、戦争で後継者や当主が死んでしまう家、更には分家に乗っ取られる事だってあった。もっとも、どれも的外れな予想だったが。

「どちらにしろあれなら貴族からの指名依頼も受けれるだろうね」

「……どうだか」

それに異を唱えたのはロレンツだ。

「なんだロレンツ、お前嫉妬してんのか？」

「なっ、そんな訳ないだろ！」

「お前はカッパーからスタートだったもんな。自分の上を行かれて悔しいんだろ」

グランツが不機嫌そうな息子をからかうと、ロレンツはその事に気づかず乗ってくる。

「悔しくなんかない！　ただアイツが父さんに対して礼儀の欠片も見せなかったのがムカついただけだ！　父さんはシルバーなんだよ！　それをアイツは分かってないんだ！」

「ははは、そうかそうか」

「だがな、あの嬢ちゃんはそんな事どうでもいいんだろうさ」

「どうでもいいだと!? そんな筈はない！ 冒険者ならランクを上げる事は何よりも重要な筈だ！」

(ランクに拘るのはまだまだ未熟な証だな。これではグランツもまだまだ背中を任せられんか)

そんなロレンツの未熟さに、ギルド長は内心で苦笑する。

「ともあれ有望な新人が所属してくれたんだ。ありがたい事じゃないか。さてさて、あの嬢ちゃんはどんな冒険を繰り広げることやら……」

国王SIDE

「よくぞ魔王を討伐して戻った勇者よ！ 大儀である」

魔王が人族に化けて冒険者になった頃、勇者達もまた人族の領域に帰還していた。

「過分なお褒めの言葉、感謝いたしします」

国王の言葉に勇者は頭(こうべ)を垂れたまま感謝を告げる。

「そなたのお陰で我等人族は数百年ぶりに勝利を手に入れる事が出来た。これで人族が魔族に奪われた領地を取り戻す事が出来るであろう！」

さも人族が被害者のように言っているが、実際には攻め込んだ結果、逆襲を受けて賠償金代わりに奪われただけである。

しかし奪われた方にとっては都合の悪い事実などあってはならず、結果後世には被害者であると言う歪んだ主張だけが遺されたのであった。

「そなた達には十分な褒美を授けよう」

「ありがとうございます」

「うむ、王国の未来は明るいのう！」

しかしそこで勇者がピクリと反応する。

「陛下、それなのですが、少々気になる事が」

「ぬ？　何じゃ一体？」

「はい、実は先ほど城の騎士達から、不自然な規模の魔物の群れが各地に出没すると言う情報を聞きました。僕達なら聖獣に乗って各地を迅速に回る事が出来ます。討伐の許可を！」

勇者が魔物の討伐を提案すると、国王はニコリと優しげな笑みを浮かべた。

「流石勇者じゃな。だがそなたは魔王討伐という偉業を成したばかり。体もかなり疲れていよう」

「そんな事はありません！　帰還中に聖獣の背中で十分な休息は得ました。それよりも魔物に脅かされている人々の方が大事です！」

勇者の剣幕に国王は苦笑する。

「その意気や良し。だがそなたが帰って来るのを心待ちにしていた者が居る事を忘れてはいかんぞ」

「え？」

「勇者様ーっ!!　やっと戻っていらしたのですね！　姫は寂しゅうございました！　ああ、お怪我はありませんか？　魔王を討伐していらしたのですよね!?」

そこにやってきたのは、国王の娘であるティスティーナ姫だった。姫は勇者の下までやって来ると感極まったように頬を染めながら矢継ぎ早に言葉を紡ぐ。

「ティ、ティスティーナ姫……」

「これ姫よ、今は謁見の最中であるぞ。もう少しお淑やかにせぬか」

国王が姫を窘めるがティスティーナ姫はプクリとほほを膨らませる。

「だって勇者様は世界中を飛び回ってなかなかお城に戻ってこないんですもの！　わたくしの婚約者ですのに！」

ティスティーナ姫の言葉は事実である。

勇者は平民だが、神器に選ばれたというある意味貴族以上に貴い立場は、貴族達にとって垂涎の結婚相手だったのである。

何しろ他の貴族の影響を家に持ち込むことなく、権威だけを強化できるのだから。

それを熟知していた国王は、勇者の存在が確認された瞬間、彼を姫の婚約者に押し込んだのだ。

全ては国の安寧の為に。

「まぁそういう事じゃ。暫くは姫の話し相手になってやってくれ」

「ですが……」

「普通の魔物であれば我等騎士団でも十二分に相手に出来ます。勇者殿には我々の力を信用して欲しいですな」

勇者の反論を封じたのは国王の傍に控える近衛騎士団長だった。

「あっ、いえ、そう言う訳では……」

「近衛騎士団長の言う通りだ。魔物の群れについては騎士団に任せよ。勇者達は休息をとるのじゃ。これは国王命令である」

「「「はっ!!」」」

国王の命令とあっては逆らえないと、勇者は渋々頭を下げる。

「さっ、行きましょう勇者様。旅の間のお話をたっくさん聞かせてもらいますわよ」

「は、はい……」

ティスティーナ姫に腕を引っ張られ、勇者は強引に謁見の間から去る事となった。

その直後だった。国王から温和な笑みが消え、冷徹な支配者の眼差しが彼等の消えた扉を貫く。

「ふぅ、正義感が強いと言うのも困りものだな」

溜息と共に国王は勇者を酷評する。

「ええ、全くです。世の中はただ敵を倒せば良いと言うものではありませんからね。何しろその魔物の群れはわが国の新たな戦力なのですから」

それは騎士団長も同様だった。

事もあろうに彼は魔物が自分達の戦力だと言ったのだ。

「魔物の育成具合はどうなっておる?」

「はっ、反国王派の派閥の貴族の元に送った魔物達は現地の魔物と旅人を襲って順調に成長しているようです」

国王の質問に答えたのは宮廷魔術師長だった。

信じられないことに彼は自国で人が襲われている事を全く問題にしていなかった。

「ちゃんと魔物使いの命令を聞くのじゃろうな？」

しかし国王もまたそれを全く問題にしていないかの様な振る舞いを取る。

「そちらも問題ありませぬ。魔物使いが従えている魔物が群れの長となって統率は上手くいっておるそうです」

「ふはは、よいよい。まさかこんな簡単な方法で大量に魔物を従える事が出来るとはな」

「全くです。我が国の魔物使い達は面白い方法を考えてくれたものです」

信じられないことに勇者が懸念した魔物の群れは、国王達によって計画されたものだった。

「我等人族は長き戦いで疲弊し過ぎた。戦力を消耗させ過ぎてしまったのだ。だがこの計画が上手くいけば、我等人族は魔族と互角以上に戦える！」

「魔王と言う最大戦力が居なくなった今なら、我等に勝機があります」

「残された幹部は勇者殿の神器と聖女様が従える聖獣でどうにかなりましょう。有象無象の魔族は魔物共を使い潰せば十二分に削れます」

自分達が従える魔物すらも使い捨ての道具にすると宮廷魔術師長は嗤う。

「陛下に反抗的な貴族を弱体化出来るだけなく、我が国の国力が増えるのですから一石二鳥ですな」

しかもその矛先は同じ国の貴族にまで向いていた。

「強大な魔物軍団が出来上がった暁には、魔族共を根絶やしにしてくれよう！　そして魔族の領域、いやそれだけではない。他国の領土も我が国の領土となるのだ！　儂の下には勇者達も居る。世界を我が物とする日も近いぞ！　ははははははっ!!」

そこには、妄執に澱んだ男達の眼差しだけがあった……

宰相SIDE

「と、人族の王は思っている事でしょうね」

人族の国に潜り込ませた部下からの報告を受けてヒルデガルドはほくそ笑んでいた。

「よもや魔物軍団のアイデアを提供したのは我等魔族だとは思ってもいまい」

「しかも自分達に従っている魔物使いが全員我等魔族にとって代わられているとは夢にも思わないことでしょうな。お陰で実際には命令に従わずに野生化した個体が居る事もバレておりません」

部下の追従にヒルデガルドは満足気な笑みを浮かべる。

そう、国王の計画の裏にはヒルデガルドの思惑があったのだ。

「くくく、愚かな王だこと。人族の国全体に魔物を繁殖させつつある今、既に人族の国は我が手中も同然！　戦争を行う事すらせずに敵国を崩壊に導く事が出来るのだ！」

「ヒルデガルド様に反抗的な幹部の領土で実験的に育てている魔物の育成状況も悪くありません。こちらの魔物達は人族の領域で行っている実験と違って魔物使いの支配下にある魔物の数を多く配置してありますので、我々の命令に従順です」

更にヒルデガルドはより確実性の高い実験を自分とソリの合わない幹部の領地で行っていた。

「うむ。連中の力を削る事も出来て一石二鳥だな。愚かな人間共め。来たる決戦の折にはお前達の切り札がお前達自身を内側から喰い尽くすのだ！　更に人族全体を人質に取れば勇者達は抵抗も出来まい！　つまり条件を満たすのは私という事だ！」

計画が順調に進んでいる事にヒルデガルドは手ごたえを感じていた。

「時代遅れの魔王め！　いつまでも世界を支配できなかったお前と違い、私は知略で世界を手に入れるのだ！　最速でな!!」

かつて魔王ラグリンドが支配していた城の玉座で、宰相ヒルデガルドは高らかに笑うのだった。

「……全く、愚かしい事」

その姿に呆れている者の溜息にも気付かず。

第8話　魔王、襲撃されたのじゃ

冒険者ギルドとなったわらわは、さっそく依頼を受ける事にした。

島でノンビリ暮らす為にも、色々と物資を補給しておきたいからの。

「よし、この依頼を受けるのじゃ」

依頼板から手頃な依頼を選んで受付に持ってゆくと、受付嬢のエミリーがそれを受け取る。

「はーい、何の依頼かしら？」

「森の奥で採取依頼を受けるつもりじゃ」

「はいはい。ブロンズの採取依頼ね。リンドちゃんはソロなんだからあまり奥までいかないようにね。あと毒消しなんかの補助薬も持っていくのよ」

と、エミリーは新人であるわらわに冒険に行く際に必要な準備を教えてくれる。

「うむ、気遣い感謝する」

「はーい、いってらっしゃーい。あっ、そうそう、採取に行くなら町から少し離れた森が良いわよ。近場は新人で奪い合いになってるから。それと、最近魔物が不自然に大量発生してるみたいだから、気を付けてね」

「承知した」

エミリーの気遣いに感謝しつつ、わらわは森へと向かう。

やってきたのは隣町との丁度中間くらいにある森じゃ。ここなら新人冒険者も来ぬじゃろ。

人が少ないと言う事は魔物討伐で競合する心配もないし、因縁を付けられたり獲物を横取りされる心配もない。

何より魔族の領域の魔物に比べ、人族の領域の魔物は退治が容易なものばかりで凄く楽なのじゃ。

そんな訳でわらわは採取ついでに次々とやって来る魔物達を狩りまくる。

うひょー冒険者が滅多に来んから、魔物達もスレてないから入れ喰い状態じゃー！

「おっといかんいかん、狩ってばかりではなく採取もせんとな」

退治した魔物を魔法の倉庫にしまい込むと、わらわは依頼された薬草を探す。

「これでもわらわ、戦時中は自力で薬草を採取しては薬にしておったからの。薬草のめぼしはついておるのじゃよ。ほれあった」

案の定、この森は冒険者が少ないだけあって薬草も殆ど手つかずじゃった。

人族の冒険者達は手間を惜しむからの。移動時間を短縮する為に近場の森で済ませようとするから実入りが少ないのじゃよ。

「……」

その時じゃった。何かが近づいてくる感覚を感じる。

「む？」

これは……一人か。しかしこの距離までわらわに気付かせぬとは、中々の手練れよ。

しかし相手はある程度近づいてきたところでピタリと止まる。むむ、気付いた事に気付かれたか？

薬草を採取しながら暫く様子を見るも、反応が近づく様子は無い。

こちらから手を出さんと、いつまでもじっとしてそうじゃの。

「いつまでそうしておるつもりじゃ？　出てくるがよい」

「……」

わらわが呼びかけると、声の主は素直に姿を現した。

てっきり誤魔化す為に隠れ続けるかと思っておったが、意外にもあっさり認めたの。

しかしそのローブで身を覆い、フードとマスクで顔が隠されていた為、その正体は判別できぬ。

「何じゃ、物盗りか？」

周辺の伏兵の反応は無い故、物盗りの線は薄いか。

勿論こ奴を囮にして本命が潜んでいる可能性もないわけではないが。

ただ今回に関してはそれはないとわらわの勘が告げていた。

じゃがそれならば何者じゃ？　などと考えておったら、いきなり懐からナイフを投げてきよった。

「おっと、問答無用か」

わらわはナイフを半回転で回避すると、その勢いを維持して手にした薬草を投擲する。

「っ!?」

まさか草を投げられるとは思っていなかった襲撃者が反射的に薬草を拳で払う。だがそれは悪手。

わらわの放った薬草は狙い違わず襲撃者の手に刺さった。

くくくっ、これぞ強化魔法の真骨頂！　ただの薬草と言えどわらわが強化魔法を施す事で鉄の如き硬さに生まれ変わるのじゃ。

その状態で投げた薬草は、葉の形状もあいまってちょっとした投げナイフよ。

現役で戦場を駆けていた時代は、よく武器が無くなった時にその場にある背の高い草とかを強化魔法で棍棒代わりにして戦ったのう。

あれやると倒した相手がせめてもっとマシなものでー！　って断末魔をあげるのちょっと面白かったんじゃよな。

「……！」

しかし襲撃者は懐から取り出した小瓶を手にかけると、その傷がみるみる間に癒えてゆく。

ふむ、ポーションを用意しておったか。まぁ当然と言えば当然じゃな。

しかしわらわの一撃を喰らったのじゃ。手加減したとはいえすぐには手も自由に動くまい。

「のぅ、何で襲ってくるんじゃ？　わらわ冒険者としてデビューしたばかりで特に恨みを買うような事はしてないつもりなんじゃがのう？」

「……」

「だんまりか。じゃが襲ってきたと言う事は返り討ちに遭う覚悟もあるんじゃろうなっ！」

何か情報を得られぬかと思ったが、相手はこちらの質問に一切答えるつもりはないようじゃ。

しょうがない、まずは取り押さえてから調べるとするか。

再び薬草を魔法で強化しつつ放つも、今度は回避された。

ふむ、流石に二度目ともなると警戒されるか。ならば接近戦じゃ！

これまでの動きを見る限り、接近戦の実力はそれなりというところじゃな。

殺してしまわぬように加減しつつ……今じゃ！

ひょいっ。

「むむっ!?」

なんと！　今のを避けた!?　意外にも襲撃者はわらわの攻撃を回避した。

今までの動きから逆算した速度と威力の攻撃じゃったんじゃがのぅ。

「ならばこれはどうじゃ！」

わらわは上方修正した攻撃で再度襲撃者を攻撃する。しかし……

「なんと⁉　またしても避けた⁉」

　こやつ、只者ではない！　いかにうっかり殺さぬよう慎重に手加減したとて、わらわは魔王ぞ。それこそ達人レベルの相手でも負傷は免れん。

　なんせ今代の勇者達を殺さないようにするのも苦労したくらいじゃからの。

　そのわらわの攻撃を避けたと言う事は、こやつは間違いなく勇者よりも強い。

　じゃが一体何者なんじゃ⁉　今の人族は度重なる敗戦でこれほどまでの使い手はおらぬ筈じゃ。でなければ神器を地上の民同士で使うなどと言う馬鹿げた真似をするわけがないし、そもそも勇者の仲間として招集された筈じゃ。と言う事は在野の達人か？

　しかしさっきも言ったが逆恨みをするほど冒険者として活躍したつもりもない。

　となると考えられるのはヒルデガルドの刺客か？

　わらわの正体に気付いて襲ってきたと言う事か。

「ふん、あ奴の部下にも使える者がおるではないか！」

　寧ろわらわの国を乗っ取ろうと言うのだ。そのくらい出来る部下がおらねばの！

「少々本気を見せてやろう」

　と言ってもあまり派手にやり過ぎると騒ぎになってしまうのでまずは周辺に結界を張り巡らす。

「っ⁉」

　くくっ、今更になって慌てるか。

「結界とは守る為に使うだけでなく、本気で戦う姿を見られぬようにも使えるのじゃぞ？」

寧ろわらわクラスになると、周辺の地形を守る為に使う方が多いくらいじゃ。

「今度はこちらの番じゃ‼」

わらわは久しぶりに力を解放すると、一瞬で襲撃者の懐に入り込む。

「っ‼」

突然懐に飛び込まれた襲撃者が慌てて防御の姿勢を取ろうとする。

やはりこ奴、反応できておるの。

「じゃが遅い！」

抉り込むようなボディアッパーを叩き込むと、襲撃者の体が浮き上がる。

「かはっ⁉」

かろうじて防御が間に合ったが、それでも防御を抜けたダメージで襲撃者が苦悶の声を上げる。

「そらそらそらそら！　どうしたどうしたどうした？　まだまだこれからじゃぞ！」

相手を空中に浮かせたまま、わらわは小刻みにラッシュを放つ。

「くっ！」

襲撃者とわらわの間に薄く魔法陣が煌めき、攻撃の感触が鈍る。無詠唱での防御魔法か。

「うむ、そう来なくては……なっ！」

だがわらわはそれを貫通した。防御貫通は魔王のたしなみじゃよ？

「くぁっ⁉」

綺麗に攻撃が決まった事で、たまらず襲撃者が吹き飛ぶ。

「安心せい、殺しはせん。殺しは、な。その前に色々と喋ってもらうぞ」

さーて、もう少し遊ばせてもらうとするかの。

まだまだ本気でないとはいえ、わらわの攻撃をこれ程耐えられる相手は貴重じゃ。

魔物相手でも素材を気遣って超手加減せんとあかんしの。

くふふ、ストレス解消と行かせてもらおうか。

「お待ちを、魔王様!!」

わらわが更に力を解放しようとしたその時じゃった。

突然襲撃者が跪いたと思うと、地面に手をつき深々と頭を下げた。いわゆる土下座じゃの。

「なんじゃ? もう諦めるのか? じゃがわらわを襲って来た以上、謝って許して貰えるとは思わん事じゃな」

だってわらわ邪悪な魔王じゃし。

にしてもわらわの正体を知っていると言う事は、やはりヒルデガルドの部下か。

というか今の声聞き覚えがあるような……

「もとより魔王様に敵対する意思はありません。試すような真似をした事をお許し下さい」

「ふん、言いよるわ。ならば顔を見せよ。顔も見せぬような無礼者と話をするつもりはない」

「かしこまりました」

そう言ってフードを取った襲撃者の意外な正体にわらわは驚愕した。

「お、お主、リーメイアか!?」

「はい、リーメイアでございます」

襲撃者の正体、それはわらわの側近を務めておったメイド長、リーメイアであった。

「一か月ぶりですね魔王様」

「何故お主が……」

「お久しぶりです魔王様ぁぁぁぁぁぁぁぁぁぁぁぁん!!」

ヒルデガルドの手下になったのじゃ？　と聞こうとした刹那、リーメイアがわらわのレバーに頭突きと見紛う突進を行ってきた。

「ぐほぉ!?」

「はぁぁぁぁ、久しぶりの魔王様の感触です！」

そして流れる様な動作でわらわの腹に顔をうずめてくる。

そ、そうじゃった。こやつ、やたらと過剰なスキンシップを求めてくるのじゃった……ぐふぅ。

第9話　魔王、部下と再会するのじゃ

「はぁぁぁぁ、一ヶ月ぶりの魔王様……」

わらわの腹に顔をうずめながら恍惚とした声をあげるリーメイア。

なんじゃろな、この異様な光景。

このリーメイアはわらわの身の回りの世話をするメイド長であり、古くからわらわに仕える側近で

もあった。更に文武両道であらゆる事に優れ、リーメイアに任せればまず問題ないと言うくらいの完璧超人ならぬ魔人じゃ。

更に優れているのは能力だけではなく、見た目も極上であった。

ノワールホークの如き漆黒の髪は最高級の魔法糸の如き艶やかさであまたの女達を嫉妬させ、その冷酷な美しさは男女問わず魅了する。あと胸がデカイ。凄くデカい。……嫉妬なぞしとらんよ？

ただ、こ奴には少々困った性癖があっての……何故かわらわに異常な執着を示してくるのじゃ。

それこそ自身も王を名乗れる程の実力がある癖に、何故かいつもわらわを立てようとしおる。

魔族は人族と違い、同性で愛し合う者達も少なくないのでリーメイアもその類かと思ったのじゃが、本人曰く恋愛感情ではないらしい。

じゃあ一体なんなんじゃろうな、この行動は……

「……これ、そろそろ離れい」

わらわはいつまでもお腹を吸うリーメイアの頭をコツンと叩く。

「…………………はっ」

するとたっぷり時間をかけてからようやくリーメイアはわらわから離れた。

「で、そなた何の用じゃ？　魔王城の仕事は良いのか？」

「私の仕事は魔王様のお世話ですので。それ以外の仕事などございません」

「いや魔王城のメイド達を統率する仕事があるじゃろ」

お主自分が魔王城のメイドである事を忘れておるじゃろ。

「それは副メイド長の雑事です。魔王様専属メイド長の私の仕事ではありません」

こ、こやつ、メイド長の仕事を雑事と言い切りおった!?

あとメイド長の業務を副メイド長に押し付けるな。副メイド長が泣くぞ。

「どのみちあそこはもうダメです。居残る意味もございません」

「んん？　それはどういう意味じゃ？」

「どうもこうも、魔王様が居なくなった事で宰相が好き勝手し始めたんですよ」

「まぁそれは分かっておったことじゃからの」

わらわを排斥したらそうなるのは自明の理じゃしのー。

「それだけではなく、魔王様が居なくなった事で幹部達も独自の行動を始めました。名目上は宰相の指示のもとに纏まっていますが、実質もう分裂状態ですよ」

「その辺りはヒルデガルドの手腕に期待したいところじゃな。なんだかんだ言って、有能じゃし」

「無理でしょね。彼女の有能さは魔王様という頂点ありきのものです。魔王様が居たからこそ、魔王様が許可された政策に従っていたに過ぎません」

リーメイアはわらわが許したから幹部達は従っているのだと告げる。

いやー、流石にそこまで無能ではないと思うんじゃがのう。

「ですのでメイド達には暇を出し、私も城を出ました」

「いやいや勝手に首にされたらメイド達可哀そうじゃろ」

魔王城で働きたいと言う者もおったじゃろうに。

「ご安心を。その後で私が雇いなおしました。上司として沈むと分かっている船に残らせる訳にもいきませんからね」

「うーむ、それならまぁ良いか」

次の職場があるのならまぁよかろうて。

「それよりも魔王様ですよ！　何ですか勇者に封印されたって！　何がどうなったら魔王様がそんな出来の悪い冗談みたいなやられ方するんですか⁉」

「出来の悪いとは酷いのう。実はじゃな……」

と、わらわは勇者との戦いで起こった事、さらにその後のヒルデガルドの謀反について説明する。

「……成る程、そのような事があったのですね。と言うかあの女、相手の魔力量の見極めも出来なかったのですか⁉」

「うっかりしておったんじゃろうなぁ」

何せ千載一遇のチャンスと思ったことじゃろうし。

「そんな訳で久方ぶりの休暇を得る為にやられた振りをしておったんじゃよ」

「……はぁ。そういう事でしたか。人族も愚かならヒルデガルドも愚かですねぇ」

「けどそれなら何故わらわを攻撃してきたのじゃ？」

「それはアレです。私を一ヶ月も放置していた事への不服の表れと思ってください。お陰で私は一ヶ月も禁魔王様を強要されてしまったのですよ？」

禁わらわってなんじゃい。

「まぁお主ならわらわの攻撃を捌けたのも納得じゃわい」

「と言っても私程度では数分が限度ですけどね」

言いよるわい。

「それでいつ頃魔王城にお戻りになられるので？」

「いや戻らんよ？　わらわ魔王辞めたし」

「……は？」

わらわが魔王を辞めたと告げると、リーメイアがきょとんとする。

「わらわは魔王を引退したのじゃ」

「はぁぁぁぁぁぁぁ⁉　どういう事ですかそれ⁉」

「いやだって今の魔王国にはわらわ要らんもん。人族も長年の戦争で弱体化して勇者もあのザマじゃし。なにより国自体が一つにまとまって安定しておるからの。建国当初ならともなく、今はもうわらわがおらずとも国を維持する事は容易じゃよ」

わらわはどちらかと言うと戦時中に輝くタイプの武王じゃからのぅ。

「無理ですよ！　あの女に幹部達を従えるカリスマと武力はありません！　魔王様の威光なくばあっという間に空中分解を起こしますよ！」

「それならそれでよかろう」

「はぁっ⁉」

別に国が崩壊しても構わんと答えると、いよいよリーメイアが混乱の極みに至る。

「寧ろわらわという存在が長年にわたって君臨し続けた事の方がおかしいのじゃ。これを機にわらわは完全に引退し、陰ながら民を見守る事にするのじゃ」

皆にはこれを機にわらわが居なくても国を維持できるように頑張って貰わんとな。

まぁ次期魔王候補は何人か鍛えておったし、ヒルデガルドが駄目でも他の誰かが上手いことやってくれるじゃろうて。

「本心はなんですか？」

「もう魔王とか責任ある立場は嫌じゃー」

いやほんとコレに尽きるのじゃ。元々魔王にもなりたくてなった訳ではないしのう。

「……分かりました。では私が魔王様のお世話を致します」

「いやこの流れでなぜそうなるのじゃ？　お主も自由に生きればよかろうに」

好き好んでわらわなんぞの為に働く必要もあるまいに。

「私の自由は魔王様のお世話をする事です。それに魔王様を切らした生活など考えられませんから」

「何でそうもわらわの傍に居たがるのかのう」

「返品は受け付けませんよ。私は私の自由の為に魔王様のお傍に仕えるのですから」

リーメイアは梃子でも動かぬとばかりににんまりと笑みを浮かべる。

「ああもう、わかったわかった。ただしわらわの傍にいるつもりなら人族の振りをしておけ。わらわは冒険者として金を稼いでおるからの」

「承知しました。このような姿で如何でしょうか？」

リーメイアは変身魔法を使うと、ポンと人族の姿に変わった。

「うむ、それなら……って何でまたメイドなんじゃ？」

「魔王様のメイドですから」

……はぁ、もう好きにしたらええわい。

「……リンドじゃ。今の儂はリンド様。私の事はメイア＝ラーデじゃ」

「畏まりましたリンド様。私の事はメイア＝リーとお呼びください」

「安直過ぎんかの？　逆にしただけではないか」

「魔王様も似たようなものでは？」

「違いない。ではお主の冒険者登録を終えたら買い物をしてわらわの島に戻るとするかの」

「島ですか？」

「うむ。わらわの新しい城じゃよ」

「それはお掃除が楽しみです」

メイアがにこやかな笑みを浮かべて言う。

「何で掃除なんじゃい？」

「魔王様の事ですから、掃除洗濯は雑に済ませていると確信しておりますので」

「嫌な信頼じゃのう。ところでお主、どうやってわらわの正体と居場所を探り当てたのじゃ？」

「わたしが個人的に雇っている密偵達に探させました」

「ほう、有能な密て……」

「やたらと派手な活躍をする幼い少女が居たら知らせる様にと」

「……何でそんな命令で見つけれるんじゃ」

「私の部下は優秀ですから」

「納得いかんのう……」

「では話もまとまった事ですし、魔王様、さっそくお着替えを致しましょう」

そう言って流れる様に無数の服を取り出すリーメイア。

「待て、なぜそうなる？」

「魔王様に一ヶ月お会いできなかった間に新しい衣装が溜まったのです。是非お着替えを。先ほどの接触でスタイルに変わりがない事は確認しておりますから」

さっき突進してきたのはそういう事か!?

くっ、そう言えばこ奴等メイド隊はやたらとわらわを着替えさせようとしておったわ！

ヒルデガルドが反旗を翻した時も新しい服を受け取りに出かけておったしのう。

「ふふふふふっ、我等メイド隊の渾身の作が揃っておりますよ！」

「そういうのはあとにするのじゃー！」


「と言う訳で今日から一緒に暮らすメイアじゃ。仲良くしてやってくれ」

島に帰って来たわらわ達は、さっそく毛玉スライム達にリーメイアを紹介する。

「メイアです。よろしくお願いします皆様」

「「「よろしくねー」」」

ペコリとお辞儀をするリーメイアに毛玉スライム達がプルプルと体を揺らしながら挨拶を返す。

ふむ、どうやら歓迎されておるようじゃの。

「特技はリンド様のお世話全般です。今後料理と掃除とお風呂は私のしきりとさせて頂きます」

その言葉を聞いた瞬間、毛玉スライム達の体が大きく膨れ上がり、右端から左端までウェーブを描くように体を動かしてゆく。歓迎の踊りかなんかかの？

「わーい、ご飯が炭じゃないんだねー」

「救われたー」

……お主等、もしかしてわらわの食事に不満があったのか？

第10話　魔王、森に入るのじゃ

「リンド様……朝ですよ」

穏やかな日差しと柔らかな潮騒の音に紛れ、わらわを呼ぶ声が聞こえる。

「起きてください」

いやじゃー。わらわは眠いのじゃ。魔王を辞めたんじゃから惰眠を数百年ぶりの貪るのじゃ。

「お食事の用意も整っておりますよ」

後でいいのじゃー。

「起きてくださらないと、とびっきり可愛い服を着せますよ」

着替えくらい勝手にすれば……着替え⁉

「待つのじゃ‼」

慌てて意識を覚醒させると、目の前にはフリフリでロリロリな衣装を手にしたメイアの姿が……。

「って、何じゃそりゃぁぁぁぁぁ‼」

「はい、リンド様の新しいお召し物です」

「そんなモン着れるかぁー！」

あ、危ないところじゃった。

こ奴等メイド隊は何故かやたらとわらわに可愛らしい服を着せようとしてくるんじゃった。

魔王国を建国したばかりの頃、連日の激務で意識が朦朧としていた時に着替えさせられて酷い目にあったのじゃ。

フリフリ全開の女児服やら、動物を模した着ぐるみやらを着せたい放題やりたい放題じゃ。

危うく会議の場にその格好で出て行って大恥かくところじゃったのじゃからな……

あれで懲りて以来、メイド達に着替えだけは任せぬように警戒しておったのじゃが、魔王生活から解放されて気が抜けてしまったようじゃ。危ない危ない。

「ちぇっ、残念です」

「可愛く拗ねてもその服は着ぬからな」

「リンド様は魔王をお辞めになったのですから、もう威厳を気にする必要もないのでは？」

「別のものが減りそうな気がするから嫌じゃ」

「ふぅ、仕方ありませんね。今日のところはこれで諦めるとします」

「と言いながら少しだけフリフリを減らした服を出してくるではない」

こやつ、わざと要求を取り下げる振りをして一段階下げた服を出してきおったわ。

わらわがNOと突っぱねると、大げさにため息を吐いていつもの私服とは違う服を取り出した。

「ふむ、少しデザインが違うの」

「魔王様の私服は魔王国で一般的に使われるデザインですので、そのままですと魔族に詳しい者に疑われます。ですので魔王様に近い年頃の人族の女性が着る一般的な服をご用意しました」

「ほう、それは気を使わせたな。しかし町でこのような格好をしている娘を見たことないのじゃが」

「少し離れた国の都会の流行服です。魔王様は異国からやって来た設定で通していらっしゃるのでしょう？　でしたら拠点とされる町から離れた土地の服の方が説得力があるかと」

「道理じゃな」

「ではお着替えを手伝います」

「要らん、自分で着れる」

納得したわらわはメイアから分捕った服に着替える。

「こんなもんかの……って何でガッツポーズを取っとるんじゃい？」

「いえ、あまりにもお似合いですので興奮しました」

「……そうか」

これ、本当に普通の服なんじゃろうな？　わらわ不安になって来たぞ。


「ふぅ、相変わらずそなたの作る食事は美味いのう」

着替えを終えたわらわは毛玉スライム達と共にメイアの用意してくれた朝食を食べていた。

これまでの野営食と違い、メイアの作った料理は宮廷で食べていた料理と寸分違わぬ見事な味わいじゃった。

「おいしかったー」

「ごちそうさまー」

「お褒めにあずかり光栄です」

「碌な料理器具も無いのによくもまぁこれだけの料理を作り上げたの」

「城の空部屋をキッチンとして改造させて頂きました。問題がありましたら撤去いたしますが？」

「構わん、好きに使え」

メイアもわらわほどではないがマジックポケットを使える。

そこに調理機材一式と食材を収納していたと言う事か。

……いや、なんでキッチンを作れるほどの調理機材が入っておったんじゃ？

「さて、今日は何をしようかのう。この間はメイアの冒険者登録をしてすぐ帰ってしまった故、今度こそ依頼を受けるかの？」

「リンド様、それも良いのですが提案があります」

「ふむ、何じゃ？」

「毛玉スライム達から要望があります」

毛玉スライム達に何か不満でもあるのかと思ったが、リンドはそうではないと首を横に振る。

「毛玉スライム達の活動域なのですが、これは魔王様の新しい城周辺のみですよね」

「うむ。島に生息している魔物に襲われてはいかんゆえな」

流石に連れて来てあとは自由に生きろと放り捨てる訳にもいかんのでな。結界で保護しておる。

「はい、ですので島の調査を行うべきではないでしょうか？」

「ふむ、確かにの。金を稼ぐ事を優先してすっかり忘れておったわ」

毛玉スライム達の安全を考えると島の調査もするべきであったな。

「それともう一つ、毛玉スライム達から果物が欲しいと言う要望も入っております」

「果物か。それなら町で買ってくるか」

まぁその程度なら大した手間ではないな。依頼を受けにいくついでに買ってくればよかろう。

「いえ、それでは魔王様が長期不在の時に食べれませんので、出来れば島で栽培したいと思います」

ふむ、島で果物を育てるか。それは良いのう。

魔王を引退したあとは冒険者兼果物農家というのも面白そうじゃ。

「それならいつでも新鮮な果物が楽しめるな。よし果物の畑はわらわが作った畑の横に作るとよい」

「畏まりまし……リンド様が作った畑ですか？」

と、そこでメイアがピクリと眉を顰める。ふふ、わらわの畑が気になるのじゃな！

「うむ。こっそり作っておったのじゃ！　広いぞ！」

「……後ほどしっかりと確認させて頂きますね」

「では今日は島の調査といくかの」

「お供いたします」


メイアを伴って島の南部に位置する森にやって来たわらわは、懐かしい空気を満喫しておった。

「懐かしいのう。魔王国を建国する前はこのように野や森を歩いて縄張りを広げておったのう」

「そうですね。あの頃を考えると随分と勢力が大きくなったものです」

「今となってはわらわ達だけじゃがの。ははははっ！」

「悲しくなる事を言わないでください」

襲ってくる獣を逆に倒して喰らい、森で見つけた果物や山菜を食べては舌鼓を打つ生活。

おや？　あの頃って意外とスローライフだったのでは？

「しかし……」

「これは……」

そんな過去の記憶を懐かしみながらもわらわ達は森の中を見てある思いを抱いた。

「何もないのう！」

そうなんじゃよ、この森、碌な物がないのじゃ。

「そうですね多少木の実などはありますが、果物や山菜の類が殆どありませんね」

「せめて野生種があるかと思ったんじゃがのう」

「ここまで恵みの乏しい森は珍しいですね」

うーん、予想以上に何もないのじゃ。

島に強い魔物の反応が無かったのは碌な食い物が無い所為ではないのかのう？

微妙に切ない島の現実に涙がちょちょぎれるわい。

「おいお前！　ここを誰の縄張りだと思ってやがる！」

「なんじゃ？」

その時じゃった。突然森の中に活きの良い声が上がったのじゃ。

見れば木の上には小さな毛の塊の姿が。いや違う、あれは尻尾じゃ。大きな尻尾を持つ生き物じゃ！　リスのような体をしたその生き物は……

「ミニマムテイルのようですね」

「なんじゃミニマムテイルか」

ミニマムテイルはリスの魔物で、デカイ尻尾を持った小柄な魔物じゃ。

当然弱い。だって所詮はリスの魔物なんじゃもん。

「おうおうおう、俺様を相手にミニマムとは言ってくれるじゃねぇか！　俺様はこの森の主ビッグガイ様だぜ！」

「「ビッグガイ」」

まさかのビッグな名前にビックリじゃ。

「ふっ、群れで一番立派な尻尾がその証よぅ！」

ビッグガイと名乗ったミニマムテイルは、背を向けて尻尾を自慢するかのようにブンブンと振る。

多分威嚇行為なんじゃろうが、わらわ達から見れば、ただただ大きなモフモフが揺れて愛らしいだけなんじゃがのう。触ったら怒られるかの？

モフモフモフモフ。

「うわぁーっ!?　て、てめぇ何しやがる!!」

「おっとすまん」

しまった、あまりにもモフモフがフリフリしておったので、つい無意識に撫でまわしてしもうた。

「しかしミニマムテイルとはこのような番付をする魔物じゃったのか？」

「私も初めて聞きましたね」

うーん、外敵の居ない島で育った故に独自の風習を育んだのかのう？

「こ、この野郎！　俺様の縄張りに無断で入った上に、俺様の自慢の尻尾を無遠慮に撫でまわしやがって!! タダで返さねぇぞ!!」

ミニマムテイルのビッグガイが腕まくりのような仕草をしながら声を張り上げる。

「どうするんじゃ?」

「決まってんだろ! 縄張りに入って来たよそ者をぶっ飛ばすのさ!」

ブンブンと尻尾を振りながらビッグガイは威嚇してくる。

「恐ろしいの。まったく怖く感じぬのじゃ」

「分かります。遊んで欲しくて尻尾を振っているようにしか見えませんね」

凄いのじゃ。どう見ても愛らしい小動物がはしゃいでいるようにしか見えぬのじゃ。

「……のうビッグガイよ」

とはいえ、喧嘩を売られた以上はこちらも黙っている訳にはいかぬ。

野生の掟に従う魔物は、たとえ弱い種族といえど力を示さねば舐められる。

「なんでぃ!」

「この森の主と言ったが、それはお主達の種族だけの話か? それとも森に生きる全ての生物という意味か?」

「勿論森の頂点に決まってんだろ!」

「ほう、それは話が早いの」

「ああん? まさかテメェ、尻尾も無しに俺様に挑むつもりかぁ!?」

「むんっ」

わらわはビッグガイを威嚇する為に敵意を込めた魔力を開放する。

「ぴきぃぃぃぃぃぃ!!」

するとビッグガイはあっさりとぶっ倒れたのじゃった。

「あっしの負けです。どうか命ばかりはお助けを」

そして目を覚ましたビッグガイはそれは見事な掌返しをしてわらわに服従を誓ったのじゃった。

「あー、うん。別に殺したりはせんので安心するのじゃ」

「寛大なお言葉ありがとうございやす！」

口調まで変わっとるんじゃが……。

「わらわ達はこの島の浜で暮らすことにした。故にわらわ達と共に暮らしておる毛玉スライム達を攻撃せぬように仲間達に命じるのじゃ！」

「へい！　承知しやした！」

よし、これで森の魔物を個別に従える必要もなくなったのじゃ。

やはり群れを制圧するにはトップをシメるのが一番楽じゃの。

「ところで姉御、毛玉スライムってなんですかい？」

しかしそこでビッグガイが毛玉スライムを知らぬと言い出した。

「毛玉スライムを知らんのか!?」

マジか!?　世界中どこにでもいると言われとる毛玉スライムがこの島にはおらんのか!?

「す、すんません」

驚いたわらわに叱られたと思ったのか、ビッグガイが申し訳なさそうに体を竦める。

「あー、いや、別に怒った訳ではないんじゃがの」

ともあれ、それなら毛玉スライム達を連れてきて面通しをするとするか。

「メイア」

「そうおっしゃると思って毛玉スライムを一匹用意しておきました」

「出番きたー」

ポンとメイアのポケットから出てくる毛玉スライム。

「って連れて来とったんか！」

まさかの毛玉スライム同伴じゃったとは。

「驚くと思いまして」

「どっきり成功ー」

「めっちゃびっくりしたわい。あー、これが毛玉スライムじゃ。こ奴らとは仲良くしてくれ」

「へい分かりやした、よろしくお願いしやす毛玉スライムの兄貴！」

「よろしくねー。仲間もいっぱいいるよー」

「合点でさぁ！」

まぁ顔合わせが出来たので良しとするか。

「ところで姉御」

「姉御ってわらわかい、今度はなんじゃ？」

「実はあっしが支配してるナワバリはこの森だけなんでさぁ。なんで他の場所に行くならそこの主を倒して言う事を聞かせないといけやせんぜ」

と、ビッグガイは他の土地にも主がいると告げてくる。

「ほう、場所によって主が違うのか。何人おるんじゃ？」

「へい、平原と山、そして森のあっしの三匹でさぁ」

ふむ、生息域によって分かれていると言う事か。

「分かった。その主のところまで案内してくれ」

「お安い御用でさぁ！」


「おうおう森の、この俺様の縄張りに攻め込んくるたぁいい度胸だ。知らねぇ顔がいるようだが、俺様に勝てるとでも……」

小山にやってきたわらわの前に出てきたのは、丸くフワフワしたぬいぐるみの様な鳥じゃった。

「むん」

「ぴぎょぉぉぉぉぉぉぉ!?」

「ファンシービークですね。これも弱い魔物です」

「次行くぞ」

「ふん、この私の縄張りに攻め込んでくるとは愚かな。我が爪に掛かって死ぬがよ……」

平地で遭遇したのは尻尾がフカフカなタヌキの魔物じゃった。

「むん！」

「ぴぎぇぇぇぇぇぇぇぇぇっ⁉」

「モフルパングマーですね。よくもまぁこれだけ弱い魔物が大きな顔をしているものです」

「大陸から大きく離れた無人島であったがゆえに、強い魔物が余所からやってこなかったのかのう」

奇跡って起きるものなんじゃな。

「『我等島の長は貴方様に忠誠を誓います‼』」

そして島を統べておった長達と、その仲間である魔物達がわらわの前にひれ伏す。

うーんモフモフ天国。なんじゃこのモフモフ絨毯。

飛び込んだらさぞ気持ちいいんじゃろうなぁ。

「うむ。皆喧嘩をせず仲良くするのじゃぞ」

「『ははーっ！』」

あっと言う間に魔物達の平定が済んでしまったので、ついでに島の食材を探すことにする。

ただ魔物達に聞いたところ、どうやら島にはめぼしい果物や山菜が無いようじゃった。

生息していたのが小柄な最弱魔物達故、そこまで食料問題も深刻にならずに済んでいたようじゃ。

じゃがわらわ達がやってきた事で、そのバランスが崩れるのは明白じゃ。

「これは大陸から仕入れて来るしかないですね。そして可能な物は島で栽培致しましょう」

「それがよさそうじゃな」

結局大陸から仕入れてくるしかなさそうじゃな。

「姉御！　あっしも連れて行ってくだせぇ！」

ならばと町に転移しようとしたわらわの下に、ビッグガイが手ならぬ尻尾をあげた。

「ついて来たいとな？」

「へい！　聞けば海の向こうにはデカい森があるそうじゃないですかい！　俺ぁそれを見てみたいんでさぁ！」

ふむ、若者が都会に憧れるようなもんかのう？

「まぁ構わんが……死んでも自己責任じゃぞ？」

「死っ!?　い、いやあっしも群れのボス！　その程度でビビったりはしやせんぜ！」

なんかめっちゃビビり散らかしそうじゃの。頼むからわらわの服に小便漏らすでないぞ？

第11話　魔王、不思議な木の実を手に入れたのじゃ

新たな食材を求め、わらわはメイアとビッグガイを引き連れて町へとやって来た。

「さて、それではどうする？　市場に買いに行くか？　それとも森で採取するか？」

「まずは市場に行きましょう。食材の相場も確認しておきたいので」

「よし、ビッグガイよ、そなたはわらわに掴まって大人しくしておるのじゃぞ。そなたの尻尾を狙っ

てくる者もおる故にな」

「あっしの尻尾を!? へい、承知でさぁ！　絶対離れやせんぜ！」

ビッグガイが尻尾をギュッと抱きしめながらわらわの髪の毛にしがみ付いてくる。

ミニマムテイルは小柄な分肉に価値はないが、フワフワの尻尾や毛皮は襟巻などの防寒具といてそれなりの需要がある。

すばしっこい上に木の上を自由に行き来する故、わざわざミニマムテイルを狙う冒険者はそうそうおらんがの。

ただ南の島で捕食者を知らずにノンビリ育ったビッグガイじゃから、少しくらいは脅した方が危機感を持つじゃろうて。

市場にやってくると、さっそくメイアが露天や商店の食材をチェックし始める。

「この店は鮮度が良くないですね。こちらのお店は鮮度の割には値段が良いので要チェックです。あ、ここは論外ですね。こちらのお店は値段は高いですが質は良いですね。ここもチェックです」

まるで主婦のようにキビキビと食材の質と価格をチェックしていくメイア。

うーん、生き生きとしておるのう。

しかしそんなメイアじゃったが、ある果物を手にした途端眉をひそめたのじゃった。

「このリンゴ、随分と高いですね。それにこちらの山菜も」

ふむ、わらわにはさっぱり分からんが、高いのかのう？

「あー、そこら辺はしょうがねぇんだ。この間急に領主様が森へ入る事を禁止しちまったからな」

森を封鎖とな？　それはまた穏やかではないのう。

「禁止ですか？　大規模な魔物の群れでも見つかったのですか？」

「いや、騎士団や衛兵達が慌ててないから、そういう訳じゃねぇみたいだ」

危険な魔物が出た訳でもないとはますますもって奇妙じゃな。

「それは妙ですね。過去に同じような理由で封鎖された事はあるのですか？」

「ないから俺達も困ってるんだ。この辺の森で採れる果物や山菜は農家も育ててなかったからよ。仕入れようとすると、領主様が封鎖してない町から離れた森か、別の町からやって来た商人から買うしかない。けどそうなると危険だったり高くついたりしてこんな値段になっちまうのさ」

ふむ、領内の森が全て封鎖された訳ではないのじゃな。

「大変じゃのう」

「大変なんだよ譲ちゃん。だから何か買っていってくれよ」

「ではこちらの相場が普通の食材を」

「そっちは農家から普通に仕入れてる奴じゃねぇか」

「はい。無理に高くなっている物を買うつもりはありませんから」

同情を引いてちゃっかり商品を買ってもらおうとした店主じゃったが、歴戦のメイドであるメイアには通じないのじゃった。

「元々他所から仕入れていたおかげで値段が変わらない食材があったのは良かったですね」

「そうじゃの。全ての食材が値上がりしていたら住民の生活が大変な事になっておったところじゃ」

「しかしお主、人族の町の相場なぞよく知っておったの」

「定期的に部下に調査させておりますので」

「そう言うのはヒルデガルドの仕事なのではないのか……？」

「とりあえず食材と果物は確保できましたが、これからどうなさいますか？」

「そうじゃな。仕入れる事ができなんだ果物や山菜が気になるところじゃのう」

「他の町に仕入れに行きますか？　それとも……」

「そりゃあ勿論勝手に森に入るに決まっておろう」

「犯罪ですよ？」

「わらわ達は魔族じゃぞ。潜入任務でもないのに人族の法に従う義務などないわ」

「ふふふっ、悪いお方ですね」

「まぁそれにこの町はわらわ達の活動拠点じゃしな。暮らしやすくなるよう、領主が横暴を行う原因を取り除いても罰は当たるまいて」

「畏まりました」

「あっしは姉御について行きやすぜ！」

「うむ、では行くとするかの」

買い出しを終えたわらわ達は、町を出て森へと向かう。

ついでに冒険者ギルドで依頼を受けておこうと思ったが、森が封鎖されている事もあって止めておいた。

というのも、冒険者の依頼は森での討伐や採取が大きな割合を占めておるのじゃ。

薬草は言うに及ばず、食料となる小動物や隠れる場所の多い森は魔物にとっても格好の住処じゃからじゃ。

森が封鎖されている以上、冒険者達は護衛依頼などを受けている様子が多かった。

「もしかしたら魔物の大量発生と何か関係があるのかのう」

「何ですかそれは？」

「実はの……」

わらわは受付嬢から聞いた魔物の不自然な大量発生をメイアに説明する。

「ああ、それは宰相が原因ですね」

「なんと!?」

あっさり事情が判明してしまったわ。

そしてヒルデガルドが人族の貴族を唆して魔物の育成計画を企てておる事も判明してしまった。

「宰相はそりの合わない幹部の土地でも実験を行っていますね。条件を変えて育成の違いを見ている様です」

「成る程のう。あの計画を再開させたのはヒルデガルドであったか」

やめとけと言ったんじゃがのう。

ヒルデガルドは弱くはないが武闘派の上位幹部と比べるとやや劣る。

その戦力の差を使役した魔物で補おうという腹か。

「もしそれが理由なら、群れの魔物を適度に間引けばよかろうて」

「そうですね買取の際は森の外で遭遇したと言えば問題ないでしょう」

疑問の一つが解決した事で、わらわ達は気分良く森へと入った……のじゃが。

「警備がザルじゃのう。森の外周だけでなく、中も碌に巡回しておらぬではないか」

あっさり森に入れた故、代わりに森の中の巡回が多いのかと思っておったがそんな事は無かった。

「そうですね。どちらかというと警備よりも森の中に向かっている感じですか」

「そうじゃな」

とはいえ冒険者のように探索に優れているという感じでもない為、動きがぎこちないの。

ふむ、ある個所に数人が固まっておるな。ここは野営地か何かか？

「お二人は何で見えても無いのにそんな事が分かるんですかい？」

森の中の動きについて話していたわらわ達に、ビッグガイが首を傾げながら聞いてくる。

「魔力感知をしておるからのう。お主も頑張ればそのうち出来るようになると思うぞ」

「マジですかい!?」

うむ、範囲はともかく魔力による探知自体はそう難しい事ではない。

「あまり真に受けない様にしてくださいい。あっという間に魔力切れで倒れますよ。リンド様の技術は余人には真似のできないものですので」

「あっ、はい」

メイアに止められてビッグガイが真顔で返事をする。

いやホント大した魔法ではないんじゃぞ?

「やはり人族の動きがおかしいのう。明らかに何かを探しておる」

「おや？　何か動き出しましたね。これは……何かを追っているのでしょうか？」

と、その時じゃった。騎士達の反応が一斉に動き出す。

これは先ほどの野営地らしき場所じゃな。

「このまま進むと鉢合わせじゃの。隠れて様子を見るとするか」

「そうですね」

わらわ達が茂みに隠れると、メイアが魔法で植物を操ってわらわ達の体を覆い隠す。

そして待つ事しばし、姿こそ見えぬものの、騎士達の声が聞こえて来た。

「来やしたぜ姉御！」

騎士達はしきりに自分達の前を指差して声を上げておるが、誰かを追っているようにも見えぬ。

はて？　どういう事じゃ？　むむむ？　何やら弱々しい反応はあるのじゃが。

「姉御、ありゃあっしの同族ですぜ！」

ビッグガイの指差した場所を見れば、確かにそこには立派な尻尾が動いておる。

なんと騎士達が追っていたのはビッグガイと同じミニマムテイルじゃった。

「何でまた騎士がミニマムテイルを追っておるのじゃ？」

「どこかのご令嬢の我が儘でミニマムテイルの尻尾を取って来いと命じられたのでは？」

ありえるのう。貴族社会では何が流行を産み出すか分かったものではない。

数千年生きているわらわじゃが、本当に何が面白いのやらさっぱり分からん流行り物も多いのじゃよ。

「なんて酷ぇ連中だ！　姉御、お願いでさぁ！　アイツを助けてやってくだせぇ！」

同族が追われていると知り、ビッグガイがわらわに救助を求めてくる。

「ふむ、そうじゃのう」

助けるのはやぶさかではない。しかしわらわ達の顔を見られるのはよろしくないのう。と言う事でじゃ。

「よし、ビッグガイよ。お主、囮になれ」

「ガッテンでさぁ！　おうおう手前ぇら！　寄ってたかって何やってやがんでぇ！」

わらわの指示を受けて勢いよく飛び出していくビッグガイ。躊躇わん奴じゃのう。

そして追われていたミニマムテイルと騎士達の間に立ちはだかると、威勢よく口上を始めた。

しかし普通の人族にはミニマムテイルの言葉など分からぬ為、突然現れてキィキィと鳴きだしたビッグガイに面食らっておった。

「うむ、良い感じに気を引いてくれたの。それスパークアローじゃ」

わらわは雷の矢を放つと、大きく弧を描いて騎士達の背後から命中させた。

「「ぐわぁっ!?」」

「な、なんだ!?　ぐわぁ!!」

完全な不意打ちであったことと、金属の鎧であった事が災いして騎士達はあっさりと昏倒した。

そして革鎧を着ていた事で運よく気絶まではしなかった従者達も、メイアが後ろから忍び寄って意識を刈り取る。

「ようやったぞビッグガイ。お陰でわらわ達の顔を見られずに済んだのじゃ」

全員の意識を奪った事を確認したわらわは、植物の陰から姿を現す。

「お主も大丈夫かの?」

「あ、貴方達は一体……?」

わらわが声をかけると、ミニマムテイルがビクリと身を竦ませて後ずさる。

しまった。警戒されてしもうたか。

「安心しな。姉御達はお前を助けてくれたんだ!」

そこにビッグガイが割り込んでわらわは味方だとミニマムテイルに告げる。すると……

「……」

何故かミニマムテイルは動きを止めてしもうた。

「んん？　急に黙ってどうしたんだよ？」

「……ポッ」

そして顔と尻尾を赤く染める。

「「んん？」」

何じゃあの反応は？

「あ、あの、助けてくださってありがとうございます、立派な尻尾の方」

「「えっ⁉」」

立派な尻尾のお方⁉

「へっ、俺ぁ大した事はしてねぇよ。あいつ等をやっつけてくれたのはリンドの姉御のお陰さぁ」

「でもあの人族の前に立ちはだかってアタシを守ってくれたのは貴方だわ。アタシはリリリル。貴方の名前を教えて頂戴」

「俺様の名前はビッグガイ！　森の王者ビッグガイ様よ！」

もはやわらわ達の事など忘れたかのように会話を続けるミニマムテイル。

「ビッグガイ……素敵なお名前……」

おお、なんという事じゃ……ビッグガイの名前、ミニマムテイル的にはかなりイケてる名前じゃったらしい。

「それでリリリルとやら、お主何故人族に追われて負ったのじゃ？」

「はぁ……素敵な毛並み」

「おーい」

完全に二人の世界に入っておるミニマムテイルにもう一度呼びかけると、ようやくわらわ達の事を思い出したらしく、ビクリと体を震わせた。

「え!? あ、はい。えっとよくわからないんだけど、突然人族がやってきてアタシ達を追いかけまわし始めたの。お陰で迂闊にご飯の成る木にも近づけなくて困ってるのよ」

ふぅむ、何か理由があって追われているのかのう？

これはメイアの予想した通り貴族の我が儘じゃないのか。

「それでね、貴方にお礼を受け取って欲しいの」

「俺にか？」

「ええ、これを受け取って！」

と、リリリルは口からガボッと何かを出すと、ビッグガイに差し出す。

「何じゃ？ 種？」

それは小さな種じゃった。といってもミニマムテイルが持つには一抱えもあるシロモノじゃが。

ちゅーかよくそれが口の中に入っておったの。げっ歯類ってそう言うところあるよの。

「アタシ達がご飯にしてる木の実の種よ。種だけでも美味しいんだから！」

「ほう、種も美味いとのう」

ふむ、種まで美味いとは珍しい。まぁほお袋に入っていたモノを食べる気にはなれんが。

「少々よろしいですか？」

と、メイアがリリリルの種を上から取り上げる。しっかり手が汚れぬよう革手袋しておるの。

「あっ！　返して！　それはビッグガイにあげるの！」

メイアはリリリルの頭を押さえつつ、種をじっと観察する。

「何か気になるのかメイア？」

「……リンド様、これラグラの実の種ですよ」

「何じゃと？」

ラグラの実と言えば確か……

「成る程、そう言う事か」

メイアの言葉にわらわは全てを察したのじゃった。

第12話　魔王、移植をするのじゃ

ミニマムテイルのリリリルが追われておった理由、それはラグラの実の種が原因じゃった。

「成る程のう、そう言う事か」

「姉御、ラグラの実って何ですかい？」

ラグラの実の種を初めて見たらしいビッグガイが尋ねてくる。

「ラグラの実は上級ポーションの材料になる果物じゃよ」

「ポーション？」

ビッグガイが何だそれはと首を傾げる。

ふむ、無人島育ち故、ポーションも知らぬは当然か。

「ポーションとは傷をあっと言う間に治してくれる水の事じゃ」

「マジですかい⁉　そんなスゲェ水があるんですか⁉」

「クスクス、貴方ポーションも知らないのね」

「し、しょうがねぇだろ。俺の島には無かったんだからよ」

リリリルは人族の町が近いだけあってポーションの事を知っておるようじゃの。

「でもそんなところも可愛いわ」

はいはい、末永くお幸せになるのじゃ。

「どうやら領主はこの森の奥にラグラの木がある事を知り、それを独占する為に森を封鎖したみたいじゃな。上級ポーションは貴重じゃし、ラグラの実自体が美味じゃからのぅ」

ちゅーても物凄く貴重と言うほどではない、平民や下級貴族が手に入れるのは大変じゃが、上級貴族や腕利きの冒険者ならそこまで入手が大変と言う訳でもないの。

「リ――魔王様が封印されたと言う情報が広まり始めておりますから、この勢いで魔族との決戦に挑む為にポーションを用意しておきたいと言うのもあるでしょうね。上級ポーションを大量に供給できれば戦後の褒賞を期待できるでしょうし」

直接兵を出さずとも、重要な戦略物資を提供したとなれば戦後にデカい顔が出来るからのう。

「そうは言っても今の人族の戦力では、いかに上級ポーションがあろうともジリ貧なんじゃがのう」

なにせ人族の戦力を過剰に減らさぬためにわらわ達は戦いを調整しておったくらいじゃし。攻撃力と機動力と防御力と指導者と指揮官が足りんのじゃよー。うむ、全部じゃな。

「となると困りましたね。ラグラの木が目当てでは森の封鎖を解除させる事も出来ません」

「いやそうでもないぞ」

「とおっしゃいますと？」

「この森にラグラの木がある事を大々的に公表すれば良いのじゃ。さすれば領主は森に無断で侵入してくる連中の対処に追われることになる」

「はい？　それでは意味がないのでは？」

メイアはわらわの意図が分からぬと首を傾げる。

ふふふ、メイアは真面目に考えすぎなんじゃよ。

「じゃからその前にわらわ達がラグラの木を持ちだすのじゃ。それも明らかに何者かに持ち出されたと分かる形での」

そこまで教えると、メイアは納得がいったと手を叩く。

「成る程、そうなれば領主の疑いは森に侵入した者達、そしてその雇い主に向かう訳ですね」

「うむ、しかし問い詰められた方も身に覚えが無い故、当然返還要求には応じぬと言う訳じゃ」

「ですが盗まれた領主がそれを信じる筈もない」

封鎖した森に無断で入り込んだ訳じゃからの。後ろめたい事をしていると断定するじゃろ。

「結果この国の貴族達はお互いを疑いあい、場合によっては領地間での小規模な戦争すら起きるじゃろう。何せ貴重な上級ポーションの材料を産み出し続ける金の卵じゃ。なぁなぁで済ませられる訳が無い」

「リンド様の手を煩わした貴族に罰を与えるだけでなく、人族の国に長期的な不和の種を蒔くとは流石リンド様です。木だけに」

いやそれは上手くないぞメイアよ。

「ちょっと待って！」

しかしそこでリリリルから待ったがかかった。

「この種の木は私達にとって大事な食べ物よ。それを持っていかれたら困るわ」

まぁそう言いたい気持ちは分かる。

他種族同士の争いが原因で飯の種を取られては堪らぬじゃろうしの。

「姉御、あっしからも頼みます。あっし等にとって木の実は大事な食いもんでさぁ」

更にビッグガイもラグラの木をそっとして欲しいと頼んできた。

しかし安心するがよい。ちゃあんとその辺りも考えておるわい。

「うむ、それなんじゃがな。リリリルよ、お主等わらわの島に引っ越さぬか？」

「え!?」

突然の提案にリリリルがキョトンと尻尾を揺らす。

「お主達の大事な木は人族に狙われておるのは分かったじゃろう？　そして木の実を食べるお主等も狙われた。このままこの森におっては木もお主達も危ない。そこでこの木ごとお主達もわらわの島に引っ越すのじゃ」

「木ごと引っ越すなんて、そんな事出来るの？」

自分達よりも何倍も大きな木と群れの仲間達を安全に連れて行くことが出来るのかとリリリルは疑いの眼差しで見つめてくる。

じゃがそんなリリリルの肩をビッグガイがポンと叩いた。

「姉御なら信用できるぜ　それに見たろ？　姉御は滅茶苦茶強いからな！　あっという間に島に君臨する長達を手下にしちまったんだぜ！」

「そんな凄い人なの!?」

アレらを降した事は自慢にもなにもならんのじゃがのう。

「分かったわ。群れの仲間達に話してみる。皆も人族に襲われていたから、賛成してくれると思うわ。付いてきて」

リリリルは少しばかり悩んでいたが、どのみち人族に狙われているのならとわらわの提案を受け入れた。そして群れの仲間達の下にわらわを案内する。


「キキッ、ようこそ魔族の方。同胞を助けてくれて感謝いたします」

ミニマムテイルの群れが隠れ暮らす場所にやって来たわらわは、長を始めとしたミニマムテイル達に迎えられた。

見ればミニマムテイル達は騎士達に追われたのか、怪我をしている者が少なくない。

「なに、気にする事はない。それよりも怪我人の治療をしてやろう。メイア」

「畏まりました」

わらわの指示を受けたメイアがすぐさまミニマムテイルたちの治療を始める。

「傷の手当てを致します。まずは子供達から治療します」

メイアは警戒するミニマムテイル達を説得する時間も惜しいと強引に魔法で治療してゆく。

「うわぁ、痛くなくなったよ」

「ありがとうお姉さん」

「どういたしまして」

傷が治れば説得の必要は無くなる。次いでメイアは傷の深い者から順に治療を開始していった。

「おお、怪我人の治療まで、ありがとうございます」

傷を治して貰ったミニマムテイル達が、感謝の言葉と共に尻尾をこちらに向けてブンブンと振る。

なんじゃこの可愛い生き物は？　ミニマムテイルの友好表現なのかの？

「なに、大したことではない。それよりもじゃ……」

わらわは先ほどと同じようにラグラの木ごと引っ越す提案を長老達にする。

「それは願っても無い事ですが、何故そこまでしてくださるのですか？」

「まぁ道理じゃの。理由は二つじゃ。森が封鎖されているとわらわ達も森で採取などが出来なくなるのじゃよ。それは人族を含めた他の者達も困るのじゃ」

「人族がやっているのに人族が困るのですか？」

「人族も一枚岩ではないのじゃよ」

戦争による利益を求める貴族と生活の糧を得たい平民では意思の統一など出来る訳がないしの。

「ではもう一つの理由とは？」

「それはコヤツじゃ」

わらわはリリリルに寄り添われるビッグガイを指差した。

「え？　アッシですかい？」

「うむ。わらわに従う者の頼みじゃからな。その同族を守るのはやぶさかでない」

「姉御っ!!」

自分の為と言われたビッグガイがキラキラした目でわらわを見つめてくる。

まぁ本当は説得するのが面倒じゃから、同族であるビッグガイを理由にしただけなんじゃがの。

「おお、なんという慈悲深い……分かりました。我等一族の運命、貴方様にお預けします」

「うむ。それではさっそく引っ越しを始めるかの。まずはラグラの木の回収からじゃ！」

リリリルに案内されて森の奥へ向かうと、騎士達が物々しく護衛する木が見えて来た。

騎士達が守るラグラの木は三本か。

「あれが私達のご飯の木よ！」

騎士達に取られた木を目にしたリリリルが悔し気に鳴く。

「ふむ、大した人数ではないな。リリリルよ、他の場所にも同じ木はあるか？」

「無いわ、あそこにあるだけよ」

「それは手間が省けるの。メイア、わらわが削る故、お主は狩り残しを頼む。ただし殺すなよ」

「畏まりました。生き残った騎士も領主の不信の種にするのですね」

流石わらわの側近、話が早い。

この程度の人数であればわらわ一人でも殲滅はたやすいが、リリリル達の大切な木じゃからな。万が一にも傷つけたくはない。わらわ達にとっても大事なデザートになるしのう。

「ではやるぞ。ダークバレット！」

わらわが放った闇色の球が、薄暗い森の木陰に紛れて騎士達を襲う。

「うっ!?」

「おっ!?」

闇の球を喰らった騎士達が次々に崩れ落ちてゆく。

これぞわらわが得意とする制圧型闇魔法ダークバレットじゃ。

精神にダメージを与える事で肉体を傷つけることなく対象を無力化できる便利な魔法なのじゃよ。

精神に対するダメージなので周囲の自然や建造物を傷つけないのも使い勝手が良いのじゃよ。

「ぐぅっ!?　敵襲か!?」

欠点としてはゴーレムなどの無機物に対して効きが悪いのと、気合の入った連中は気絶まではいかんことがあると言う事かの。

あんまり威力を強めると廃人にしてしまうゆえ、力加減が難しい所はあるのう。まぁそれはどの魔法でも同じじゃが。

「総員戦闘態勢！　気絶した者を叩き起こせ！」

指揮官と思しき騎士が倒れた部下を蹴り起こしながら剣を構えて周囲に油断なく視線を送る。

ほう、耐えただけでなく指揮をするだけの気力があるか。

じゃが甘い。わらわのダークバレットは眠りの魔法ではない故、精神の傷が癒えぬ限り目覚めぬよ。

そして警戒の視線が水平方向にしか動かぬのも未熟。既にお主達の敵は真上に迫っておるぞ。

「ぐっ!?」

「がっ!?」

「ごっ!?」

空を飛んで真上から降り立ったメイアによって意識を刈り取られる騎士達。

わらわが攻撃を放って僅か数秒の事であった。

「凄いわ！　私達が敵わなかった人間達がこんなにあっさり!!」

「ひゅー！　さっすが姉御だぜ！」

わらわ達の迅速な対処にビッグガイ達が歓声を上げる。ふふふ、凄かろうわらわ？

「指揮官の練度は悪くなかったですが、上に注意が向かないあたり魔族と戦った経験の無い騎士だったようですね」

ふむ、ある程度魔族と戦える騎士ならこの程度の事、常識なのじゃが……ああ、成る程。

「む、こやつ、抗魔の首飾りをしておるな」

「魔法防御力を上げるマジックアイテムですか」

こやつの気合が入っておった訳じゃなかったようじゃな。道具で実力を底上げしておったか。

「ですがもう壊れていますね。まぁリンド様の魔法を喰らって保っただけマシですが」

「さて、それではラグラの木を掘り起こすとするか」

わらわは土魔法を使って地面をほぐすと、念動魔法を併用してラグラの木を宙に浮き上がらせる。

「私達の木が浮いた!?」

ははは、驚いたか！

「リンド様、他の木は私が掘り起こしますので、リンド様はミニマムテイル達を呼んで転移魔法の準備をお願いします」

「うむ、任せた」

残りの木をメイアに任せると、リリリルに頼んで森中のミニマムテイル達を集めさせる。

そして森中のミニマムテイル達が集まった頃、メイアも戻って来た。

「リンド様、遅くなって申し訳ございません」

「いや、丁度ミニマムテイル達が集まった所じゃ」

メイアも帰って来たので、さっそくミニマムテイル達をわらわの傍に集める。

そして転移魔法を発動すると周囲の景色が暗い森の中から一転して明るい平原へと変わる。

「え⁉　森が無くなったわ⁉」

突然森が消えた事にリリリル達ミニマムテイルが動揺の声をあげる。

「へへっ、ここが俺達の暮らす島さぁ！」

幸いビッグガイがすぐにミニマムテイル達を宥めてくれたお陰で、パニックにならずに済んだ。

「それではリンド様、さっそく畑に木を移植しましょう」

「うむ、わらわの畑はこっちじゃ」

わらわが城の裏手にある畑に皆を連れてゆくと、そこに毛玉スライム達が合流してくる。

「魔王様おかえりなさーい」

「おかえりー」

「うむ、今帰ったぞ。そら、あそこがわらわの畑じゃ」

「これが……⁉」

わらわの立派な畑を目にしたメイアは大きく目を見開くと、早足に畑へと足を入れる。

そしてしゃがみ込んで畑をじっと見つめると何やら小さく呟いた。

「……はぁ、こんな事だろうと思っていました」

「んん？　どうしたんじゃ？」

「いえ、なんでもありません。畑については後程私が手入れをしますので、まずはラグラの木の移植を致しましょう」

何やら強い眼差しになったメイアは、畑の一角に穴を掘るとラグラの木を設置する。

そして掘り起こした土を埋め直すことなく、マジックポケットから取り出した土で木の周囲を埋め始めたのじゃ。

「何でわざわざ別の土を使うんじゃ？」

「これはラグラの木を掘り起こした時の土です。植物を移植する際には、元々生えていた土地の土を使った方が馴染みやすいのです」

「ほー、そういうものか」

「はい、そういうものなのです」

そう言うとメイアは残りのラグラの木と土を地面に置く。

「ではリンド様、同じようにこちらもお願いします」

「え？ わらわがやるの？ あとなんかコレ、ラグラの木以外も無いかの？ 何か明らかに木ですらないモノが混ざっとるんじゃが？」

「それは森で採取した果物の木や山菜です。せっかくですのでラグラの木以外も採取してきました」

「戻るのが遅れたのはそれが理由か！」

「その通りでございます」

えーい、しっかりしておるわ。

「っていうかそれ、拾ってきたお主が自分でやる事でないかの？」

「私にはリンド様が作った畑もどきを手入れし直す作業がありますので」

「畑もどき!?」

その言いぐさは酷くないかの!?

「失礼しました。畑と言うのもおこがましい土の塊ですね」

「もっと酷くなったんじゃが!?」

「リンド様、畑とはただ土を掘り起こすだけではだめです。ちゃんと畝を作って、種は土の中に優しく埋める必要があります。ですがこの種は土の上に放置されていた所為で大半が鳥に食べられたか、栄養が足りずに枯れてしまっております。あと水も碌に撒いておりませんね」

「え？　そうなのか？」

「はい、畑とは作ったばかりの頃が一番手入れが大変なものなのです。本来なら何年も土を均して畑に適する様に改良し、肥料や水も定期的にかけてやらないといけません。更に鳥や虫から種や芽を守らないといけないのですよ」

そ、そうじゃったんか……わらわ知らんかった。

「と言う訳で私はこれから土魔法で畑を作り直しますので、リンド様は私がやったように木々の移植をよろしくお願いしますね」

「あっ、はい」

いかん、うっかり書類を間違えた時の怒り方じゃコレ。

こういう時は素直に謝っておくに限るのじゃ。でないと後がコワイからのう。

「毛玉スライム達、手伝ってください。種の傍にこの特製液体肥料が入った瓶を差し込むのです」

「まかせてー」

「植物魔法で種を成長させますので、合図をしたら新しい肥料を差し込んで下さい」

「はーい」

「あっ、これ美味しいー」

「ホント？　僕も飲むー」

「肥料を飲まないでください。後で分けてあげますから」

「はーい」

メイアの指示に従って毛玉スライム達が畑作業の手伝いを行う。

わらわは一人で作業なのにあっちは楽しそうでないかの？

「姉御！　あっし等は姉御を応援しますぜ！」

「おお、嬉しい事を言ってくれ……」

「ミニマムテイル達もこちらを手伝ってください」

「へい！　任せてくだせぇ！」

この裏切者ぉーっ！

「ふぃー、ようやく畑作業が終わったわい」

メイアの奴、終わったと思ったら何度もお代わりを出してきおったわ。

お陰で城の裏手は畑どころかちょっとした農園に変貌しておった。

「あとは木々の健康状態を見ながら適時肥料を追加して島の土に馴染ませていきましょう」

「木の様子を見るのは私達に任せて！　伊達に長年この木と過ごしてきた訳じゃないわ！」

リリリル達ミニマムテイル達が木の管理に立候補する。

「うむ、ではお主等をこの木の番人に任命するのじゃ！」

「「「「はーい!!」」」」

ふふっ、一気に賑やかになったもんじゃのう。

第13話　魔王、国内外を巡るのじゃ

ラグラの木の件が解決して数日が過ぎた。

森は未だ解放されておらず、街中を衛兵がうろついては商人の馬車や倉庫を調べて回っておる。

「表向きは盗賊団の摘発と言う事になっていますが、明らかにラグラの木を探しています」

やれやれ、諦めが悪いのう。ま、狙い通りなんじゃが。

「リンド様、今日はどちらに？」

「そうじゃの、今日は北方の魔物でも狩っておくとするか」

町を出たわらわ達は、人のおらぬ場所に移動すると転移魔法でこの国の北方に出る。

目的は魔物退治じゃが、ただの魔物退治ではない。

「おお、おるおる」

飛行魔法で上空から眺めると、明らかに不自然な規模の魔物の群れが見えた。

「ここの貴族も国王とはソリの合わん派閥と言う事か」

「そのようで」

ここ数日、わらわ達は国内に増えた不自然な規模の魔物の群れを討伐して回っておった。

というのもこの魔物達は我等魔族の領域に攻め込む為に育てられているものだからじゃ。

さらに言えばその裏では魔王国の宰相であるヒルデガルドが糸を引いておるのじゃが。

魔物の育成が進むと、せっかくの平穏が失われてしまうからの。

両国の戦いが一時的とはいえ、止まったのじゃ。暫くはこの平穏を満喫させてもらいたいしのう。

故にメイアの部下の情報をもとに発見した不審な魔物の群れを、片っ端から殲滅しておるのじゃ。

「しかし民を危険に晒すとは感心せんのう」

民は国の肉体そのものじゃぞ。それを大事にせんでどうするか。

わらわは上空から攻撃魔法で魔物達を殲滅すると、素材回収の為に地上に降りる。

折角倒したのじゃから、利用せんと勿体ないからのう。

「リンド様、負傷者がいるようです」

メイアが倒した群れの近くを指差すと、そこには数人の冒険者らしきもの達の姿があった。

「治療しますか?」

「任せる」

すぐにメイアが負傷者の治療に向かう。

勿論わらわもメイアもフードを目深にかぶって変装しておるので正体がバレる心配はない。

何故変装するのかじゃと? そりゃアレじゃ。この辺はわらわ達の拠点にしている町とちと離れすぎておる。複数の土地で顔を見られては、色々と不審に思われてしまうのじゃ。

念のため変身魔法の波長を変えて別の姿や髪色に換えてあるので、変装を解かないといかん場合でも大丈夫なのじゃ。

「あ、あの……」

魔物の回収をしておったら、先ほどの冒険者達がやって来た。

「何じゃ?」

「助けてくれてありがとう。君達が来てくれなかったら俺達は魔物にやられていたよ」

「こちらも魔法の実験に丁度良かったから気にするな。一応確認しておくが、獲物を横取りしたとは言わんよな?」

「い、言わないよ! 命が助かっただけでも十分だ! それにしても凄い魔法だな。あれだけいた魔物があっという間にこんなになっちまった」

そう言って狩り尽くされた魔物達を見て興奮気味に見る冒険者達。

「まあの。強力な魔法じゃが、強力過ぎてこういう時くらいしか使いどころがない魔法じゃ。それゆえ実験には丁度良かったがの」

ちなみにこの姿のわらわ達は旅の魔法研究者と言う事にしてある。

強力な魔法を使えるのも古い魔法の再現や新しい魔法の実験をしているからという設定じゃ。

わらわは魔族じゃからの。人族とは魔法の威力が大きく違う。

うっかり人族の前で強力な魔法を使ってしまった時の為の方便という訳じゃ。

「助かったよ、本当にありがとう！」

若き冒険者達を見送ると、わらわ達は彼等とは逆の方向の町に向かう。

勿論変身魔法で別の姿に変身してからじゃ。

「ようこそエリゴラ商会へ」

次にやって来たのは少々規模の大きい商会じゃ。

「うむ、商品の買取を頼みたい」

「かしこまりました。ではこちらへどうぞ」

普通の店ならカウンター越しに商品を渡せば買い取ってもらえるものじゃが、この店ではわざわざ奥の応接室まで案内された。というのも……

「はじめまして。私エリゴラ商店の番頭を務めさせていただいておりますラウコーと申します。この度はどのようなお品を提供して頂けるのでしょうかお嬢様？」

そう、わらわは良家のお嬢様のような恰好をさせられておったからじゃ！　メイアに!!

メイア曰く、

「高級品を取り扱うのですから、それに相応しい恰好をしないと舐められてしまいますので」

とか言って、次から次へとドレスを出してきてとっかえひっかえ着替えをさせられたわコンチクショー!!

一瞬だけあの着せ替え地獄を思い出して遠い眼差しになってしもうたが、わらわは気を取り直して会話を続ける。

「……ポーションじゃ」

わらわの言葉と共にメイアが十本のポーションをテーブルの上に乗せる。

「これだけで……いや、これは」

個数に不満の色を滲ませたラウコーじゃったが、ポーションを見た瞬間目の色が変わる。

「お嬢様、これはもしや……」

「うむ。上級ポーションじゃ」

わらわが認めると、ラウコーはすぐに鑑定人を呼んでポーションを調べさせる。

「これは良い上級ポーションですね。劣化もほとんどないので高く買い取れますよ、それにしてもこれは良い。殆ど作りたてなのでは……!?」

質の良い上級ポーションである事に鑑定人がはしゃいでおるわ。

「鑑定人がここまで褒めるとは素晴らしいですね。よろしければ一本金貨二十枚で買い取りますがいかがでしょうか?」

「うむ、それで良いぞ」

元手ゼロで手に入れた木の実が金貨二十枚とはチョロイのう。

「それでお嬢様、このポーションなのですが、よろしければ今後も我々に卸して頂くことはできますでしょうか？　勿論買取価格は勉強させて頂きますので」

くくっ、さっそくかかったの。

「そうじゃの。定期的にとは言えんが、ある程度はこの店に卸しに来ると約束しよう」

「おお！　ありがとうございます！　では今回の買取価格は特別に一本金貨二十五枚で買い取らせて頂きます！」

代金を受け取って店から出ると、ラウコー達が入り口まで付いてきてわらわ達を見送ってくれた。

「現金なもんじゃのう」

「中途半端な店は簡単にこちらの思惑に乗ってくれて助かります。それで、次の町に行きますか？」

「いや、今日はもうよかろう。同じ日に同時に売るよりも、時間をずらして移動時間を算出できるようにしてやったほうが引っ掻き回せる」

「畏まりました」

引っ掻き回す、とわらわが言ったのには意味がある。

というのもわらわ達がわざわざ変装してまで上級ポーションを売って回るのは、ラグラの木を盗んだ犯人を領主に探させる為じゃ。

木が盗まれてから数日後に突然国内で上級ポーションを売る者が現れ出したらどう思うか？

答えは火を見るよりも明らかじゃ。

領主はわらわ達を犯人の関係者と思って捕まえようとしてくるじゃろう。

ただ変身魔法があるとはいえ、わらわの外見年齢は元の年齢からそう変えられぬのは問題じゃ。

それゆえ、上級ポーションはわらわ達だけでなくメイアの部下である元メイド隊で変身魔法が使える者達にも頼んである。

え？　それならわざわざわらわが売りに行く必要ないんじゃないかって？

……メイア達に嵌められたのじゃ。

魔王を辞めたのなら今後の事も考えて様々な商会との取引を経験しておいた方が良いとな。

失敗しても変身魔法で顔を変えていれば問題ないと。

じゃが！　それがわらわを着せ替え人形にする為だったとは気付けるわけがないじゃろ！

うっかりそれもそうじゃなと言ってしまったが最後、わらわは朝から晩まで世界各国の衣装を着替えに着替えさせられてしまったのじゃ!!　なんかもう最後の方は取引どころか普段着にもならん珍妙な衣装を着せられたぞ！

「辺境の民族衣装です」

嘘じゃー！　動物の形をした全身を覆い尽くす服とかある訳ないじゃろ！

……とまぁ、そんな事もあってわらわも商取引に参加した訳だったんじゃが……

はぁ、服なんて仕事着が一着あれば十分なのじゃ。

「それはそれでどうかと思いますよ？」

第14話　魔王、毛玉スライムの有用性を語るのじゃ

「さて、今日は何をするかのう」

ここ最近各地で魔物の群れ狩りをしておったわらわじゃが、そろそろこの町でも活動を再開せんとアリバイ作りの意味がなくなるので、戻ってきたのじゃ。

特に依頼を受けるでもなく、街中を歩いて自分が町に居る事をアピールしておったのじゃが……

「ここどこじゃろ？」

気が付けば見知らぬ場所におったのじゃった……いや、迷子ではないのじゃ！

「なぁに、こういう時は真っすぐ進んでいけば大通りか町のはずれにたどり着くはずじゃ。これも町の地理を覚える一環と思えば問題は……む？」

その時じゃった。わらわの耳に誰かの悲痛な声が聞こえて来たのじゃ。

「……けてー……助けてー」

やはり誰かが助けを求めておる。

この声は子供か？　それにしては妙に抑揚が無いような……しかし悪戯と言うには不思議と危機感を感じる声のような気も……

「とりあえず行ってみるか」

声を頼りに路地を進むと、救いを求める声以外に別の声も聞こえて来た。

「へへっ！　悪い魔物は俺が退治してやるぜ！」

「倒すのは俺だよ！　俺は戦士になるんだからさ！」

これは子供の声か？

「僕の魔法で倒したいなー」

「お前この間、魔法失敗して家の壁燃やしてたじゃん」

「めっちゃ怒られてたよな」

いやめっちゃアグレッシブな失敗しておるの。将来が怖いやら有望なのやら……

何をやっているのかと首を傾げながら現場にたどり着くと、子供達が何かを囲んでおったのじゃ。

「助けてー」

「って、毛玉スライムか!!」

なんと毛玉スライムが子供達に囲まれて虐められておるではないか。

「止めぬかお主等！」

流石に見て見ぬ振りも出来ぬ故、わらわは子供達を止める。

「何だよお前？　俺達は魔物退治をしてるんだぞ！」

「そーだそーだ邪魔すんな！」

成る程、冒険者ごっこをしてるつもりなのじゃな。じゃがそれを本物でやるのは見過ごせぬのう。

「どこが魔物退治じゃ。そもそもこの毛玉スライムが何かしたというのか？」

「べ、別に何もしてないけど魔物は悪い奴だろ!?　だから冒険者が倒すんじゃん」

「そーだそーだ！　魔物は悪い奴なんだぞー」

やれやれ困ったもんじゃの。普通は危険だから近づくなと言うはずじゃが。

「そんな訳あるかい。魔物はただの野生の生き物じゃ。良いも悪いもない」

「嘘つくなよー、それなら何で魔物を倒すんだよ」

「魔物を狩る事で肉や素材を得る事が出来るからじゃ。獣を狩るのと同じじゃよ」

「獣と同じなの？　じゃあなんで魔物っていうの？」

と、ついさっきまでわらわを疑っておったにもかかわらず、純粋に疑問をぶつけてくる子供達。

「何じゃ、そんな事も教わっておらんのか。魔物とは会話が出来たり魔法や毒などの特殊な力が使えたりする生き物の事じゃ」

「へー、そうなんだー」

「マジ!?　魔物って魔法を使えんの!?」

「じゃあこいつも魔法を使うの!?」

抵抗できないと思っていた毛玉スライムに魔法で反撃されるかもしれないと知った途端、子供達の顔に怯えの色が混じる。

「いや、毛玉スライムは魔法を使えん」

「じゃあ魔物じゃないの？」

ほっとしつつも子供達は毛玉スライムは獣なのかと問うてくる。

「分類としては魔物じゃな。水を飲むだけで生きる事が出来るのが特徴じゃ」

「マジかよ!?　ご飯いらないの!?」

「いいなー、ピーマン食べなくてもいいんだー」

　ははは、子供らしいのう。

「でもさー、コイツホントに賢いの？　さっきからずっとプルプルしてるだけだぜ？」

「そんな事はないぞ。さっきからわらわに助けを求めておる」

「は？　嘘つくなよ。何も言ってねぇじゃん」

　自分に聞こえぬのだから嘘だと負けん気の強い小僧が声を荒げる。

「一部の強い魔物以外の声は、素質のある者でないと聞こえんのじゃ。ほれ、魔物使いとかおるじゃろ？　あ奴らは魔物の声を聞くことが出来るから言う事を聞かせる事が出来るんじゃよ。魔法使いが魔法を使うように、魔物使いは魔物と会話が出来るのじゃ」

「へー、そうなんだ」

「知らなかった」

　わらわの言葉を疑っておった小僧じゃが、魔物の声を聞くには才能が必要だと告げるとそういうものなのかとあっさり納得した。こういう時、子供は素直じゃのう。

「と言う訳でこ奴を虐めるのは止めるのじゃ。お主等に聞こえずともさっきからずっとわらわに助けを求めていたのじゃぞ」

「でもさ、魔物を放っておいたら数が増えて町が襲われるって冒険者の兄ちゃん達が言ってたぜ」

　まぁそれも間違いではない。

「それは獰猛な魔物の話じゃな。しかし実際にはこの毛玉スライムのように人を襲わない魔物もおるし、人の役に立つ魔物だっておるんじゃよ」

「じゃあこいつも何か役に立つの？」

「む？　毛玉スライムか？　そ、そうじゃのぅ……」

毛玉スライムの利点か……言われてみると困るのう……

「そうじゃ、毛がフワフワじゃぞ！」

「「え？」」

わらわの言葉に子供達が目を丸くして首を傾げる。

「ほれ、触ってみい。ふわっふわじゃぞ」

毛玉スライムの許可を得てから子供達の前に差し出すと、子供達はお互いに目配せしてお前が先にいけよと牽制しあう。

結果、リーダー格らしい負けん気の強い小僧が漢を見せる為に毛玉スライムに触ることになった。

「……え、えい」

ポフッと子供の手が毛玉スライムの毛に触れる。

「うわっ、ホントだ。スゲェフワフワ」

本当にフワフワの感触だったことで、小僧の目がキラキラと輝く。

「マジ？　俺も触る」

「僕も」

こうなると他の子供達も羨ましくなったのか、我先にと毛玉スライムに群がって来た。

「これこれ、優しくするのじゃ」

「おおー、確かにフワフワだぁ」

「わわっ、中がプニプニしてる」

子供達は毛玉スライムの肌触りに恍惚となる。

くくくっ、これでお主等は毛玉スライムの毛並みから逃れられなくなったのじゃ！

「どうじゃ？　大人しいモンじゃろ？」

「うん、向こうの爺ちゃん家で飼ってる犬より大人しい」

ふぅ、なんとか毛玉スライムの危機を脱したようじゃの。あとは町の外に逃がせば……

「ショート、さっきから何騒いでるんだい!?」

と、思ったら、突然機嫌の悪そうな女の声が聞こえて来たのじゃ。

「やべっ、かーちゃんだ！」

どうやらリーダー小僧の母親らしいの。

「家の仕事も手伝わないで……なんだいそりゃ？」

リーダーの母親は小僧達が撫でまわしている毛玉スライムを見て眉を顰める。

「毛玉スライムだよかーちゃん」

「毛玉……スライムゥ!?」

スライムと聞いてビクリと体を震わせるリーダーの母親。

「キャァァァァ！　魔物よー！　魔物が町に入りこんでるわよー！」

「ちょっ⁉　かーちゃん⁉」

突然母親が悲鳴を上げて動揺する小僧達。って言うかこれマズイのでは？

案の定、悲鳴を聞いた町の住人達が駆けつけて来おった。

「魔物だって⁉」

「誰か衛兵隊を呼んでこい！」

いかん、このままでは毛玉スライム一匹で大事になってしまう！

「待て待て、騒ぐほどの相手ではない。見よ、毛玉スライムじゃ」

わらわが毛玉スライムを掲げると、男達は怪訝な顔しつつなんだ毛玉スライムかと肩を竦める。

「なんだいなんだい。魔物って言うからなんだと思ったら毛玉スライムじゃないか」

どうやら町の男達は毛玉スライムに危険がないと分かっておるらしいの。

「魔物なんでしょ⁉　お嬢ちゃん危ないからすぐに捨てな！」

「こりゃ参ったのう」

どうやらこの母親、というか周囲の人間の反応を見る限り、男達はともかくおなご達は毛玉スライムを危険なものと思い込んでおるようじゃな。

「毛玉スライムは生き物を襲ったりはせん。水を飲めば生きていける故、畑や牧場を襲う事もない」

「そんな都合のいい生き物がいる訳無いだろ！　いい加減な事を言ってないで早く捨てな！」

うーん、パニックに陥っていて効く耳もたんのぅ。

「事実じゃよ。わらわは冒険者じゃからな。魔物の事は詳しいのじゃ」

「冒険者？　嬢ちゃんが？」

それに反応したのはリーダーの母親ではなく男達だった。

「ほれ、わらわの冒険者カードじゃ。これでもブロンズランクじゃぞ」

「す、すっげー！　お前ブロンズランクの冒険者だったのかよ!?」

わらわがブロンズランクと知って小僧達が色めき立つ。

「ブ、ブロンズ？　知ってんのかい？」

話題がズレた事で、母親が困惑しつつも少しだけ冷静さを取り戻す。

「かーちゃん知らねーのかよ。ブロンズランクの冒険者は熟練の冒険者の証なんだぜ！」

「このお嬢ちゃんが熟練の冒険者……なのかい？」

「ファイヤーボール」

リーダーの母親の疑念を晴らす為、わらわは空中に炎の球を生み出す。

「「「おおおっ!?」」」

更に炎の球を無数の小さな球に分裂され、ぐるぐると円を描いて回転させたり、他の炎の球をギリギリ回避するスレスレの軌道を取らせたりしてみる。

「消えろ」

そして皆の注意が毛玉スライムから炎の球に完全に映った事を確認してから、魔法を解除した。

「凄い！　ファイヤーボールをあんなに自在に操れるなんて凄いよ！」

一部始終を見ていた野次馬達は大道芸と勘違いしたのか拍手と一緒におひねりを投げてくる。

「とまぁこんな感じじゃよ。信じて貰えたかの?」

「……本当に冒険者なんだね」

「うむ、その冒険者が言うのじゃ。毛玉スライムに危険はないぞ」

じゃがそれでも町のおなご達は不安そうな眼差しを崩さなんだ。

「でもねぇ、危なくないって言っても魔物なんだろう?」

まぁ長年魔物は全て危険と教えられてきた故、すぐには信じられないんじゃろうなぁ。

「なぁなぁ、毛玉スライムって他に何が出来るんだよ」

と、そこで小僧が毛玉スライムの特技はもうないのかと尋ねてきた。

「ふむ、他の特技か……」

ふむ、そうじゃのう。危険が無いと言っても納得して貰えぬのなら、いっそ有益なところを見せる方が良いか。

「と言っても何があったかのう」

毛玉スライムは最弱の魔物じゃ。まず戦闘では何の役にも立たぬ。

かといって生活の役にたつかと言うとこれと言った能力は……そうじゃ!

「毛玉スライムの能力じゃが、濡れた体を乾かしてくれるというものがある」

「乾かす?」

乾かすと言われてもいまいちイメージが湧かないらしく、皆首を傾げる。

「見ておれ、ウォーターボール」

わらわは宙に浮いた小さな水の球を自分の腕にぶつける。

するとわらわの服の袖がびっしょりと濡れた。

「毛玉スライムよ、服に付いた水を吸ってくれぬか？」

「ご飯ー？」

「そうじゃ、ご飯じゃ」

「わーい、いただきまーす」

わらわが許可を出すと、毛玉スライムは嬉しそうに塗れた袖の水分を吸収する。

そしてあっという間に服の袖は乾いたのじゃった。

「とまぁこんな感じじゃな。触ってみるがよい」

「すげー、ホントに乾いてる！」

「あらまホントだわ！」

「ナデナデ」

誰じゃ今わらわの頭を撫でたのは!?

「スライムすげー！」

「この子が居たら洗濯物もすぐ乾くんじゃない！」

「あらやだ、雨の日に便利じゃないの？」

「冬場に濡れて帰って来た時にも便利だなこりゃ」

よしよし、町の者達が毛玉スライムの能力を知って好意的な反応になったわ。

「先ほども言ったが、毛玉スライムは人を襲わぬ。と言うより襲えるような力が無い。それはさっきまで毛玉スライムを虐めておったお主達が一番よく分かっておるじゃろ？」

「う……」

「ご、ごめん！」

「ごめんなさい！」

「ごめんね」

毛玉スライムが助けを求めていたと聞いたのもあるのじゃろう。

小僧達はバツの悪そうな顔をすると、素直に毛玉スライムに頭を下げた。

「いいよー」

「許すと言っておる」

わらわが毛玉スライムの言葉を代弁すると、小僧達はほっと安堵の溜息をもらす。

これでもう毛玉スライムが町に紛れ込んでも襲われることはないじゃろう。

しかし……ふむ、少々試してみるか。

「のう、もしよかったら毛玉スライム達を町に住まわせてやってはくれぬか？」

「え？　スライムを!?」

わらわの提案に町の者達が驚きの声をあげる。

「うむ。毛玉スライムは弱い故に他の魔物に襲われる生き物じゃ。じゃから町で保護してもらえると毛玉スライム達も助かるのじゃ。なに、魔物故家に住まわせる必要もない。洗濯物の水気を吸わせるだけで良い」

魔物の軍事利用の件もある。毛玉スライム達が魔物の餌にならないようにした方がよいからのう。

「なぁ嬢ちゃん、なんでそんなにこのスライムによくするんだ？」

けれどそこで町の者が、わらわが毛玉スライム達に親切にする理由が分からないと尋ねてきた。

「別に大したことではない。ただ、冒険者が弱い者いじめをしてもつまらん、それだけの事じゃ」

本音を言うとこの土地の毛玉スライム達だけ見捨てるのは気分が悪いからなんじゃけどな。

とはいえ毛玉スライム達を保護してると馬鹿正直に教える必要もあるまいて。

「成る程な！　弱きを守り、強きに挑むって事か。粋じゃねぇか！」

「「「おおー」」」

「すげー！　ねーちゃんカッコいい！」

んん？　何か今、変な勘違いされた気がするが……まぁ良いか。

その後、町では少しずつ毛玉スライムの数が増える事になった。

その際に衛兵達が毛玉スライム達を駆除しようと出動する騒ぎもあったが、町の住人達との話し合いと、所詮毛玉スライムという事で、一応は監視しつつも放置することが決まったのじゃった。

その結果、毛玉スライム達は町中の奥様達から生乾きの救世主と呼ばれ絶大な支持を得る事となったとか。

ところで生乾きって何じゃろ？

第15話　魔王、の外で起きる嵐の予感なのじゃ

勇者SIDE

魔王達が国中を巡って魔物を退治している頃、勇者達もまた魔物と戦っていた。

「くっ、なんて奴だ！」

だが魔王とは真逆に、勇者達は苦戦していた。

相手は勇者達のゆうに十倍はあろうかという巨大な魔物だったのだ。

立ち向かうは魔王封印を成し遂げた勇者、聖女、近衛騎士筆頭の三人。そして騎士団の戦士達。

魔王を封印した彼等は、国内外の要請を受けて魔族および魔物の討伐に奔走していた。

しかし今回勇者達が遭遇した巨大な魔物はこれまで戦った敵とは大きく違った。

「まさかこんな所に魔獣が居るなんて!!」

魔獣、それは強大な力を持った魔物の総称である。

聖なる力を持った獣を聖獣と呼ぶのなら、邪悪な力を持った強大な獣を魔獣と呼ぶのだ。

尤もこれは人族が勝手に決めたカテゴライズなのだが。

そしてこの魔獣は見た目の大きさもさることながら、その力も凄まじかった。

既に現地の騎士団は死者の数こそ少ないものの重傷者多数でほぼ壊滅状態だ。

「魔法使い隊、魔力枯渇でこれ以上の援護が出来ません！」

始めは魔法使い隊が遠距離からの一斉射撃を行ったがその効果は薄く、すぐに付与魔法による攻撃力や防御力の効果と言った援護に移り、騎士団による直接攻撃を主体とした戦術に移行した。

だが圧倒的な体格差は多少の魔法強化をあざ笑うように大した効果を発揮せず、魔物の純粋な強さもあって戦線は瞬く間に崩壊した。

援軍として到着した勇者達の参戦で多少は盛り返したが、やはりこの巨体が相手では通常の攻撃は焼け石に水で、魔法による攻撃も効果が薄かった。

それもその筈、勇者と言っても実際の実力はそこまで高くないからだ。

彼が、そして聖女が英雄足り得る理由は、神器に認められたからにすぎない。

そしてそれを知っているからこそ、教会は聖女にもう一つの力を与えていた。

「蒼天王龍ガイネス、あの魔獣にブレスを！」

「承知した」

聖女の呼びかけに応じ、空より現れたのは、全身が羽毛に覆われた青色のドラゴンだった。

このドラゴンこそ蒼天王龍ガイネス。世界に数体しかいないとされる聖獣の一角である。

ガイネスは先の魔王討伐でも大いに活躍し、人を惑わす無限迷宮『魔霧の平原』の霧を晴らして勇者達を運び、そのブレスで多くの魔物を倒して勇者達の魔王城内侵入を助けたのである。

ただ、その巨体故に魔王城に入る事は出来なかった為、脱出口の確保に専念する事になったのは本龍も不満だったようだが。

ガイネスは喉元に濃厚な魔力を溜めると、巨大な魔獣に対して放つ。

後方から見ているだけで分かる凄まじい威力のブレスが大地ごと魔獣を破壊してゆく。

「やったか!?」

歓声を上げる勇者と騎士団の生き残り達。

だが、次の瞬間土埃の中から現れた魔獣の姿を見て、全員が絶望に包まれる。

「くっ、撤退だ！　撤退するんだ！」

騎士団長の号令を受け、蜘蛛の子を散らすように逃げ出す騎士団。

「我々も撤退するぞ！」

仲間に腕を引っ張られ、最後まで残ろうとした勇者もやむを得ず撤退すると、そこには巨大な魔獣の姿だけが残ったのだった。

◆

「まさかあんな魔獣が人族の領域に現れるなんて……」

戦場から離れた場所に再集結した勇者達は、沈痛な面持ちで項垂れる。

「幸い魔獣は町への進路から外れ、東に向かっていったそうだ」

騎士団の得た情報を得た近衛騎士筆頭が勇者達に伝える。

「その方向に町は？」

「残念ながらある」

「じゃあすぐに追わないと！」

魔獣を追おうとした勇者の肩を近衛騎士筆頭が掴む。

「いや、その町はカーリホック子爵の領地だ。我々はアルゴ男爵の要請を受けてきた以上、カーホリック子爵からの要請が無いと動けない」

「魔獣が向かっているんだぞ⁉」

「それが貴族社会と言うものだ。国に仕える者が無断で他の貴族の領地内に入り魔獣との大規模戦闘を行う訳にはいかない」

それは事実だった。領地貴族は自分が統治する領地を自衛できるからこそ領地貴族なのだ。にも拘わらず他の貴族や国に仕える騎士の手を借りたとあれば、その領主は自分の領地を管理する事の出来ない無能と笑われることになる。

下級の騎士爵や準男爵ならともかく、子爵クラスの貴族になるとその悪評は見過ごせない。

そして国側としても、無断で戦力を侵入させる事は侵略と取られてもおかしくはない。

過去には領主同士で領地の奪い合いが起きたこともある為、どの貴族も大規模な軍勢の侵入には敏感になっているのだ。

だからこそ、お互いのメンツを保つため、貴族側から協力を要請する必要がある。

唯一、平民である勇者だけが世界の平和を守る勇者というブランドを示す事で、助けを求めても恥ではないとされていた。

もっともこれは貴族達が自分達に都合よく作ったルールに過ぎないのだが。

「それに攻撃が効かない相手にどうする気だ?」

更に近衛騎士筆頭は現実的な問題も投げかける。

事実勇者達の攻撃は効果的ではなかったのだから。

「持久戦を挑むにしてもポーションの数が足りない。先の戦争で国内は慢性的なポーション不足だ。特に重傷を治す上級ポーションとなると猶更だな。それでも挑む策があるのか?」

「聖剣の力を使う。あの魔獣を封印するんだ」

「駄目だ」

しかし近衛騎士筆頭はすぐに勇者の提案を却下した。

「何故だ!? 魔王を封印できたんだ。魔獣だって封印出来る筈だろう!?」

確かに世界最強と目される魔王どころか、世界の敵である邪神すらも封じる事が出来るのであれば、魔獣程度を封じれぬ理由はない。では何故駄目なのか。

「聖剣と聖杖の使用には国王陛下と教会の許可がいる。我々の独断で使う訳にはいかない」

そう、封印の力の使用には国王の許可が必要だったのである。

「なら許可を取って来る。僕は王城に行く」

「分かった。なら俺も行こう。二人で状況を詳細に説明した方が許可を取りやすいだろう」

「助かるよ。君はどうする?」

聖女の意思を確認しようとした勇者だったが、そこで彼は意外な光景を目にする。

「先ほどの戦い、何故手を抜いたのですかガイネス！」

それは聖女が聖獣に物凄い剣幕で怒鳴る光景だった。

これには普段の楚々とした聖女の姿しか知らない勇者も驚いた。

「それはどういう意味だ、今代の聖女よ」

聖女の剣幕に対し、ガイネスは首を傾げる。

「しらばっくれないでください！　貴方のブレスならそこらの魔物など一撃で倒せるでしょう！」

「それは誤解だ。私は手を抜いてなど居ない。原因はあの魔物と我の属性相性が悪かったからだ」

「属性相性というと、魔法の属性と同じアレかい？」

二人の会話に勇者が加わる。

「その通りだ。水は火に強く、火は地に強く、地は風に強く、風は水に強い。魔物は魔に属する存在故、普通の生き物よりも属性の影響が強くなる。特に我等のような強き者は強いが故に属性の影響が強く出る。強くなることで属性が特化してゆくのだ」

「属性が特化……」

言われてみれば確かに強い魔物程、属性相性を意識した魔法攻撃が効果を発揮したと気付く勇者。

「稀に満遍なく全体的に属性が上がる者も居るが、それでも多少はなにがしかの属性が特化する。勇者なら風、そちらの騎士ならば水といった具合にな」

「では君も？」

「うむ。我は勇者と同じく風属性、その頂点だ。それゆえ地の属性とは相性が悪いのだ。寧ろなぜ地属性の魔獣の討伐に我が呼ばれたのかと疑問に思っていたくらいだ」

「成る程、だから魔獣を倒せなかったんだ」

「それは言い訳です！　聖獣は神が我々人族の為に地上に遣わしてくれた守護者なのですよ！　どれだけ相性が悪くても魔物程度に後れを取る訳がありません！」

しかし聖女はそれで納得しなかった。

彼女にとって聖獣とは神が遣わした絶対戦力であり、いかに属性相性があろうとも、魔物相手に後れを取るなど断じて認められる事ではなかったからだ。

「それだけあの魔獣は強力な存在だったという事だ。その上属性が邪魔をしては負ける事はないにしても勝つのは難しい」

聖獣の理屈はこの世界の法則に則ったもっともなものだった。

しかし理屈ではなく感情、事実よりも主義を優先する聖女には伝わらなかったのだ。

「貴方、それでも初代聖女様に仕えた聖獣ですか！　邪悪な者より人々の平和も守る為ならば、自らの命を賭しても戦うべきでしょう！」

「我等と初代聖女は主従の間柄ではない。かの者への恩義で動いているに過ぎぬ」

「ならば貴方がた聖獣の初代聖女への恩義はその程度という事なのでしょうね」

「っ!?　貴様！」

これまでは冷静に聖女を諭すように話してきた聖獣が、初めて怒りの感情を見せる。

「事実でしょう？　相性が悪いからと我が身可愛さに自己弁護をしているのがその証です。貴方が真に聖女の救われた事に恩義を感じているのなら、もっと必死に戦ったはずです。ガイネス、神より賜った使命を果たすつもりが無いのなら邪魔です。住処に戻って謹慎なさい」

「……ならばそうさせて貰う」

聖女の命令を受けたガイネスは、苛立ちの感情を隠すことなく飛び立っていった。

「なぁ、流石に言い過ぎじゃなかったかな？　彼が居たからこそ、僕達は魔王の城まで妨害なく最短で進めたんだよ？」

ガイネスが去った後で、勇者は聖女を窘める。初代聖女が関係する詳しい話を知らない勇者は、二人の口論に口を挟むことを危険だと判断して見守っていたからだ。

「それは神に仕える者として当然の事です。彼は最強の聖獣と持て囃されて増長してしまったようです。まったく、神に仕える聖獣だからこそ周りの者が持て囃しているだけなのに、所詮は人に仕える獣である事を理解していないようですね。まったく嘆かわしい事です」

「……それは流石に」

言い過ぎじゃないか、と言おうとした勇者だったが、その前に聖女が言葉を重ねて来る。

「そういう事で申し訳ありません勇者様。ガイネスではお役に立てそうもないです。その代わりと言ってはなんですが、別の聖獣を用意いたします」

「別の聖獣？」

「はい。ガイネスの下に行くまで使っていた繫ぎの聖獣です」

「ガイネスの所に行くまでって……ああ、あの聖獣か！　でも繫ぎって」

勇者はガイネスの協力を得るまで共に行動していた聖獣の事を思い出す。

かの聖獣は旅を始めたばかりの勇者達にとって重要な戦力だった。

ただその聖獣も何人も進むことなく迷い死ぬ『魔霧の平原』という自然現象相手にはどうしようもなく、その為、魔霧の平原を踏破する力を持ったガイネスと交代で去ることになったのである。

「正直あの聖獣はガイネスに見劣りしますが、属性の話を真に受けるなら格下の聖獣でも役に立つでしょう。すぐに連れてまいりますね」

「う、うん。任せたよ。その後で教皇猊下に聖杖の封印の使用許可の申請を頼めるかい」

「はい、全ては神の御心のままに」

総合的にはその聖獣もガイネスに劣るわけではなかったのだが、広範囲の敵を薙ぎ払う事の出来るドラゴンブレスの威力と即時殲滅能力に目が眩んで、勇者達はその聖獣をガイネス以下の戦力と誤判断していた。

「……私はこんなつまらない事で躓く訳にはいかないんですよ」

「何か言ったかいシュガー？」

「い、いえ。何でもありません。さぁ、聖獣を迎えに行きますよ！　ガイネス、運んでください！」

「え？　ガイネスならさっき帰したじゃないか」

「……あ」

こうして、聖女が勢いで最速の移動手段たるガイネスを帰してしまった事で、後に致命的な遅れを取ってしまう事になるのを、勇者達はまだ知らなかった。

第16話　魔王、異変に気づくのじゃ

あれからわらわとメイアは様々な土地に出張しては魔物の群れを退治しておった。

一応目撃されぬようにこっそり活動しておるが、北方の時のように偶然人と遭遇する事もある。

なので昨日はこの国から離れ、魔族領域で魔物の群れの討伐を行う。

流石に魔族領域側の魔物は本命の戦力故に人族の国で育成しておる魔物より強く、素材として中々美味しくなっておった。

で、今日は町に戻ってこの辺りに居てもおかしくない素材を売るのじゃ。

「魔物素材の解体と買取を頼むのじゃ」

「はーい。それじゃあいつも通り解体所に持って行ってね」

いつも通りの流れで素材を解体師たちに預けたら、冒険者ギルドを出る。

「解体が終わるまで町をブラつくとするかの」

しかし時間を潰す為に町の中を歩いていると、何となく違和感を感じる事に気付く。

「はて？　何か妙じゃな」

「どうなさいましたか、リンド様？」

「いや、よく分からんのじゃが、違和感を感じるんじゃよ」

「違和感ですか？　私は特に感じませんが？」

うーむ、何じゃろうなコレ？

暫く町を歩いていると、子供達と毛玉スライム達が良く遊んでいる広場に出る。

しかし何故かそこに毛玉スライム達の姿はなく、子供達しかなかった。

「そうか、町に毛玉スライムがおらんのじゃ！」

「毛玉スライム？　言われてみれば確かに」

そうなのじゃ。わらわのとりなしで毛玉スライムは町の役にたつ安全な魔物として町の住民に広く受け入れられていたのじゃ。

にも拘らず今日に限っては毛玉スライム達の姿が一切見当たらぬ。

これは一体どうした事じゃ？

「おーい坊主達、毛玉スライム達はどうしたんじゃ？」

「あっ、ねーちゃん」

「何か聖女様が来るから逃したんだって」

「聖女？」

「うん。聖女様は魔物が嫌いだから、毛玉スライム達が殺されない様に逃がしたって言ってたよ」

成程、そういう事か。

教会は魔物と魔族を敵視しておるからの。町の小さな教会なら見逃してくれるじゃろうが、教会の権威そのものである聖女としては見過ごすことも出来ん。

それ故聖女が町から離れるまで逃がしたと言う事か。

「しかし聖女は何をしにこの町に来たのかのう？」

「あっ、俺知ってる。衛兵やってる兄ちゃんから聞いたんだけど、聖獣を迎えに来たんだって」

「聖獣とな？」

聖獣と言えば神話の時代から生きる魔獣の事じゃったの。

人族は人語を介して自分達に味方してくれる彼等を聖獣などと言って崇めておるが、普通の魔物なんじゃよなぁ。

まぁ聖獣の方も昔は魔物じゃと訂正しておったが、聖獣の方が都合が良い人間がかたくなに撤回せんことから諦めて好きなように呼ばせておるようじゃ。

ちなみにこれは昔知り合った聖獣から聞いた事実じゃ。

「ふむ、聖獣か。しかしこの町に聖獣の気配なぞ無いぞ？」

聖獣ほど強い存在なら、わらわ達が気付かぬはずもない。

「この街じゃなくて、山の中にある村に住んでるらしいぜ、あっ、これは内緒な。兄ちゃんから教えて貰ったって言うなよ」

それ、機密事項なんじゃないかのう？　お主の兄ちゃん大丈夫なのか？

「事情は分かったのじゃ。ではな」

子供達と別れたわらわは、町の外に目を向ける。

「さて、この辺りで聖獣が隠れ住む事の出来る山となるとどこかのう」

「恐らくは南東にあるマルマット山だと思われます」

と、メイアがわらわの疑問に答える。

「何故そう思う？」

「私の部下がマルマット山方向に定期的に物資を運ぶ馬車が向かっていた事を記録しております。しかしマルマット山方向の街道は大きな村や村もなく、また山に阻まれて道が途切れてしまう為、山向こうへ向かう事も出来ません」

「ふむ、それはおかしいのう」

つまりマルマット山に何かあると言う訳か。気になるのう。

「ただ最近は馬車が向かう事もなくなったそうなので、既に廃村になった可能性もあります」

無駄足になるかもしれぬか。じゃがそれならそれで痕跡は確認したいのう。

「聖女がかかわっている以上、争いに関する事である可能性は高い。それが聖獣に関する事ならなおさら調べぬわけにはいかんじゃろ」

「よろしいのですか？　聖女と鉢合わせする危険がありますよ？」

「うむ、それも気になるのじゃよな」

そうなのじゃ、勇者達は風の聖獣、蒼天王龍ガイネスを仲間にしたあと、その強さを当てにし、これまで共に戦ってきた聖獣を戦いについてこれないからと言って放り出したと聞く。

この情報は変身魔法を使える部下を使って調べさせた故、裏付けもしっかりとれておる。

何とも薄情な話だと思ったものじゃが、そんな聖女が何故聖獣を呼び戻すのじゃ？

「東部に現れた魔獣の件かもしれません」

「何じゃそれは？」

「部下からの報告ですが、東部のアルゴ男爵領に巨大な魔獣が出現したそうです。現地の騎士団では手に負えず、勇者達と蒼天王龍ガイネスが挑んだのですが力及ばず敗退したそうです」

「ガイネスが倒せなんだ魔獣じゃと？　そんな強力な魔獣が人族の領域に姿を見せたのか？」

「どうやら属性の相性が悪かったみたいです」

ああ、属性相性か、それでは仕方がないのう。

「と言う事は山に住む聖獣は火属性の聖獣と言う事か」

「恐らくは」

「ふぅむ、おかしいのう。火の聖獣が火山でもない山に暮らすのか？」

聖獣と言えど魔物じゃ。であれば自分達と相性の良い土地で暮らすのが普通。

それが普通の獣と同じようにただの山で暮らすとは思えぬ。一体その村に何があるのじゃ？

「これは気になるのう」

勇者一行から追い出された聖獣、本来の生息域とは違う場所に暮らす聖獣、そして山に消える物資を積んだ馬車か。これは何かあるのう。

「よし、マルマット山に行くぞメイアよ！」

「畏まりましたリンド様」

こうしてわらわ達は、聖獣が居るというマルマット山に向かうのじゃった。

第17話　魔王、村を見つけるのじゃ

聖獣の情報を聞いたわらわ達は、聖女達に先んじてマルマット山へとやって来た。

「何もありませんね」

じゃがメイアの言う通りマルマット山には何もなく、ごくごく普通の山じゃった。

「と思うじゃろ？」

じゃがわらわはこの普通な山に感じる異常に気付く。

「メイアよ、この山は一見普通の山じゃが、魔力の流れを良く感じ取るのじゃ」

「魔力の流れですか？」

わらわの言葉を聞いたメイアが目を閉じて意識を集中すると、すぐにハッとした顔になってわらわを見てくる。

「リンド様、これは⁉」

「結界じゃな。それもかなり強力な結界じゃよ」

それも自らを守る為の結界ではなく、何かを封じる為の結界じゃ。

「聖獣が住まうはずの山にかけられた封印の結界か。一体何が封じられておる事やら」

ストレートに考えればこの山には何か危険なものが封じられており、聖獣がその封印を守っていると言うところか。

じゃがこの山には聖獣らしき強き生き物の気配を感じぬ。

「ならば聖獣も結界の中か？」

自分ごと敵を封じたと言う事か？　では聖獣が勇者一行から離脱した理由もそれが原因か？

「これは確認してみるしかないのう」

わらわは結界の術式に介入してその中へと続く道を作り出す。

「ふむ、結界自体はシンプルなものじゃな。ただ古き時代に作られたものゆえ、やたらと頑丈じゃ」

む？　この辺りだけ作りが違うの。まるで別の人間が作ったような作りじゃ。

わらわは結界の作りが変わった部分の隙間を利用して慎重に結界を解除してゆく。

中に封じられている者が危険な存在じゃったら大変じゃからな。中をちらりと見たらすぐに結界を元に戻せるようにしておかねば。

ただとにかく頑丈なだけの作りの結界を見るに、中に封じられている者は搦手が得意な者ではなさそうじゃ。

もしかしたら生き物ではなく危険な物かもしれんの。

結界の隙間を開いて中の気配を察するが、特に問題となる様な気配は無かった。

「……邪悪な気配はせんの。まぁ魔族であるわらわと人間の感覚は違う故、人間にとっては邪悪な可能性もあるがの」

この場合一番マズいのは、人も魔族も関係なく災厄をもたらす類の存在じゃ。

そう言った敵は数千年前にはザラに存在しており、種族や国の別なく協力して倒したり封じたりしたものじゃよ。

「じゃがそれを感じぬと言う事は結界を解除しても問題なさそうじゃの」

問題が無いと確認したわらわは、結界を本格的に解除してゆく。

幸い、そう苦労せずに結界を解除する事が出来た。

「うむ、随分と堅かったが術式自体はシンプルなもので助かったのじゃ」

さて、それでは封印されていたモノを見学させてもらうとするかの。

わらわとメイアは空に飛びあがって結界の解除された山を観察する。

「リンド様、あそこに村が」

メイアの指さした方角を見れば、山の中腹に小さいが村の姿が見える。

「ほほう、村と言う事は誰ぞ住んでおるとみえる。行ってみるか」

村に向かったわらわ達は、特に妨害を受けることなくあっさりと村にたどり着いた。

「ううむ、人影が無いのう」

村の中に入ったわらわ達じゃったが、奇妙なことに人っ子一人見当たらなんだ。

「リンド様、もしやこの村は既に廃村になっているのでは？」

「……そうかもしれぬのう」

これはハズレかのう？　てっきり結界の中に聖獣か何かがおると思っておったのじゃが、聖獣らしき強き存在も確認できぬ。

「となると封じられておったのはこの村で、長い封印の中で村の者達も死に絶えたというところかのう？」

もしそうなら、結界はその役目を果たしたと言うところか。

そう考えた時じゃった。ガサリという音と共に近くの藪が揺れたのじゃ。

「む？」

危険な気配もせぬゆえ、獣でも現れたのかと視線を向けると、そこにはボロボロの服を纏い、ガリガリに痩せ細ったミイラの姿があった。

「「うおぉぉぉぉぉぉぉぉ!?」」

しかも驚いたことにミイラもまた声を上げたのじゃ。

「動いた！　まさかグールか!?」

グール、それは動く死体であるアンデッドの一種じゃ。

骨のスケルトン、腐ったゾンビ、人型を保った吸血鬼、そして動くミイラであるグールじゃ。

ちなみにグールはミイラでなくてもグール認定される事もあるので見極めには注意が必要なんじゃよ。ってそれどころではないわい！

「もしやこの村はアンデッドの巣窟か!?」

それなら生き物の気配がせなんだのも納得じゃ。

ならば無数のアンデッドが潜んでおる可能性が……

「いえリンド様。アレはアンデッドではありません」

「なぬ？」

しかしメイアはアレがグールではないと断言した。

「アレは生きています」

「は？」

「あんれまぁ、見た事のないおなごじゃねぇべか。ビックリしただなぁ」

グール……ではないのか？　ミイラは敵意のない乾いた声で流暢に喋ると、悪意を感じさせぬ瞳でこちらに近づいてくる。

む、むう、確かにミイラにしか見えぬが、僅かに生命反応を感じる。ビックリするぐらい干からびておるが。

確かに危険なアンデッドなら、生物の気配は無くても敵意ある魔力を発する。

見た目がアレ過ぎてビックリしたわい。

「外から人が来るなんて久しぶりだべなぁ。けんど悪ぃなぁ。ここにはアンタ等をもてなせるモンがなーんもねぇんだ」

うーむ、どうやらこのグール、いや村人は悪ぃモノではなさそうじゃ。

「いや、気にせずともよい。何かを欲してここに来た訳ではないのでな」

「じゃあ迷子だか？」

「迷子でもない。少々この山に興味があってやって来たのだ」

「こげなーんも無ぇ山に興味を持つだなんて変わってるだなぁぁぁぁぁ……」

そう言いながらミイラは倒れた。

「って、おぉい!? 大丈夫か!?」

「だぁいじょうぶだぁ。ちっとばかし飯さ食ってねぇからフラついただけだぁ」

フラついたと言うか力尽きたように倒れたぞ!?

「ちょっとってどれくらい食べてないんじゃ？」

「そうだなぁ、十日くらいだなぁ」

「命の危機ではないか!? メイア！」

「すぐに胃に優しいものを作ります」

わらわの指示を受けたメイアはすぐさま食事の準備にとりかかる。

「まずはこれをお飲みください。果物の絞り汁を混ぜて薄めた体に優しいポーションです」

「おお、ええんだか？」

「気にせずゆっくりお飲みください」

メイアは倒れた村人の口にポーションをゆっくりと流し込む。

「ああ、体に染みわたるようだべぇ」

すると村人の頬にわずかに赤みが戻り、命の危機を脱したと分かる。

とはいえ何も食べていなかったのじゃ、はよう何か食わせてやらぬとな。

「のう、他の村人も何も食べておらぬのか？」

「そうだぁ。食うものが何も無くなっちまったから、村の皆で手分けして食い物を探しに行ってたんだ。けどなんも見つからねぇからオラ戻って来たんだ」

という事は他の村人達もこ奴のように山をさ迷ったあげく倒れている可能性があるのう。

十日何も食べていないといたが、実際にはその前から碌に物を食べておらなんだのじゃろうな。

「これはいかんな。メイア、わらわは村の者達を探してくる。お主は料理とこ奴の面倒を頼む」

「かしこまりました。それとこちらの薄めたポーションをお持ちください。普通のポーションでは弱った体には強すぎますので」

「うむ」

メイアから希釈ポーションを受け取ると、わらわは空に上がって気配を探る。

「ぬぅ、気配が薄いのはつまるところ皆死にかけておるからか……そこか！」

気合を入れて気配を探り当てたわらわは、急ぎ近くにいる気配の下へと向かう。

「おい！　大丈夫か⁉」

そこに倒れていたのはガリガリにやせ細った中年の女じゃった。

何も知らなければ行き倒れの死体だと思った事じゃろう。

「あんれまぁめんこい子だぁ。遂にあたしにもお迎えが来たかねぇ」

いかん、死にかけて錯乱しておるわ。

「まだ死んどらんから安心せい！　これを飲むのじゃ！」

わらわは希釈ポーションを倒れていた女の口に流し込む。

すると荒かった女の呼吸が安らぎ、体の震えも止まる。

「はぁ～、なんだべこれ、エリクサーって奴だべか？」

「ただの薄めたポーションじゃ」

普通に考えれば狩人ではない者が山中をさ迷うなど尋常の沙汰ではない。

それだけあの村が危機的状況にあったという事か。

「よし、これで危ない所は脱したようじゃな」

わらわは女を村に連れて帰ると、次の村人の下へと向かう。

「次は……向こうか！」

そうして、何十回と救助を繰り返した頃には日が沈みかけておった。

「ふぅ、これで全員か？」

「ああ、これで全員だぁ。ホントに助かっただよ。ありがとうなぁ」

村人に確認を取ると、全員揃ったと頷かれた。

うむ、日が沈む前に見つけられてよかったのじゃ。

「リンド様、食事の用意が出来ましたので手伝ってくださいませ」

そして丁度タイミングよく食事の用意も整ったらしい。

「うむ、分かったのじゃ」

わらわとメイアは村人達に粥を手渡してゆく。

「何日も食べていなかった事で胃が小さくなっている筈なので、胃に優しい重湯にしました。ですが体に良い成分を色々と混ぜてありますので、普通の重湯よりも栄養はありますよ」

それ、何が原材料か聞くのが怖いのう。

「美味ぇ、粥ってこんなに美味かったんだなぁ」

「ありがてぇありがてぇ」

「美味ぇなぁ、美味ぇなぁ……」

「ぐすっ、生きてて良かっただぁ」

久方ぶりの食事に村人達が涙を流して喜んでおる。

うむうむ、たんと……は食べれぬかもしれぬが、良く味わって食うのじゃよ。

「アンタ達、本当にありがとうなぁ。オラ、もうダメかと思っただ」

村人達は皆、涙を浮かべながらうんうんと何度も頷いてわらわ達に頭を下げてくる。

「なに、気にするな。偶々通りがかって見過ごせなくなっただけじゃ」

しかしこの村は一体何なのじゃ？

結界によって閉じ込められておったのは極々普通の村人達じゃった。

そしてその村人達も飢えで死にかけておった。

長年魔王をやっておった事で鍛えられてきたわらわの危険察知にも何の反応もない。

身のこなし、体を流れる魔力の流れ、村人達の目つき、どれをとってもごくごく普通の人間じゃ。

かといって村に何か危険なものが封じられている様子もない。

こちらもごく普通の寒村じゃった。

あのような頑丈な結界を張る理由は一体なんじゃ？

「貴様等、村の者達に何をしておる！」

「む？」

その時じゃった。明らかに村人達とは空気の違う声が広場に響き渡ったのじゃ。

「この声は聖獣様だべ！」

「聖獣じゃと？」

村人達のまさかの発言に驚く。

というのもこの声には全く力を感じぬからじゃ。

声だけではない。周囲に聖獣たる力を察する事が出来ぬのじゃ。

視界の端に映るメイアを見るが、メイアもまた聖獣の気配を察知する事が出来ておらぬようで僅かに動揺をにじませておる。

「ほう、なかなかやるではないか」

どうやらこの聖獣、相当に力を隠すのが上手いと見える。

長年魔王をやって来てここまで己の力を隠すのが上手い相手は初めてじゃ。

注意深く周囲の気配を探ると、ようやく微弱な気配が村の端から近づいている事に気付いた。

これは凄い。どう探っても生まれたての小動物並みの気配しか感じぬぞ。

成程な、完全に消すのではなく、当たり前に存在している小動物を模すことで我々が無意識に気配察知から外している生き物に偽装しておるのか。

弱い生き物が少ない戦場やそもそも生物の数が少ない屋内ならともかく、雑多な生物が多くいる場所ではその方が自然というもの。

これほど自然に気配を調節するには相当な胆力が必要となる。

何せ気配が多すぎても少なすぎても不自然になってしまうのじゃからな。それも均一ではなく生き物らしくムラがあるのがまたよく出来ておる。

「村人達から離れろ」

聖獣の声に敵意が籠もる。

「離れねばどうすると言うのじゃ?」

わらわの挑発に殺気が増し、闇の中から気配の主が姿を現した。

「無論、命の保証は、せぬぞぉぉぉ……」

そこに現れたのは、神秘的な輝きを威風堂々と放つ勇壮な獣……ではなく、ガリガリにやせ細ったミイラのような毛の塊じゃった。

「ってお主の方が命の保証できとらんではないかぁーっ!」

第18話 魔王、聖獣と遭遇するのじゃ

遂に姿を見せた聖獣は、かつてわらわ達と戦った頃の面影はなく、獣の王の灼毛と湛えられた毛並みは見るも無残にボサボサになっておった。

「やれやれ、仕方のない」

わらわはメイアから重湯を受け取ると、急ぎ聖獣の口に流し込む。

「ぐっ、止めろ……何を飲ませる気だ……」

じゃが聖獣は毒でも飲まされると思ったのか、頑なに食事を拒絶する。

「良いからさっさと飲み込め。飢え死にするぞ」

「敵に受ける情けはない」

む？　こ奴もしかしてわらわ達が魔族である事を察しておるのか？

腐っても、いや痩せても聖獣と言う事か。じゃが……

「その有様で敵もへったくれもあるかい。良いからさっさと飲み込め。村人達は食ったぞ」

「……何？」

重湯を抵抗していた聖獣じゃったが、わらわの言葉を聞いて村人達に視線を向ける。

そこには、久方ぶりの食事を口にして微笑んでいる村人達の姿があった。

「お前達が皆に？」

「そうじゃ」

「何故だ？」

「死にかけておったからじゃ。それ以外に理由は要るまい？」

「……」

わらわの返答に納得したのか、聖獣の体から抵抗が無くなる。

受け入れたのか、それともそんな体力も無くなったのか。

聖獣はわらわの差し出した重湯の容器にゆっくりと舌をつけ、危険が無いかを確かめる。

しかし次の瞬間、聖獣の目がギラリと輝き、舌だけでなく口ごと重湯の中に突っ込む。

ガツガツガツと別人のような姿で重湯を貪り始める聖獣。

これまで必死に我慢していた食欲が解き放たれたかのような勢いじゃな。

すぐに聖獣は重湯を喰い尽くす。

「お代わりもあるがい……」

「いるっ!!」

要るかと聞こうとしたら、食い気味でお代わりを要求してくる聖獣に苦笑しつつもメイアがお代わりを寄こすと、聖獣は夢中で重湯を食べ続けた。

「礼を言う」

腹が膨れた事で多少は警戒が解けたのか、聖獣が礼を告げる。

そして村人達もそれにつられて頭を下げてくる。

「気にするな。偶々寄り掛かった縁じゃ。それよりも聖獣よ、これは一体どういう事じゃ?」

わらわに問われて聖獣が目を細める。

それはこちらの意図を測りかねている訳ではなく、どこから説明したものかと考えあぐねているように見えた。

「時間に追われている訳でなければ、最初からお話になればよろしいと思いますよ。その方が私達も深く事情を理解できますし」

村人達の容態を見ながら、メイアがフォローを入れてくる。

「そうだな。その方が良いだろう」

聖獣もその方が良いと思ったのか、ぽつぽつと事情を話し始めた。

「この村は我を世話する為の者達が暮らす守り人の村と言う」

「ふむ、そう言う村があると言う話は聞いたことがある。じゃがそれがどこにあるのかまでは分からなんだ。このように結界に隠されていたからなのじゃな」

「それは正解であって正解ではない」

「む？　それはどういう意味じゃ？」

「元々守り人の村などは無かったのだ。昔は今ほど安全ではなかった故、多くの地上の民が魔物や魔獣の被害に遭っていた。我は気まぐれに襲われていた者達を救い、我に助けられた者達が我に礼がしたいと言って集まったのがこの村なのだ」

成程のう。単純に聖獣の周りに作られた村が守り人の村と呼ばれるようになった訳か。

「とはいえ我も無敵の存在と言う訳ではない。属性相性の悪い相手には不覚を取る時もある。その時に我を救ってくれたのが、初代聖女だ」

ほほう、ここで初代聖女が出てくるか。

「初代聖女はその凄まじい力で我が苦戦した魔獣を瞬く間に打倒した」

ん？　今何か妙な発言が混ざらんかったか？

「ちょっと待て」

「何だ？」

「確か初代聖女は慈悲深き心と祈りの力で荒ぶる魔獣達を鎮めたと聞いたが？」

「はははははっ、そんな訳が無かろう。強力な魔獣が祈りや心で静かになるものか。聖女の拳と踵で地面に叩きつけられて静かになったのだ」

おぉう、なんという事じゃ。初代聖女、まさかの超武闘派じゃったのか。

「とはいえ初代聖女の命の力は確かなものだ。深手を負った我の傷を癒したのだからな」

ふむ、回復魔法の腕は確かと言う事か。

「その後我は初代聖女に借りを返す為、力を貸した。と言っても大抵の敵は初代聖女に罹れば敵にもならぬ故、もっぱら移動手段くらいにしかならなんだが」

聞きしに勝る武闘派っぷりじゃのう。聖獣が戦力にすらならぬとは……

「ただその後が面倒でな。初代聖女と共に戦った我の名が独り歩きして人族が我を頼ってくるようになったのだ。それが一度や二度ならともかく、頻繁に来るものだから我もうんざりしてな」

「それでどうしたのじゃ？」

「初代聖女に相談したら、結界を張ってくれたのだ」

もしやそれが……

「そう、山を覆っていた結界だ」

なんと、あの結界は初代聖女の作ったものだったのか。

「初代聖女は力だけは大したものだったからな。大抵の連中は入れない頑丈な結界が出来あがった」

「それは良かった……と言っていいのか？」

一見すると良い話じゃが、わらわはどうにもやせ細った村人と聖獣の姿が気になった。

「お前の言いたい事は分かる。だがな、昔は問題なかったのだ。問題となったのはそれから二代先の、三代目聖女の時代だ」

ふむ、人族の感覚からしたら随分と時間が空くの。

「その時は初代聖女の術を破る者が現れたことに驚いたものだった。とはいえ初代聖女は力づくなところがあったからな、術に詳しいものならその穴を突くことは不可能ではなかったのだろう。連中は初代聖女の作った結界を弄り、自分達が許可しないと結界を解除する事が出来なくしたのだ」

ほう、あの結界を操作したのか。なかなかに大したものじゃ。

ああそうか、先ほど結界を調べてた時に感じた作りの違う部分はその術者が結界を作り替えた部分なんじゃな。

「正直に言えば、我だけなら結界を力づくで抜ける事は可能だった。だが守り人達はそうもいかん。連中は守り人達の食料や生活物資を盾に我に力を貸すようにと要求してきたのだ」

まさかの守り人達を人質か。相も変わらず人族はえげつない事をするのう。

「結界の大部分は初代聖女が作った物だった事もあって、破壊する事は出来なかった。それに勝手に集まってきたとはいえ、我を慕う者達だ。群れに集う者達を見捨てる訳にはいかん」

「聖獣様……」

聖獣の言葉に村人達が涙ぐむ。

「まぁだからと言って我もいいように使われる気はなかったのでな。脅してきた連中の半分を八つ裂きにしてやった。あくまで我の気まぐれで力を貸してやると言う体でな」

野生の世界でなくとも世の中舐められたらおしまいじゃからの。正しい判断じゃ。

「脅した甲斐もあって連中も我の力を借りるのは本当に必要な時だけにする事にしたようでな、これまでは比較的平穏に暮らす事が出来た。だが先の魔王討伐の後から状況が変わった」

「ほう？」

「勇者達の供を蒼天王龍ガイネスと交代したあとから援助物資が届かなくなったのだ」

「援助が打ち切られたのか」

「うむ。元々聖女が代替わりするごとに援助の量も減っていたが、それでも暫くは森の恵みを得る事で生活は出来ていた。だがそれも少し前から立ち行かなくなってきたのだ」

と、そこで聖獣は予想外の問題が発生した事を告げる。

「援助物資の中には食料も数多く入っていた。だがそれが無くなった事で我等は山の中にある資源だけで暮らさねばならなくなった。その結果狩りや採取での収穫量が増え、山の恵みがどんどん減っていったのだ」

「じゃが取り過ぎねば問題ないのではないか？　畑だってあるじゃろ？」

「普通の山ならな。だが結界が悪さをした。これまでは気付かなかったが、結界は山に生きる命全てを拒んでいたのだ」

「もしや獣や虫も結界で入れぬようになっておったのか？」

「そうだ。本来なら悪意を持った者だけを阻む結界だったのだが、三代目聖女と共にやって来た術者によって手当たり次第に侵入を拒むものに作り替えられていたのだ」

つまり結界の内部は、三代目聖女達によって結界が作り替えられた時の数しかおらず、これまでは援助物資もあって、多少減っても自然のサイクルで数の調整が出来ておった。

じゃが援助が無くなったことでそのバランスが崩れ、減った獣は他の縄張りからやってくることもなく、鳥や虫も来ぬ故、糞の中から果物の種が芽吹く事もなかったと。

「その事に気付いたのは村に戻ってからしばらくした時だ。我は直ぐに結界の外に出て狩った獣や魔物を村人に提供したが、それにも限度がある。近場の食える魔物は獣はどんどん減り、狩るには遠出をしないといけなくなった」

そうしてどんどん食べるものが無くなっていったことで、遂に村は限界を迎えたと言う事か。

なんともやり切れぬ話じゃ。

「聖女、いや教会がお主等を見捨てたと言う事か」

「ふふっ、弱い聖獣は要らぬと言う事であろう」

じゃがそれだけで貴重な戦力である聖獣を切り捨てるとも思えぬのじゃが……

「リンド様、もしかしたら例の魔物の育成計画が関係しているのかもしれません」

とメイアが耳元で囁く。

成程のう。強いが扱いづらい聖獣よりも、能力は劣るが命令に忠実な大戦力を選んだと言う事か。

そして使役した魔物が太刀打ち出来ぬ強敵は、蒼天王龍ガイネスが居れば何とかなると判断した訳じゃな。

「案外、結界の事を忘れているのかもしれんな」

皮肉めいた口調で笑う聖獣。やせ細った体でその笑みは、アンデッドの様な不気味さがあった。

しかし愚かな話じゃな。自分達に力を貸してくれた存在をこのように無下に扱い、用なしと判断するや見捨てるとは。

しかも聖獣のこのやせ細り方、自分の食う分を削ってまで村の者達に与えておったのじゃろう。

もしかしたら、自分が原因で閉じ込められた村人達と運命を共にするつもりだったのか？

ううむ、義理堅過ぎぎんかのう、こ奴。

そのあまりにも誇り高い姿に、わらわはある決断を下す。

「のう聖獣よ」

「何だ魔族の娘よ」

やはりわらわ達の正体に気付いておったか。

「お主、わらわ達の所に来んか？」

「何？」

わらわの提案に聖獣の目が驚きに開かれる。

「こんな所におっても先はない。それならいっそわらわの所に引っ越さぬか？」

「……気持ちはありがたいが遠慮する」

しかし聖獣はこの申し出を断った。

その眼差しは村人達に向いておる。

「村人達が気がかりか」

聖獣は無言を通すが、それは肯定と同じじゃよ。

「ならば村人達も来るが良い」

「それが出来れば苦労しない！　この結界を作ったのは現代の劣化した術者などではない、あの初代聖女だ！」

であろうな。ここから出る事が出来るのは聖獣だけじゃからの。

「わらわなら出来るぞ」

「そのような絵空事、やって見せてから言え！　もしもそんな事が出来るのならどこへでも行ってやろうとも！」

くくっ、言質を取ったぞ。

「それなら問題ない。既に結界は解除しておいたでな」

「……何？」

予想していなかった言葉を受けて聖獣がキョトンとなる。

「気付かなんだのか？　とっくに結界は解除されておる。見よ」

わらわが点を指差すと、聖獣も同じ方向を見つめる。

その先に何があると言うのかと、不機嫌そうな聖獣だったが、その瞳にあるものが移ると驚愕の表情に変わる。

「……鳥が!?」

そう、空を跳んでいたのは鳥じゃった。

それも一羽や二羽ではない。鳥の群れじゃ。

「おお、鳥だべ」

「ひっさしぶりに見ただなぁ」

チチチチッと鳴き声を上げながら飛ぶ鳥の群れに村人達が歓声をあげる。

「鳥だけではない、虫も獣も感じられるじゃろう」

わらわの言葉にハッとなった聖獣が意識を集中して周囲を探る。

現にわらわの魔力探知でも、村に向かって少しずつ小さな生き物が近づいて来る反応が見える。

結界があった頃ならあり得ない反応じゃ。

「お、おお……本当に、本当に結界を破壊したというのか？」

「だからわらわ達がここに来れたのじゃよ」

「そ、そうか。言われてみればそうだな。何故気付かなかったのか……」

言われてようやくわらわ達が結界があるにもかかわらず村にやってこれた事に気付く聖獣。

「餓死寸前で意識が朦朧としていたのです。栄養が足りずまともにものを考える事も困難だったのではありませんか？」

「そうじゃの。そこまで体が弱っていては結界の有無を感知するのも難しかろう」

寧ろよくもまぁこんな有り様で動き回れたものよ。

「で、どうする?」

気がかりが無くなった所でわらわが再び問いかけると、聖獣は落ち着きを取り戻した様子でこちらを見つめてくる。

「……分かった。どこにでも連れて行くがいい。お前達に従おう。だが村人達だけは自由にしてやってくれ。この者達は人だ。人の領域で暮らすべきだろう」

ふむ、恩義は感じるが、完全に信じた訳ではないというところか。

じゃが聖獣の言葉に対し、村人達が待ったをかける。

「そんな事を言わねぇでくだせぇ聖獣様!」

「そうでさぁ!　オラ達は聖獣様と一緒に居たいだよ!」

「お前達……!?　だがこの者は魔族だ。この者達に付いていくと言う事は、魔族の領域に行くという事。人族と戦争をしていた魔族の領域に行けば、お前達はただでは済まない」

「それを言ったら聖獣様も同じだべ!」

「むっ!?」

痛いところを突かれて言葉を詰まらせる聖獣。

「だ、だが我は聖獣だ。いざとなれば自分の身を守る事が出来る!」

「けどオラ達は聖獣様と一緒が良いべ!　オラ達は聖獣様の守り人だべ!」

「どっか行けだなんて悲しい事言わねぇでくんろ！」

「お、お前達……」

喜び半分心配半分といった様子で聖獣は戸惑う。

まぁ変に不安にさせる必要も無い。助け舟を出してやるとするかの。

「心配せずとも、お主等を連れて行くのは魔族の領域ではないぞ」

「む？　そうなのか？」

「うむ。わらわも魔族の領域には戻りたくない理由があってな、人のおらぬ無人の地で暮らして居る。そこなら村の者達も安心して暮らせよう」

「むぅ……」

正直言えばこのまま村の者達を外に放り出すのは別の意味で危険を感じておった。

というのも聖獣を慕って数百年もの間外界から隔離されてきた彼等は、あまりにも無垢だからじゃ。

そんな者達を突然外界に放り出せば、外の人間の邪悪さに耐えらえぬじゃろう。

具体的にはいいように食い物にされるじゃろうな。

「よろしいのですか？」

と、メイアがわらわの耳元で本当に村人達を連れて行って良いのかと問うてくる。

「そうじゃな。人族を連れて行く事で問題が起きるかもしれぬが、こ奴らと話した感じではその可能性も薄いと思っておる」

「そうなのですか？」

「うむ。こ奴らじゃが、長年外界から隔離されていた事もあってかどうもわらわ達魔族に対する敵意が薄いように見えるのじゃ」

「確かに、私達が魔族だと聖獣に言われてもあまり忌避感を感じているように見えませんね」

「うむ。我等との戦いについては物資を運ぶ者達から聞いておるじゃろうが、元々は人と魔族の戦いが本格的になる前の時代の末裔じゃ。実感が薄いのじゃろうな。わらわ達に命を救われた事もあって、魔族への不信感は更に払拭されておろう」

「成る程」

そんな話をしている間にも、村人達による聖獣の説得は続いておった。

「オラ達は聖獣様の傍に居る事を選んだモンの末裔だ。聖獣様がいる場所がオラ達の居場所だべ」

「うう……」

村人達の剣幕に聖獣も遂に観念したのか、ガックリと項垂れると、疲れ果てた様子でわらわを見つめる。

「……頼む、村人達も連れて行ってくれ」

「うむ、任せるがよい」

「改めて名乗ろう。我の名はガールウェル。親しき者はガルと呼ぶ」

「わらわはリンドじゃ。よろしく頼むぞガルよ」

こうしてわらわは聖獣と共に守り人達も島に連れて行く事となった。

あとは毛玉スライム達と仲良くできるかじゃな。

まぁ無理そうなら別の無人島を探して、そこに生活の基盤を整えてやれば聖獣も納得しよう。

結果から言えばその心配はなかった。

「あんれまぁ、えれぇめんこい生き物だなぁ」

「こんにちわー」

「毛玉スライムっていうだか。このフワッフワの毛が堪らねぇなぁ」

「えっへんー」

「ああ、こりゃあ良い毛だぁ」

村人達は紹介された毛玉スライムとミニマムテイルを見てすぐにメロメロになった。

どうやら愛らしい生き物に目が無いとみえる。

「こっちのミニマムテイルってリスも良い毛並みの尻尾だべ」

「へへっ、俺様の尻尾の素晴らしさが分かるたぁ見どころがあるじゃねぇか」

「よろしくだべぇ」

それにこ奴等、どうも毛玉スライム達の言葉を感じ取っている節がある。

もしかしたら魔物使いの才能があるのかもしれぬのう。

「だけんど、手入れがいまいちだべ」

「ん?」

しかしそこで村人の一人が毛玉スライムの毛並みにダメ出しを出す。

「んだな。ちゃんと手入れしてやればもっと綺麗な毛並みになるだよ」

すると他の村人もそれに同意した。

なんじゃ？　まさか毛並みが原因で諍いの火種となるのか？

「そうなのー？」

「そうだべ。よかったらオラ達に毛の手入れをさせてくれねぇだか？」

じゃが村人達は諍いではなく毛玉スライム達の毛の手入れを提案してきたのじゃ。

「いいよー」

「おお、ありがとうだべ！　聖獣様の毛の手入れをしてきたオラ達の力を見せてやるだよ！」

「おおー！　燃えて来ただぁ！　こんなに沢山のモフモフした生き物の毛の手入れが出来るなんて夢見てぇだ！」

「やるぞー！」

「「「「おおーっ!!」」」」

その光景を見たわらわは、ふとある考えを思いつく。

「のう、もしかして守り人達の先祖がお主の下に集まったのは恩義ではなくて……」

「……」

あっ、何か聖獣が物凄く微妙な顔をしておるのじゃ。これ言ってしまってもいいのかのう？

「聖獣様のモフモフの毛皮に釣られてやって来たモフモフマニアだったのではありませんか？」

あー、メイアめ、言ってしもうた。

しかしメイアの予想を肯定するように、村人達は満面の笑みで毛玉スライムやミニマムテイル達の毛皮を手入れしてゆく。

「あー、良い毛並みだべぇ」

「んだんだ。一番は聖獣様の毛並みだべが、この子達も良い毛並みだべぇ」

あー、こりゃ確定じゃの。

ちらりと横を見れば、顔面から地面に突っ伏しておる聖獣の姿があった。

「……知りたくなかった」

ま、まぁ、村人達も皆と仲良くなれそうで良かった……のではないかの？

聖女SIDE

魔王達が去って一日遅れで聖女はマルマット山へとたどり着いた。

「ふぅ、ようやく到着しましたか。ではすぐに結界の解除を行います」

馬車を降りた聖女は山にかけられた結界の入り口を開ける為、開封の儀式を行う。

「本来なら聖獣の方から来るのが道理なのですが、ここの結界は聖女でないと解除する事が出来ないのが難点ですね。初代聖女様が作り出したとはいえ、面倒な事です」

このところの苦戦で溜まっていた不満が、無意識に口からこぼれる聖女。

しかし弁えた司祭達には聞こえなかった振りをする。

「あら？　何だか妙に簡単に結界が解除されたような気が？　おかしいですね。以前は結界を解除するのにもっと苦労した筈なのですが？」

解除の儀式を終えた聖女は、術が余りにもあっさり成功した事に首を傾げる。

「それは聖女様のお力が増したからでは？」

「左様。聖女様は魔王を封じた歴代有数の実力者。魔王討伐の旅を経験した事で術の精度が増したのでしょう」

同行していた司祭達がそれは聖女が強くなったからだと持て囃す。

だが実際には聖女の力が増した訳ではなく、単に魔王が結界を完全に分解してしまったからだ。

つまり聖女は存在しない結界を解除したと思い込んでいただけなのである。

「成程、確かに私も実戦を経験した事で神聖魔術の制御が上手くなった自覚があります。それがこのような形で発揮されたと言う事ですか」

このところの苦戦でささくれ立っていた心が久しぶりの成功で上向きになる聖女。

「では聖獣を迎えに行きます」

聖女達は崩れかけた山道を登り、聖獣の世話をする守り人の村へとたどり着く。

しかし魔王によって住民が連れ去られた村は人っ子一人居ない無人の村となっていた。

「は？　これはどういう事ですか？」

前回のように村人達から歓迎を受けると思っていた聖女は肩透かしを食らう。

「皆さん仕事にでも出かけたのでしょうか？」

「その割には女子供もいないのが奇妙です」

「まぁ別に守り人が居なくても構いません。それよりも聖獣の祠に行きます」

すぐに村人達に興味を無くした聖女は、聖獣が住まう祠へと向かう。

しかしそこに聖獣の姿は無かった。

「山に狩りにでも出ているのでしょうか？」

「それはありえません。私が来れば聖獣にも伝わりますから」

聖獣は聖女が里にくればすぐに分かる。

だがそれは一般に信じられているように聖女の神聖な気配を感じるからではない。

単に結界の入り口が解除された時の魔力の変化に気付いたというだけの事。

聖女達は聖獣が来るのを待つが、何時まで経っても聖獣が来る気配はない。

それもそのはず。聖獣もまた村人達と共に村を捨てたのだから。

しかしそれを知らない聖女の苛立ちは募り、司祭達の顔色が青くなる。

「そ、その、私達が聖獣様を探してきましょうか？」

「……お願いします」

司祭達が逃げるように聖獣を探しに村を出る。と言うか実際に逃げ出した訳だが。

唯一逃げる事の出来なかった聖女の専属護衛達は、聖女の不満が自分達に向かない事を祈るばかりだった。

そして時間はさらに過ぎ、日が暮れても誰も戻ってこなかった。

当然である。碌に山歩きの経験もなく、実戦経験すらなく、更には動きづらいヒラヒラした衣装を着た貧弱な司祭達が人探しなど出来る筈も無かったのだ。

つまり、遭難していたのである。

「一体どうなっているのですかー!!」

聖獣が居なくなった事に聖女が気付くのは、探索から戻って来た騎士達が遭難した司祭達の救助に向かって数日後の事だった。

第19話　魔王、聖獣と戯れるのじゃ

「何やっとるんじゃアイツは？」

転移魔法で島に戻ってくると、挙動不審なガルの姿が視界に入って来た。

「おーい、何やっとるんじゃぉ主」

「お、おお!? リンドか」

わらわに声をかけられたガルは、一瞬ビクリと体を震わせたものの、わらわの姿を確認してホッと溜息を吐く。

「いやホントなんでこんな所に隠れておるんじゃ？」

「いや、それがな……」

ガルが事情を説明しようとした時じゃった。

「あっ、ガルのおじちゃん見つけたー」

毛玉スライム達がガルの姿を見つけて群がって来る。

「しまった！」

ガルは慌てて逃げようとするが、全方向から群がってくる毛玉スライム達によって逃げ場を失ってしまったのじゃ。

「わーい遊んでー」

「遊んでー」

「こ、こら危ないぞ」

毛玉スライム達がガルの足元でピョンピョンと飛び跳ねると、ガルはなおさら身動きが出来なくなる。

妙な光景じゃのう。食料が無く飢えていたガルじゃが、流石に毛玉スライム達に負ける筈もない。それに島でメイアが作った栄養満点の食事を食べ続けた事でまだまだ痩せては居るものの体はだいぶ回復しておる筈じゃ。自慢の毛並みもだいぶツヤを取り戻しておるしのう。

「登るー」

「や、止めぬか」

更に毛玉スライム達はガルの体をよじ登って行く。

「登頂ー」

あっという間にガルの上に毛玉スライム達の塊が出来上がった。

あー、子供はそう言うところあるのう。デッカイ背中を見ると登りたくなったのじゃろう。

わらわ？　わらわは大人なのでそんな気持ちにはならんぞ？　本当じゃよ？　モフモフの毛並みは気にならなくもないがの。

「はっはっはっ、人気者じゃのう」

「見てないで止めろ！」

しかし当のガルは必死な様子でわらわに助けを求めて来た。

やれやれ、助け船を出してやるとするか。

「おーいお主等、こやつはわらわと大事な話をする故、しばし貸して貰えぬかの？」

「いいよー」

「またねー」

以外にも聞き分けの良い毛玉スライム達はあっという間にガルの体から離れていった。

「ふぅ、助かった」

毛玉スライム達から解放されてガルが大きくため息を吐く。

「何で毛玉スライム達をそこまで怖がっとるんじゃ？　お主聖獣じゃろ？」

「別に怖い訳ではではない。単に……」

「単になんじゃい？」

「うっかり踏み潰してしまいそうでヒヤヒヤするのだ」

「あー、まぁのう」

その気持ちは分からんでもない。毛玉スライムは世界最弱の魔物じゃからのう。

「ミニマムテイルもそうだ。我が寝ていると懐に潜り込んでくる」

「人気者ではないか」

寧ろモフモフに囲まれて羨ましいんじゃが。

「うかつに寝返りも打てんのだ！」

「そりゃ大変じゃのー」

健康を取り戻してきたガルの毛並みはモッフモフじゃからの。それに包まれて眠るのは最高に気持ちいいじゃろうなぁ。やられる方は溜まったものではないのじゃろうけど。

「貴様真面目に話を聞く気がないだろう！」

他人事じゃしのー。

「まぁそう気にせんでええんじゃないかのう？」

「気にするわ！　もし踏み潰してしまったら目も当てられおわぁぁぁぁぁぁっ!?」

その時じゃった、突然ガルが大声を上げたのじゃ。

「何じゃ？」

ガルの視線の先を見れば、そこには波に攫われる毛玉スライム達の姿があった。

「助けてー」

「大変、流されてるー」

「誰か助けてー」

浜辺に居た毛玉スライム達がとても慌てていると思えぬ声で助けを求める。

しかし膨らんだ毛は仲間の危機に確かに慌てておるようじゃった。

「むっ、何故あのような場所まで流されておるのじゃ⁉」

浜辺には毛玉スライム達が沖に流されぬように壁を作っておいたのじゃが……

ん？　よく見ると壁の一部が壊れておるぞ？

「何じゃ？　何かぶつかったのか？」

「そんな事を言っている場合かー！」

いうや否や、ガルは凄まじい勢いで駆け出した。

そのまま海に飛び込むと、海面を走る様な勢いで泳いでゆく。

そして沖に流されていた毛玉スライム達を救助すると、あっという間に戻ってきたのじゃった。

「大丈夫か⁉」

「ありがとー」

浜辺に降り立った毛玉スライム達が口々にガルに感謝の言葉を伝える。

「まったく、ヒヤヒヤさせるな」

「わーい、ありがとー」

「友達を助けてくれてありがとー」

助けられた毛玉スライムだけでなく、仲間を波に流されて助けを求めていた毛玉スライム達もガルに感謝の言葉を捧げる。

「む、むぅ……」

そして毛玉スライム達はガルの体に密着してゆく。

「お、おい⁉」

慌てるガルじゃったが、それは遊んで欲しさに密着したわけではないとすぐに分かった。

密着していた毛玉スライム達がガルから離れると、水に濡れて萎れていた毛並みが元のフワフワな毛並みに戻っておったのじゃ。

「ふわふわになったよー」

「あ、ああ、すまないな。助かる」

どうやら毛玉スライム達の礼じゃったようじゃの。

「ふふっ、中々良い感じではないか」

「危なっかしいだけだ」

そうは言いつつもガルの奴、まんざらではなさそうじゃの。

これなら毛玉スライム達とも上手いことやっていけそうじゃ。

「おじさんの水魔力たっぷりで美味しかったー」

「って魔力目当てか！」

おっと、オチが付いてしもうたわ。

「全く……」

「くくくっ、素直じゃないのう」

ちょっぴりショックを受けたガルがフンと鼻息を鳴らしてふて寝する。

「ふぃー、今日も良く働いたべー」

するとそこに畑仕事から帰って来た守り人達がやってくる。

連中、世話になるばかりでは申し訳ないと言って、畑仕事やラグラの木の面倒を見てくれておるんじゃよな。

「おお、これはいけねぇべ！　聖獣様の毛並みが乱れてるだべ！」

「海水さ濡れた所為だな、すぐに手入れさしねぇと！」

「お手入れさするだよー！」

「ぬぉーっ!?」

あ奴らはブレんのう……

「さて、わらわは壊れた壁を治すとするかのう」

わらわは飛行魔法で壊れた壁の下に行くと、水底に大きな木の塊が沈んでいる事に気付いた。

「成る程。この木片が悪さをしたか」

じゃがこれは自然物ではないのう。

ふむ、恐らくは船の部品か？　じゃがこのサイズの部品が簡単に外れるとも思えん。

どこかで魔物に襲われたか、それとも嵐でも起きて船が難破したか？

まぁよい、ちゃっちゃと修理するかの。

第20話　魔王、果物泥棒を捕らえるのじゃ

「大変だーっ!!」

海辺の防護柵を補修した翌日、ベッドで微睡んでいたわらわの下に、ビッグガイが血相を変えて飛び込んできた。

「なんじゃい、こんな朝っぱらから」

やって来たのはビッグガイだけではなく、守り人達の姿もあった。

「やれやれ、雁首揃えて何事じゃ」

「大変なんでさぁ！　ラグラの木が荒らされたんですよ！」

「ほーん……なんじゃと!?」

貴重なラグラの木が荒らされたと聞いては、寝ぼけていた頭が一瞬で覚醒する。

「何があったんじゃ!?」

しかしビッグガイ達は大変だと言うばかりで埒が明かん故、やむなく畑に急行する。

畑は山菜や野菜の植えられた普通の畑の他、ラグラの木を始めとした果物の成る木を植えた果樹園の二つのエリアに分けられており、わらわはラグラの木がある果樹園エリアへとやってきた。

「うーん、ちょっと見ぬ間になんか区画整理されておるんじゃが……」

「頑張りましたので」

既に現場に到着していたメイアが自慢げに胸を張る。揺らすな、ぶっ叩くぞ。

いやいや、それはどうでも良くないが良いのじゃ。

「ふむ、わらわには荒されたようには見えぬが？」

荒らされたと聞いたゆえ、酷いことになっておるのかと思ったが、ぱっと見何か起きた様には見えんのう。

「そんな事ないわ。ここの果樹園はアタシ達がちゃんと管理してる。勝手に食べたら分かるのよ」

と、果樹園を住処にしているミニマムテイルのリリリルが反論する。

「単に腹の減った者が多く食べただけではないのか？」

「違うんでさぁ。被害にあったのはラグラの実だけなんでさぁ。他の食いモンには見向きもしてねぇんです。それに実の捥ぎ方があっしらとは違うんですよ。見てくだせぇ。あっしらは木が傷つかない様にこんな切り口になる様に捥ぐんですが、こっちはもっと雑に切られてんです」

と、ビッグガイは身内説を否定する。

「おお、確かに切り口が違うのう。ではミニマムテイル以外の魔物が勝手にラグラの木に手を出したと言う事か」

「いや、それもねぇと思いやす」

「何故そう思うんじゃ？」

「あっしら島のモンは姉御に忠誠を誓いやした。ですんで姉御に逆らうような真似はしやせんぜ。どいつも姉御の力は思い知ってやすから」

あー、そう言えば森以外を縄張りにする魔物達もあっさり下したからのう。

「それにアタシ達に頼めばラグラの実は分けて貰えるから勝手に持っていくことはないと思うわ。メイア様から数を管理できるよう私達に頼めって命令されてるの。破ったらキツイお仕置きがあるから皆従順よ」

「ふむ、少々気になる発言はあったが、言えば貰えるのなら波風立たせるような真似もせぬか。そうなると一体誰が……」

そこでふとわらわは浜辺に流れ着いたあの木片を思い出す。

「よもや外から流れ着いたか？」

わらわの張った結界はあくまで外から認識できなくする為のもの。

気絶して意識を失っていた場合は意味をなさぬじゃろう。

偶然島に流れ着いた者が食料を求めてたどり着いた結果、ラグラの木を見てつい魔が差したか？

「ふむ、ちと調べてみるとするか」

悪意が無いなら良いのじゃが、変な連中に島を荒らされても困る故な。

夜も深まった頃、ラグラの木に向かって何かが近づいてきた。

数はたったの五、力もとても弱く、言われなければ気付かなかった程。

それらはラグラの木に身を寄せると、たわわに実った果実に触れる。

「そこまでじゃ！」

「「っ⁉」」

メイアの放った魔法の灯りがラグラの木に群がったそれ等を眩く照らしだす。

ふむ、ラグラの木だけを狙った以上、またやってくると考えたが、まさか二日連続で来るとはの。

果物泥棒はわらわ達に囲まれた事で身動きすら出来ずにいた。

わらわ、メイア、ガル、毛玉スライムとミニマムテイルの群れ……うん、あまり怖くないのう。

せいぜい聖獣のガルくらいか？　ともあれ果物泥棒に反抗の意思は見えぬ。

いや、そもそもこ奴等、反抗す出来る程の力を持っておらぬようじゃ。

「よもや犯人がシルクモスとは」

と、魔物を見たメイアが珍しく驚きの表情を浮かべておる。

そう、犯人は巨大な白い蛾の魔物だったのじゃ。それも全身がフワフワの毛に覆われた魔物じゃ。

「シルクモスと言うと、深い森の奥に潜む虫の魔物じゃったか。確か糸が高級な服の材料になるんじゃったかの？」

「左様でございます。シルクモスは自分で作り出した糸を全身に覆う事で身を護る魔物です。言ってみれば羊の毛皮と蝶の繭の中間といったところでしょうか。大変質が良い糸を出すので様々な者達から狙われます」

しかしとメイアは言葉を区切る。

「ただ臆病な上に他種族から糸を狙われて乱獲されるので自分から外に出てくることは極めて稀な事と、捕らえても環境の変化の影響か碌に糸を吐き出さないのだとか。ですので体の糸を回収した後は糸を吐き出させる為の研究に回しているそうですが今のところ成功例はありませんね」

そりゃまた繊細な魔物じゃのう。しかし、極めて稀のう。

「ビッグガイ、こやつ等は島の魔物か？」

念のためビッグガイに確認を取る。

もしかしたらわらわが気付いていなかっただけやもしれぬし、外敵らしい外敵の居ないこの島の魔物ならシルクモスも臆病にならず外を出歩く可能性もあるからじゃ。

「いいえ、見たことねぇ連中でやすね」

ふむ、ではやはり予想通りか。

とはいえ念のため確認はとっておくか。

「お主等」

「「「っ!?」」」

わらわが声をかけると、シルクモス達はビクリと体を震わせる。

「そう怯えるでない。危害を加えるつもりはないぞ」

こちらに敵対する意思がない事を伝えるが、シルクモス達は警戒を解く様子が見えぬ。

震えながら仲間達と身を寄せ合うばかりじゃ。

「お主等、どうやってこの島にやって来たのじゃ？」

「ひ、人族に捕まったんだモス……」

ふむ、やはりそうか……ってモス!?

なんじゃそのベッタベタな語尾は？　キャラ付けとしても安易でないかの？　毛玉スライムですらスラーとかケダーとか言わぬぞ!?　ああいや、それはどうでも良い。

「モス達は暗い所に詰め込まれて知らない場所に連れて行かれたんだモス。外を見れたのはモス達が生きてるか確認される時だけだったモス。そしたら急に地面がグラグラ揺れだしてもの凄く怖かったモス」

多分船に乗せられたんじゃろうな。

「でも暫くしたら揺れが凄くなって、ビキビキ怖い音が鳴ったと思ったら物凄い轟音と共に世界がグルグル回り出したんだモス」

あー、船が転覆したか壊れたか。

で、その後はシルクモス達の入った木箱あたりが海に放り出されたと。

「気が付いたら外が見えるようになったモスけど、周りはしょっぱい水ばかりで死んじゃうと思ったモス。それで何日も流されていたらここにたどり着いたんだモス」

そして僅かに残った力を振り絞って島にたどり着くと、必死で食べ物を探したとの事じゃった。

「事情は分かったがなぜラグラの木だけを狙ったのじゃ？　他にも果物の成る木はあったじゃろう」

「分からないモス。ただ、これを食べないといけないって思ったんだモス」

ふむ、シルクモス達がラグラの木をピンポイントで狙ったのも、本能が消耗した体力を回復させる為に無意識により栄養価の高い物を求めたのかもしれんのう。

何せ上級ポーションの原料になるくらいじゃからの。

「それは大変じゃったのう」

「おつかれさまー」

「君達も大変だったねー」

事情を話し終えたシルクモス達に毛玉スライム達が群がる。

「僕達も強い魔物に狙われて大変だったんだけど、魔王様が助けてくれたんだよー」

「そうなのモス？　その人は良い魔族モス？」

「そうだよー。凄く強くて優しいんだよー」

「「「……」」」

シルクモス達がわらわを見つめる。その眼差しに恐怖はまだ残っていたが、先ほどまでと比べればだいぶ薄れておった。

それはわらわが良い魔族と保証された事よりも、自分と同じく弱い毛玉スライムがそう断言した事の方を重視しているようでもあった。

「さて、落ち着いたところでこれからの話をするとしようかの。お主等、故郷に帰りたいか？」

「か、返してくれるモスか？」

「お主等が望むならな」

シルクモス達は人族に無理やり連れてこられた訳じゃからの。

ただ生きる為にラグラの実を喰らったのであれば、責めるのはお門違いと言うものじゃろ。

「か、帰れるなら帰りたいけど、暗い所に閉じ込められていたからどこが故郷か分からないモス」

ああ、そういえばそうじゃったの。

「ふむ、そうなると故郷を探すのは難しそうじゃの」

「探すとなれば商人経由で船が行方不明になった商会を探すべきかと」

どちらにしても時間がかかるのう。

「……えっと、出来ればここで暮らさせてほしいモス。モス達は故郷に帰ってもまた他の種族に狙われるだけなのでモス」

「ふむ、しかし良いのか？　わらわ達もお主等を誘拐した人族と変わりないかもしれんぞ？」

それじゃと結果としては自分達が搾取されるだけじゃと思うぞ？

「人族は碌にご飯をくれなかったモス。栄養が足りないとモス達は糸を出せないモス。美味しいご飯を提供してくれたら糸は勝手に出るモス」

そうなのかとメイアに視線を送ると、メイアは初耳だと首を横に振った。

「シルクモスに糸を出させる研究をしておるのではないのか？」

「その筈ですが……あっ、もしかして魔物使いを間に挟んでいないのかもしれません」

「む？　どういう事じゃ？」

「魔物使いは自分がテイムした魔物を操る職業ですから、操れる数に限界がある以上戦闘用でもない魔物をテイムする事を嫌がったのでは？」

「成る程のう。しかしそれなら捕らえた商人達にテイマーの素質がある者はおらなんだのかのう？」

金になる魔物を従える為の専属テイマーくらい居そうなんじゃが。

「誘拐された魔物は契約を嫌がりそうですし、無理やり従えさせてもシルクモスの言葉を信じない可能性もあります。結果食事が欲しければと言って無理やり糸を吐かせたあげく餓死させた可能性もありますね」

ああ、強欲な商人ならエサ代をケチるじゃろうしそもそも信じようとせんか。

それは十分にありそうじゃな。

「他の種族から守ってくれてご飯を食べれるなら贅沢言わないモス。でも良い糸が欲しいならこの木の果物が欲しいモス」

ふむ、良い糸の材料にする為にと言う考えなら確かに悪い契約ではないのかもしれんのう。

良い鉄が無ければ良い剣は作れぬ。それと同じと言う事か。

「よかろう、その申し出受けるのじゃ」

「ありがとうモス！」

申し出を受け入れて貰えた事で、シルクモス達がわらわらに群がってくる。

「おわぁっ、モフモフじゃ！」

こ、これは毛玉スライム達とはまた違うふわふわ具合じゃの。毛玉スライム達が暖かい毛布なら、シルクモス達は耳かきについておるポンポンの様な感触じゃ。うーむ、こちらの感触も良いのう。

それにしても、短期間に新しい住人が増えたもんじゃ。

「シルクモスの糸はかなり貴重ですから、商人貴族を問わず取引では有益な武器となりますね」

まぁわらわは高級な糸とかどうでも良いしのう。メイアの情報収集の役にたつならそれでも……

「それにリンド様のお着替えを作るのに最適な素材ですから」

「っ!?」

何か今、やっぱ止めておけって物凄く強く感じたんじゃけどーっ!?

「わーい、新しい仲間だー。よろしくねー」

「へへっ、リンドの姉御の島に流れ着くとは運が良かったなお前等。もう怖いもんなんかないぜ！」

そんなわらわの危機感を尻目に、毛玉スライム達は新たな住人を祝福するのじゃった。

第21話　魔王、魔蚕の糸を手にするのじゃ

「リンド様、シルクモス達から伝言です。体調が戻ったのでさっそく糸を出すとの事です」

「ほう、もう体調が治ったのか？」

シルクモス達を保護して一週間が過ぎたが、随分と早く良くなったものじゃの。

「上級ポーションの材料となるラグラの実の効果かもしれませんね。元々栄養失調が原因でしたし」

「うむ、では様子見も兼ねてシルクモス達の糸繰りを見に行くとするかの」

「お供します」

城の裏手にある果樹園への道すがら、メイアはニコニコと上機嫌じゃった。

「楽しそうじゃの」

「え？　分かりますか？」

「そりゃあのう」

魔王国でのメイアはメイド長という立場もあって基本的にはクールに振舞っておった。

わらわの着替えの時以外はの。

いやそれを言うと宮廷メイド隊の者達は皆そんな感じじゃったが……

「シルクモスの糸といえば探してもなかなか手に入らない超高級品ですから。それがこれから定期的に手に入ると聞いては心が湧きたたない訳がございません」

「お主も乙女じゃのう」

成程、確かに女子なら己が身を飾り立てたいと思うのも当然じゃ。

まぁわらわは戦いに明け暮れておった故、あまりそういった方面には興味がわかぬのじゃが。

「はい、これでリンド様をもっともっと可愛らしく着飾る事が出来ます！」

「……自分の為じゃないんかい」

「私は良いんですよ！　重要なのはリンド様を愛らしく着飾る事です！　折角魔王という立場から解放されたのですから、これからはバンバン可愛くなっていきましょう！」

前言撤回じゃ。やはりこ奴等は普通の乙女とはちょっと感性が違うみたいじゃった。

「……程々にな」

すぐ傍にある果樹園にたどり着く前から疲れた気がするのじゃ。

果樹園に到着すると、傍にいたシルクモス達がわらわの来訪に気付き、手をあげて挨拶してくる。

「お早うモス」

「うむ。なんでも体調が良くなって糸繰りを始めたと聞いたが？」

「そうモス。さっそく皆でやってるモス。見て行くモスか？」

「うむ」

シルクモスに案内されて果樹園に入ると、一匹のシルクモスを他のシルクモス達が囲んでぐるぐると回っておった。

シルクモス達は手に木の棒に仲間の糸を撒いて体を覆う糸を纏めておるようじゃ。

「モッスモッス」

「モーッス、モーッス」

「モモモス、モモモス」

遊んでいるようにも見えるその光景は中々に微笑ましいのう。

「頑張っとるのう」

「久々の糸出しだから気合入ってるモス」

「そしてこれが出来た糸だモス」

そういってシルクモスは近くの木に立てかけていた糸をわらわ達に見せてくれる。

「おお、これは⁉」

「っっっ⁉」

その糸はまるで宝石のように煌めいており、高級糸の名は伊達ではないと素人であるわらわにも納得の出来じゃった。

「凄いのう。まるで真珠のように煌めいておるぞ」

「こ、これが採取したてのシルクモスの糸……これほどまでに」

メイアに至っては感動で恍惚とした表情になっておるわ。

「そしてこれがさっき織ったばかりのモス達の生地モス」

そう言ってシルクモスが取り出したのはキラキラと煌めく白い生地じゃった。

「…………え？」

「久しぶりだからイマイチモスけどね」

「え……ええーーーーーっ⁉」

どうして生地があるんじゃ、と聞こうとした瞬間、メイアが悲鳴のような絶叫をあげる。

「なななななんで生地なんてあるんですか⁉　織機は⁉　この艶は⁉　これは何なんですかーーーーーっ⁉」

「お、落ち着けメイア」

いかん、興奮のあまり支離滅裂になっておる。

「これが落ち着いていられれますか！　シルクモスの生地なんですよ!?　しかもこんな綺麗な生地は見たこともありません!!」

「い、いや、まぁ、その気持ちは分からんでもないが」

「綺麗？　これがモスか？」

しかしメイアの猛烈な勢いに反して、シルクモスは不思議な事を聞いたかのように首を傾げた。

「いや綺麗じゃろ。服に大して興味のないわらわが見ても相当な物じゃとわかるぞ」

「そうですよ！　最高級のシルクモス生地ですらここまでの品質は見た事がありません！」

そう言ってメイアは懐から一枚のハンカチを取り出す。

「見てください！　これが魔王国に出回っているシルクモス生地のハンカチです！」

「おおー、綺麗じゃのう」

美しい刺繍と相まって生地の艶が映える良い品じゃな。正直言って気軽に使える気がせぬぞ。

ただ、それ程良い品であるのじゃが、シルクモス達が織った生地に比べると……のう？

「あー、これはダメダメモスねぇ。お腹壊して死にかけてる時に出した糸くらい質が悪いモス」

「なんかお主等の糸が汚く聞こえてくるからその言い方は止めるのじゃ」

シルクモス達の厳しい、というよりちょっと下品な酷評をわらわは窘める。

「それに糸繰りも機織りもヘッタクソモスねぇ。出し始めの糸を使ったヤツよりも質が悪モスよ」

「それでも納得いかんのか？」

正直言って結構な品だと思うのじゃが？

「初めに出した糸の質は良くない糸モス。だから出し始めの糸は子供の練習用に使うモスよ」

「こ、これが子供の練習用？」

「これは久しぶりの機織りの練習に作った物モスけどね。ほら、あっちでちゃんとした糸を使った機織りをしてるモス」

「モモッス、モモッス」

「モモッモス。モモッモス」

「モモモーモモス、モモモーモモス」

さっきまで糸繰りをしておったシルクモス達じゃったが、今度は三匹のシルクモスが横一列に寝転がり、脚を上にあげておった。

正直言って死んだセミが地面に転がってるのを思い出して嫌な光景なんじゃが。

そんなシルクモス達はそれぞれの足に糸を絡ませており、リズミカルな鳴き声と共に四匹目のシルクモスが足の糸を動かしながら移動しておった。

「なんじゃあれ？　シルクモス達の足に糸を引っかけておるが？」

「そうモス。モス達はそれぞれが人間が言う織機役と機織り役に分かれて生地を織るんだモス」

「生きた機織り機と言う訳か。大したモンじゃのう」

シルクモス達の動きを見ていると、糸が少しずつ組みあがって生地の形になってゆくのが分かる。

「そ、そんな……シルクモスは糸の精製から糸繰り、そして機織りまで自分達でこなすのですか⁉」

「なんじゃ、メイアも知らなんだのか？」

シルクモスの糸は有名じゃし、てっきりメイアもこの事を知っておると思ったのじゃが。

「知りませんよ！　シルクモスがここまで出来るなんて聞いた事もありません。恐らく魔王国、いえ世界中の誰も知りませんよ!?」

マジか。もしかしてこれ物凄い光景なのかの？　じゃがそうなると疑問が残る。

「他種族に捕まった者達から情報が漏れたりせんかったのかの？」

メイアが絶賛する程の品じゃ。当然商人達も注目すると思うのじゃが。

「恐らくですが商人達はシルクモス達の糸にしか興味が無いので、糸を吐いたらすぐに取り上げてしまうのだと思います。糸が無ければ糸繰りも出来ませんし、そもそも魔物使いか素質のある者にしか魔物と会話は出来ませんし、機織りが出来ることに誰も気付かなかったのでしょう」

成る程、どれだけ才能があってもそれを発揮する機会が無ければ気付かぬと言う事か。

「ここは外敵も居ないから安心して生地を作れて嬉しいモス。今まではいつでも逃げれるように気を張っていたから、品質がいまいちだったモスけど、今は糸繰りと機織りに専念できるから気合を入れて作業出来るモス！」

シルクモス達は心底楽しそうに生地を織り続ける。

「しかしなんで生地なんて織るんじゃ？　お主等の糸は体を保護する毛皮みたいなもんじゃろ？」

正直言ってわざわざ生地にする意味無くないかの？

「それだけじゃないモス。モス達の糸は巣を住みやすくする為のベッドやオシャレに使うモス」

ああ成る程、蜘蛛の巣や鳥の巣のようなものか。

シルクモス達は自分達の巣を彩る為に生地の形にするのじゃろうな。

「納得のいく生地が出来たら持っていくモスから期待して待ってて欲しいモス！」

「うむ、よろしく頼んだぞ」

シルクモスの自信満々な言葉に満足したわらわは、彼等が満足する出来の生地が完成するのを楽しみに果樹園を後にしたのじゃった。

第22話　魔王、持て余すのじゃ

「新しい生地が出来たモスー！」

今日も今日とてシルクモス達が出来立ての生地を運んでくる。

「また持ってきたのか？」

ようやく満足のいく生地が出来たと言ってシルクモス達が持ってきた生地は成程確かにこれは凄いと絶賛せずにはおれぬ代物じゃった。

何せ普段生地になど興味のないわらわやガルが褒める以外の言葉が出てこなかったほどじゃ。

あまりに出来が良すぎる為、メイアなどどこから鋏を入れて良いかと、何日も生地を前に固まっておった程じゃ。じゃが、その後が問題じゃった。

シルクモス達は一日に一反程のペースで生地を持ってきてはわらわに差し出してきたのじゃ。

「果物の代金だモスー」

代金だモスーって、ちょっと多すぎんかの⁉　商人達が血眼になる程貴重な生地なんじゃろ⁉

「さすがに無理をしとらんか？　無理して毎日持ってこんで良いぞ？」

いくらなんでも持ってくるペースが速すぎるとわらわが気遣うも、シルクモス達はそんな事ないと触覚を横に振る。

「別に無理してないモス。ラグラの実を食べてから一杯糸が出るようになったんだモス」

「む？　そうなのか？」

「そうモス。自分達でもビックリするくらい糸が出るモス。放っておくと毛の塊になっちゃうからやってるモス」

「お主達の巣にする分は良いのか？」

「これ以上ない程に飾り立てたモス。あまり飾り過ぎてもバランスが悪くなるから程々に飾るのが良いモス」

中々にハイセンスな発言が返ってきたのじゃ。

「ふむ、それなら島の仲間達にも配ってやってくれ。皆も触り心地の良いお主等の生地を巣に飾れば喜ぶじゃろう」

「もうあげて来たモス」

「綺麗な布一杯もらったよー」

「お部屋がオシャレですべすべになったのー」

「寝心地最高ー」

おおっと、もうやっておったのか。

「アタシはリボンを作ってもらったわ！」

「アッシはチョッキって奴を作って貰いやしたぜ！　どうでさぁ、この凛々しさ！」

「ああん素敵‼」

見ればリリリルは尻尾にリボンを、ビッグガイはミニマムテイルサイズのチョッキを着ておった。

二人共見事な出来の衣装を着て誇らしげじゃ。

正直わらわが見てもセンスの良さを感じるぞ。

「お主等、服まで作る事が出来たんじゃな」

「この程度楽勝モス！　もっと複雑な服でも作れるモス！　次はガル様にびしっとしたスーツを着せたいモス！」

「勘弁してくれ」

うんざりした様子のガルを見れば、その首元に短いネクタイが巻かれておった。

「無理に抵抗したら潰してしまいそうだった……」

ああ、強引に着けされされたんじゃな。それにしても予想外に器用な連中じゃの。

とはいえ困ったのう。城の倉庫はもう満杯じゃ。

「まさかラグラの実を食べさせたことでこんな効能が見つかるとはのう」

「大抵は見つけたら上級ポーションの材料にされてしまいますからね」

「じゃがこれ以上作られても困るのう」

これだけ作れるなら、今後ももっと増えると言うことじゃからの。
良い品が大量に手に入るのは良いが、多すぎても持て余してしまう。
このペースじゃと新しい倉庫を作ってもすぐに埋まってじゃろうし、かといってわらわのマジック
ポケットに仕舞い続けたらわらわのポケットがシルクモスの生地ばかりになってしまうぞ。
「要らないなら売ると良いモス。皆これを欲しがってるんだモスよ？」
どうしたものかと悩んでいたら、シルクモスの方から売っても良いと言ってきた。
「本当に良いのか？　お主達はこの生地の為に他種族に狙われてきたのじゃぞ？」
「無理やり誘拐されて碌にご飯も与えられずに働かされるのは嫌モスけど、好きに暮らしてよくて美
味しい果物食べ放題で勝手にお腹からプリプリ出てくる糸をあげるだけで守って貰えるのなら好きな
だけ持って行って良いモス」
「プリプリとか言うでない」
種族が違うとこういう時絶妙に感覚にズレを感じるんじゃよなぁ。
まぁマジックポケットの肥やしにするくらいなら本人達の許可も得た事じゃし、売ってしまうとす
るかのう。
「これ程のシルクモスを取引で使えるのでしたら、交渉事はかなり有利に進める事が出来ますね。た
だ、ラグラの実の価値が高いのは事実ですが、正直その分の経費を差し引いてもこちらが大儲けに
なってしまいます」
と、メイアがこの交渉の利益率について物申してくる。

「ふむ、それはあまり良くないのう。取引はつり合いが取れなければ」

双方に利益に偏りがあり過ぎるのは良くないのじゃ。

これを当たり前と思うようになってしまうと、搾取する事を当たり前に思ってしまうようになる。

つまり自分でも気付かぬうちに暴君になってしまう危険性があるのじゃ。

そして今は気づいていないが、後々この取引が不平等だと気づいた時にシルクモス達の心証が悪くなるのも避けたい。

わらわは魔王として魔王国に君臨しておった頃に過ぎた欲望の所為で身の破滅を招いた者達を良く知っておるのじゃ。

利益を求めるなとは言わん。じゃがバランスを崩すほど奪ってはならぬのじゃ。

「のうシルクモス達よ、他に欲しいものは無いか？」

わらわが訪ねると、シルクモス達はうーむと悩み声をあげる。

「それなら色んな染料や服が欲しいモス。服を作る参考にしたいモス」

「でしたら私の部下に命じて色々と集めさせましょう」

「わーいモスー。誰にも襲われる心配なく美味しい果物食べ放題で好きなだけ服が作れるなんて天国モスー」

衣服の件が受け入れられたシルクモス達は大喜びで機織りを再開する。

うーむ、もしかしたらシルクモス達が一番この島での生活を満喫しておるのかもしれんのう。

おっと、そうじゃ！　せっかくシルクモス達が裁縫できるのじゃ。一仕事して貰うとするかの。

「のう、ちょっと頼みたい仕事があるのじゃが」

「何だモス？」

皆が大はしゃぎする果樹園の片隅で、わわらとシルクモスはちょっとした悪だくみをするのじゃった。

第23話　魔王、至高の生地を売り出すのじゃ

「す、素晴らしいぃぃぃぃぃぃっ!!　これが、これがシルクモスの生地で作った服だと言うのですかっっっっ!?」

男達は興奮を隠せぬ様子で声を上げた。

その視線はわらわの、いやわらわの着ているドレスに向けられておった。

「……はぁ。どうしてこうなったのじゃ」

こうなるほんの数分前の事をわらわは思い出す。

シルクモスの生地を持て余したわらわ達は、彼等の許可を得て生地を売ることにしたのじゃ。

いつも通り変身魔法で素性を変え、わらわ達はとある商店へと生地を売り込みに行く。

「この商店の規模でしたらシルクモスの生地を適正な価格で購入してくれるでしょう」

店に入ったメイアが近くに居た店員に声をかけると、店員はぎょっとした顔になり、すぐさま応接間へと通された。そして間をおかず入ってくる責任者らしき男達。

「ようこそいらっしゃいました。わたくしジョロウキ商会の商会長を務めさせていただいております
ロッキルと申します。こちらは会頭のアルコルです」

「うむ。わらわはジェネという。こっちは部下のリアじゃ」

いつもの姿とはまた違う姿に変えて来た故、別の名前を名乗る。

「おお、愛らしいお名前ですな。ところでこの度はシルクモスの生地をお売りいただけると伺ったの
ですが、真ですか？」

ロッキルは嬉しそうに笑みを浮かべるが、その眼差しの奥には疑いの色が透けて見える。

事前にメイド隊に交渉を希望する連絡をさせておいたのじゃが、わらわ達が本当にシルクモスの生
地を持ってきたのか疑っておるようじゃ。いや、価格交渉前の牽制か？

やれやれ、商売人の癖にこうも簡単に本心を見抜かれるとは未熟じゃのう。

「いやー、シルクモスの糸と言えば滅多に手に入らない逸品です。それの生地となればどれほどの価
値になることやら。正直年甲斐もなく興奮しております」

ん？　そこまで貴重な物なのか？　ちらりとメイアを見ると小さく頷いて返してくる。

どうやらわらわが思っておったよりシルクモスの生地は貴重なようじゃった。

島ではアレが溢れかえっておるんじゃがのう。

「こちらがシルクモスの生地でございます」

メイアはマジックポケットを使わず、わざわざ抱えておった箱をテーブルの上に置く。

箱はいかにも高級そうな細工が施されており、中に入っておる品が高価だと告げていおった。

ゆっくりと勿体ぶる様に鍵を開け、静かに箱を開いてゆくメイア。

それを見るロッキルの目はわずかじゃが早く開けろと苛立たしげな様子じゃ。

しかし、箱の中身が見えた瞬間、その眼差しが驚愕に変わる。

「なっ⁉」

中から出てきたのはまるで自ら光を放ってるかのように輝く美しい生地。

「っ……ぁ……」

ロッキルだけでなくアルコルまでも言葉を無くす。

「何……という美しさ。これほどのシルクモスの生地は、見たことがありませんっっ！」

ようやく絞り出した言葉がきっかけとなって動きを取り戻すロッキル達。

その顔は恍惚と興奮と困惑に彩られ、プルプルと震えながらシルクモスの生地に触れようとしたところでメイアの手に弾かれハッとなる。

「大変貴重な品ですので、許可なく触れるのはご容赦を」

「はっ⁉　これは失礼しました。あまりの美しさについ……」

慌てて頭を下げるロッキル達。

しかしそれでもロッキル達はシルクモスの生地を確かめたくて仕方がないようじゃった。

「メ……リアよ。これは取引じゃ。品質を確かめる為にも触れることくらいは許可しても良いのではないか？」

「「っ⁉」」

わらわのとりなしにロッキル達の目が輝く。

「……承知いたしました。こちらがシルクモスの生地で作ったハンカチとなります」

「「おおっ!!」」

渋々と言った様子でサンプルのハンカチを差し出すメイア。

これは仕込みじゃ。勿体ぶる事で商品の価値を高めるのじゃとか。わらわにはよう分からんが。

「何と言う美しさだ……私の知っているシルクモスの生地とはまるで違う」

ロッキルの奴、興奮のあまり口調が変わっておるわ。

ロッキル達はハンカチの手触りを確認しては感動し、様々な角度から見ては溜息を漏らす。

「そして」

メイアがわざとらしく声をかけると、品定めを中断されたロッキルが苛立たしげに顔を上げる。

じゃがすぐにその表情も凍り付いた。

「こちらがシルクモスの生地で作ったドレスでございます」

ロッキル達はわらわが纏ったドレスを見て言葉を失っていたのじゃ。

「なっ、ド……」

そう、実はわらわはローブの下にシルクモスの生地で作ったドレスを着ていたのじゃ。

ロッキル達はパクパクと口を動かすばかりで言葉を発する事が出来なんだ。

「いかがですか、シルクモスのドレスは？」

「っ!?　かはっ！」

メイアに話しかけられてようやく我に我に返ったロッキル達は慌てて呼吸を行う。

「こ、こここれは!?」

「当方の職人が仕立てたドレスです」

「これを貴女方の職人が!?」

もう取り繕う様子もなくロッキルが喰いつく。

「ええ。その通りです」

一瞬だけメイアに向いていた視線が、すぐにわらわに戻る。

「す、素晴らしい！　素晴らしいドレスです！　まさに、まさに至高の逸品っっ！」

「ええ、ええ！　わたしもこれ程の品質の品を見たのは生まれて初めてです！　いえ、これは本当にシルクモスの糸なのですか!?」

アルコルに至っては、これはシルクモス以外の品なのではないかと疑うほどじゃった。

「はい、間違いなくシルクモスの糸から作られた品です。ただし……当方が飼育する特別なシルクモスですが」

「「シルクモスを飼育!?」」

ロッキル達がギョッとなってメイアの方に顔を向けるとまたわらわのドレスに戻って来る。

あっち向いたりこっち向いたり大変じゃのう。

「こ、これが人の飼育したシルクモスの糸……!?」

「飼育に成功したのですか!?」

ロッキル達の視線が無遠慮にわらわに突き刺さる。

はぁ、何でわらわがわざわざドレスを着て交渉に参加せねばならんのじゃ。

商品を売る為には実際に使っている者を見せるのが一番とかいうメイアの口車に乗ったのが間違いじゃったわ。

よくよく考えたら、メイアの部下にやらせればよいではないか。

おかげでさんざんメイアとシルクモス達の着せ替え人形にされてしもうたわ。

その後も興奮したロッキル達からさんざんおべんちゃらを言われつつ、わらわ達はシルクモスの生地を金貨五〇〇枚で買い取ってもらう事になった。

たかが布地一つにとんでもない金額がだと驚いたのじゃが、なんとそれは生地丸々一つではなく、ドレス一着分の分量だけでその金額と知って二度驚いてしまったわ。

おおぅ、その金があれば兵士達にどれだけ美味い物を喰わせてやれた事か……。

金ってある所にはあるもんじゃのう。

「はー、肩が凝ったわい。二度とやりたくないわ」

「あらそんな事をおっしゃらずに。先方もお嬢様の麗しさに惚れ惚れとしておられましたよ」

「ありゃドレスを見ておっただけじゃろ」

もう面倒事はコリゴリじゃ……

と思った僅か数十分後に、わらわ達は見知らぬ男達に囲まれておった。

町を出て人の目が入らぬ場所に入った瞬間これじゃ。ちーとばかし治安が悪くないかのこの辺？

「へっへっへっ、悪いが俺達に付いてきてもらおうか？　大人しくしていれば痛い目には合わせないでやるからよ」

「メイア、さっさと終わらせるのじゃ」

「かしこまりました」

「ん？　何ごちゃごちゃ言ってやがる？　いいから大人しく……うげっ⁉」

目の前でごちゃごちゃ言っておった男の体が吹き飛んだ。

そして男の仲間達がそれに反応する前に両サイドの男達も吹き飛ばす。

「へ？」

四人目が反応した直後に地面に埋まった。

「ひぃっ⁉」

悲鳴を上げた五人目が、体をくの字にして宙に浮きあがると、六人目と共に近くに木へと叩きつけられた。

おっと、木が傷つかないように気を使ったな。偉いぞ。

「そ、そこのガキを人質に取れ！」

危険を察した七人目と八人目がわらわを捕らえようと向かってくる。

それをいなして鳩尾に肘を打ち込む。

「ごっ⁉」

七人目の体を壁にして八人目の側面に回り込むと、魔力の掌底を叩き込んで無力化した。

「ふぅ、ちょっとすっきりしたのう」

視線をメイアに戻せば、九人目と十人目は既に沈黙しておった。

「リンド様、終わりました」

「殺しておらんじゃろうな?」

「ええ、勿論でございます。殺しては黒幕が分かりませんから」

ですが、とリンドは溜息を吐く。

「このタイミングで襲撃となると、犯人は推理するまでもないですね」

まぁそうじゃろうなぁ。

「ほれ、起きろ」

犯人を魔法で拘束したわらわは、そのうちの一人を叩き起こす。

「う、うう……ひっ⁉」

目が覚めた男はわらわ達を見て悲鳴をあげる。

「のう、お主達に命令をした者が誰か教えてくれぬか?　正直に言えばあっちの連中のようにならずに済むぞ」

そう言いながら地面に倒れたままの他の犯人達を指差すと、男は情けない悲鳴を上げた。

まぁ別に死んでおらんのじゃけどね。

「ジョ、ジョロウキ商会のロッキルさんに頼まれましたぁ……」

まぁやっぱそうじゃよな。

「どうやら刺激が強すぎたみたいですね」

「そうみたいじゃな」

「どうなされますか？」

メイアがニヤリと笑みを浮かべながらわらわに問うてくる。

こやつめ、分かっていて聞いておるな。

「そりゃあ決まっておるじゃろ。わらわ達に手を出したのじゃ」

襲ってくる者には相応の報いを。

それが魔王になる前からのわらわ達のモットーなのじゃから、答えは当然。

「根こそぎ頂いて帰る」」

という訳でわらわ達を狙った報いを受けて貰おうかの。

待っとれよロッキル。

「慰謝料はたんまり貰うからの」

第24話　魔王、狙われるのじゃ

ロッキルSIDE

「欲しい、アレが欲しいぞ！」

魔王達が店から去ったあと、ロッキルは商会長室に戻ると己の願望を躊躇うことなく口にした。

「アレは何だ⁉　これまでさまざまな商品の取引をしてきたが、あんな物は初めて見たぞ⁉

あれがシルクモスの生地だと⁉　わたしの知っているシルクモスとは別物だ！　違うナニカだ！」

叩きつける様に心情を吐露した事で、ようやくロッキルは落ち着きを取り戻す。

「アルコル、シルクモスの飼育に成功した話を聞いたことはあるか？」

「いえ、ありません」

ロッキルの質問に部下のアルコルは聞いた事もないと首を横に振る。

「ではここ最近シルクモスを手に入れた者は？」

「いくつかの商会が入手に成功したそうですが、いずれも飼育に成功したという話はありません」

「確証はあるのか？」

アルコルはジョロウキ商会の会頭として集めた情報を総動員して主の質問に答える。

「はい。最初の内はシルクモスの糸を意気揚々と取り扱っていましたが、すぐに販売数が減り今では糸の一本も売りに出されておりません。中には貴族の使いとトラブルになった店もあるようで、飼育に失敗したのは間違いないかと」

「ではあの生地についてはどう思った」

ロッキルは魔王達の持ってきたシルクモスの生地を思い出して恍惚とした感情が湧きあがるのを抑え問いかける。

「まず普通のシルクモスの糸ではありませんね。あの美しさを見れば偽物ということもありません。寧ろアレが偽物なら本物以上の価値があるかと」

事実ロッキル達が見てきた中で、あれ程のシルクモスの生地は無かった。

「そうだな。では飼育に成功したと言う話は本当だと思うか？」

「家畜でも野菜でも人の手が入った方が量も味も良くなります。飼育に成功したのなら厳しい野生の生存競争から解放され、滋養のある餌をふんだんに与えられてああなった可能性も否定はできません」

問われたアルコルはその方が品質が良くなるだろうと答えた。

事実野生種の植物は人が食べる事を考えて育ってはいない。

大抵の野生種の野菜はエグ味があったり可食部が少なかったり味がいまいちだったりとたいして美味しくないのだ。

美味な野菜は人が何年も時間をかけて品種改良した野菜なのである。

「だが餌を大量に与えても飼育に成功したと言う話は聞かんぞ？」

シルクモスの飼育を目論む者は多い。

だがその飼育に成功するのは一人としていなかった。

それもその筈、シルクモスは家畜と違い小屋に入れて飼育できる生き物ではないからだ。

寧ろ野生環境に近い環境でないと具合を悪くしてしまうのである。

だがシルクモスに逃げられたくない者達がそれを許すはずもなく、結果としてシルクモスは衰弱して死んでしまうのだった。

魔王達が考えたようにシルクモスの使役を考えた者が居たらまた話は別だったかもしれないが。

しかし一般的な魔物使いが飼育できる魔物の数は平均で五匹、多くても十匹程度である。

それ以上は術者の魔力が足りないのだ。

商品として必要となる糸の量はとても一匹や二匹使役した程度で賄えるものではない。

しかもそれで育成が上手くいかない場合はシルクモスが死ぬまで他の魔物を使役出来なくなるのだ。

それではとても金にならない。

そして育成が失敗した場合、契約内容によっては魔物使いに責が及ぶ場合もある。

そうした過去の遺恨もあって魔物使い達は協力を拒むようになり、次第にシルクモスの飼育という概念が途絶えていったのである。

つまり強欲な商人達の自業自得だったのだ。

「もしかしたらシルクモスの育成に適した餌を見つけたのかもしれません。未だシルクモスが好む食材の情報はありませんから」

飼育と言う意味では的外れだが、糸の大量生産という意味では正解を言い当てるアルコル。

「もし本当に飼育に成功したのなら、是非とも欲しいな。しかし向こうもシルクモスの飼育法という金の卵を手放そうとはしないだろう。なら無駄な時間をかける必要もない」

普通の商人なら交渉によって生地の取り扱い量の増加を交渉するだろう。

だがロッキルはそれ以上を望んだ。

「では？」

「あの二人を捕らえろ。最低でも雇い主の娘であろう小娘は絶対に捕らえろ。人質として使える」

ロッキル達の考える欲しいとは、取引ではなく略奪を意味していた。

それはロッキルという男がそうした方法を好む人物だからだ。

彼はこれまでも幾度となく他者から奪う事で財を成してきた。

表向きは普通の商人として振舞っている為、ロッキルの正体を知る者は少なかった。

彼は盗賊団の様な組織だった犯罪はせず、相手を皆殺しにする事で目撃者を消していたからこそ、その犯行が知られることは無かった。

「シルクモス、そしてその飼育法、それにあのドレスだ！　あのドレスを仕立てた職人も手に入れろ。あれ程の品を仕立てる腕はシルクモスの生地とは関係なく欲しい！」

「お任せください。すぐに腕利きの連中に説得に向かわせます」

「うむ、任せたぞ」

すぐさまアルコルが部下に命令する為に部屋を出て行く。

「くくっ、これは運が回って来たぞ！　あの生地を私が独占できれば他のシルクモスの生地などゴミも同然だ！　貴族達はパーティに着て行くドレスを仕立てる為に大枚をはたいてあのシルクモスの生地を求めるだろう」

既にロッキルの中ではシルクモスとその飼育法が手に入る事は確定となっていた。

それは彼の商会が後ろめたい方法で成り上がっていた事の証明であった。

「ふふふふっ、船ごとアレを失った時はとんでもない損失だと絶望したものだが、まさかアレ以上のモノに出会うことが出来るとは私は運が良い」

ここ最近起きた失敗に頭を悩ませていたロッキルだったが、それを補って余りある朗報に心を沸き立たせる。

「うまくいけば。秘密裏に受けたあの依頼などよりも遥かに金になるぞ」

シルクモスの生地が生み出す美しい輝きを思い出しながら部下の朗報を待つロッキル。

だが、おかしなことにいつまで待っても部下達が戻って来る様子はなかった。

「どうなっているのだ!?」

「はっ、もうそろそろ戻ってきてもおかしくないのですが……」

本当ならもうとっくに戻ってきてもおかしくない筈の部下達が戻ってこない。

「まさかアイツ等、シルクモスの生地を盗んで逃げたのではないだろうな!?」

ロッキルは部下達がシルクモスの希少性に気付き、自分を裏切って魔王達を連れて逃げ出したのではないかと疑う。

彼は自分以外の人間を信用していなかった。だからまず真っ先に考えたのが部下の裏切りだ。

「そ、それはありえません。連中には何のためにあの小娘達を襲わせるのかを教えていませんから」

目的を知らされていないのだから裏切りようがないとアルコルは否定する。

だがそれで納得できないからこそ、ロッキルは苛立ちを募らせた。

「では何故戻ってこんのだ!?」

「い、今他の者達に探させていますのでもう暫くお待ちください」

しかしいつまでたっても魔王達を捕らえに行った部下達は戻ってこなかった。

苛立ちを紛らわせるために酒を飲みながら待つも夜は更けてゆくばかり。

いい加減我慢の限界に至ったロッキルはアルコルを怒鳴りつけた。

「明日の朝までにあの小娘どもを連れてこい！　もし逃げられたならただではおかんぞ！」

「か、かしこまりました!!」

逃げる様に部屋から出て行くアルコルに悪態をつきながら、ロッキルはベッドに身を沈ませる。

「あの女達から情報を手に入れた後は……部下に命じてどこぞの貴族にでも売りつけてしまうか。どちらもなかなか見栄えが良かった事だし、あのドレスと一緒に遠方の国の貴族令嬢と偽って売れば、良い値がつくだろうて」

酒に酔ったロッキルは、シルクモスの生地だけでなくリンドとメイアにも想像の魔の手を伸ばす。

彼自身は素性がバレぬよう、直接自分の店で後ろめたい品を売ることはないが、子飼いのごろつきを行商人に偽装させて違法な品を売買させる事は多々あった。

「他の商人、特に貴族に目を付けられないよう、シルクモスの生地は別の商会を偽装して売るか」

強欲な割に、臆病なほど慎重なロッキルはシルクモスの生地を横取りされない売り方を考える。

今後の利益を考えて気分が良くなったロッキルは、酒を煽るとベッドに体を沈めて瞼を閉じる。

目が覚めたらバラ色の未来が待っていると確信して。だが、そんな未来は訪れなかった。

ズシャアッ!!

部屋全体に何かが断ち切られるような音と共に鈍い震動が走る。

「な、何だ!?」

突然の異変にロッキルは飛び起き、慌てて明かりをつけようと手を伸ばす。

しかし慌てているせいで灯りがどこにあるのか分からない。

次の瞬間、天井に灯りが灯った。

否、その灯りは室内を照らす人口の光ではなく、見える筈のない夜空の星と月の輝きだったのだ。

その光景におかしいと思う間もなくロッキルは違和感を感じる。

月の真ん中に何か黒いものが見えたのだ。

「な、何だ?」

それは人の形をした二つの影だった。

影はベッドの上で呆然と佇むロッキルの下に降りてきてこう言った。

「「こ・ん・ば・ん・わ」」

それが、欲をかき過ぎた男から全てを奪う、破滅の言葉だったのである。

第25話　魔王、襲撃するのじゃ

深夜、人気が無くなった商店の前にわらわ達は居た。

顔を隠し、真っ黒なローブに身を隠しての隠密行動じゃ。

「建物の周囲に遮音結界を張りました。これでどれだけ大きな音がしてもバレる事はありません」

「うむ、ではやるとするか」

準備が出来た所で、わらわは魔力を平たく収束する。

そして軽く飛び上がるとそれを横なぎに払った。

スパンッと小気味よい音が鳴った直後、建物の屋根が真っ二つに割れた。

「ではゆくとするか」

切断した天井をマジックポケットに収納すると、空から商店の内部へと侵入する。

さーてあの男は……おお、おったおった。

わらわ達は呆然とした顔で天を仰ぐロッキルの下へと降り立つ。

「「こんばんわ」」

挨拶は大事じゃからのう。

「な、な……!?」

はっはっはっ、驚き過ぎて声も出ぬか？　じゃがもう遅い。お主はわらわに喧嘩を売ったのじゃ。

魔王であるわらわにな！　あっ、元魔王な。

即座にメイアが魔法でロッキルを拘束する。

「ひぃっ!?　助けてくれぇ！」

捕らえられたロッキルは情けなく助けを求めてくる。

「助けてやっても良いぞ？」

わらわも悪魔ではないからの。

「お主の財産全てを差し出せばの」

「はぁ!?　ふざけるな！」

はっはっはっ、ふざけてはおらぬよ。至極本気じゃからの。

と、その時じゃった。ドアを蹴り飛ばす勢いで用心棒らしき男達が入って来たのじゃ。

「ロッキルさん大丈夫ですかい!?」

「おお！　良い所に来た！　コイツ等を殺せ！」

味方がやって来た事で希望が湧いたのか、ロッキルがこちらを睨みつける。

拘束されとるのにいい度胸じゃのう。

「ほいサンダーブレイク」

「「「もぎゃあああ!!?」」」

「うわぁぁぁぁぁぁぁ!?」

わらわの放った魔法で用心棒達はあっという間に鎮圧された。

まぁ所詮雇われのごろつきじゃしのう。

「ひ、ひぃ！　た、頼む！　何でもやる！　だから命だけは!!」

「二度もわらわ達に手を出して生かして貰えるとでも思っておるのか？」

「に、二度？」

シルクモスの生地目当てにわらわ達を襲い、今もわらわ達を襲うように命じた。

一度だけなら命だけは助けてやってもよかったのじゃが、二度逆らうようではもう生かしておく理由もないのう。

「ではさらばじゃ」

始末をつけたわらわ達はさっそく慰謝料を頂くことにした。

襲ってくる者には相応の報いを。

それが魔王になる前からのわらわ達のモットーじゃからの。

わらわ達はロッキルの部屋にあった金目の物を片っ端からマジックポケットに放り込んでゆく。

「はっはっはーっ、久しぶりのボーナスタイムじゃーー！」

「さすがに商会の主だけあって良いものを飾っていますね。とはいえ、少々物足りない感じですが」

確かにロッキルの部屋はなかなか良い品が飾ってあったが、あれだけ乱暴な手段をとった割には置いてあるものが上品すぎる。それに壁に隠し棚の類も見当たらぬ。

「これは地下かのう？」

悪党は大抵後ろめたい物をどこかに隠すものじゃ。

それが主の部屋に無いのなら、大抵は地下に隠してあると考えるのが相場。

む？　別の場所に隠してあるのではないか、か？

確かに別のアジトに隠してある可能性もある。

じゃが大抵の悪党は悪事の証拠を目の届く範囲に隠しておくものなんじゃよ。

商会の業務が行われる一階におりたわらわ達は、倉庫にやってくる。

「ふむ、では倉庫の荷物もごっそり頂くとするか」

「あらリンド様。せっかくですから丸ごと頂きませんか？」

しかしそこでメイアが待ったをかけてくる。

「まるごと？　店の商品を全部ではないのか？」

「いえ、店ごとです」

「店ごと……ああ、そういう事か」

メイアの意図を察したわらわは、倉庫の荷物をそのままにして地下への入り口を探す。

幸い隠し階段はそれほど難しい場所に隠されてはおらず、人に見られにくい倉庫の奥まった場所で発見できた。

「では行くとするか」

わらわ達は扉を破壊すると、地下へと降りてゆく。

「むっ、誰ぞおるの」

地下へ降りてくるお、捜査魔法が地下に人気がある事をわらわに伝えてくる。

用心棒のようじゃが、地上に居た者達よりも数が多いではないか。

これは余程隠したいものがあるみたいじゃの。

「では失礼するのじゃ！」

「お邪魔致します」

わらわ達は躊躇うことなく用心棒達がいる部屋へと入る。

相手が最後まで言い終える前に懐に飛び込んで鳩尾を強打。即座に一人目が沈む。

「な、なんだ手前ぇらぶぁ⁉」

「なっ⁉　ぐひゅっ」

驚いた二人目の背後に立ったメイアが意識を刈り取る。

「くっ、舐めやがって！」

ようやく武器を構え終えたがわらわは構えた剣ごと相手を蹴り飛ばす。勿論殺しておらんよ？

残った連中もわらわ達にとっては大した障害とはならず、瞬く間に制圧が完了した。

「やっぱ人族のごろつきは弱いのう」

「訓練を受けた騎士でもなければ強力な魔物と戦い続けている冒険者でもありませんからね。多少腕の立つ者が居ましたが上位に上がれなかった冒険者崩れと言ったところでしょう」

用心棒達をフン縛ったわらわ達は、地下の捜索を開始する。

正直、地下に隠されたお宝は上にある物とは比べ物にならない程価値のある品ばかりじゃった。

「おお、これは良いマジックアイテムじゃの。紋章が描かれていると言う事は貴族から奪った品か？」

「こちらは希少な薬草が沢山ですよ。どうやってこれだけの数を集めたのでしょうね。ですが管理が微妙ですね。すぐに持ち帰って処理をし直さないと」

「おお？　これは呪いのアイテムのリストか？　中々えげつない効果の品が揃っておるの。騙されて買ったとは思えぬし、さては他人に使う為に買ったな」

こんな物を利用してまで他人を陥れておったとは、まったく人族の方が魔族の名にふさわしいのではないかの？

「あら、これは人族の国では禁制品の危険な毒草ですね。薬物中毒にして逆らえない様にするつもりだったのでしょうか？　没収没収」

「おっとこっちは二重帳簿発見じゃ」

「犯罪の証拠が沢山ですねー。帰りによーく見える場所に飾っておきませんと……これは」

と、メイアが何かの書類を見て表情を変える。

「どうしたのじゃ？」

「これを見てください」

「むっ？」

メイアの差し出した書類を見たわらわは、その内容に眉を潜める。

「シルクモスの捕獲計画とな」

そこには、別の大陸で発見したシルクモスの群れを捕獲する為の計画じゃった。

しかも書類を読んだところ、既に計画は実行されこちらに向かって運ばれているようじゃ。

「もしやウチのシルクモス達は」

「はい、恐らくこの店の者達に捕らえられたのでしょうね」

まさかそれと知らずに犯人を襲撃しておったとは驚きじゃのう。

「他の書類を見た感じですと、どうやらこの商店は他にもいくつかの魔物を捕らえては貴族に売りさばいていたようです。最近では国に同種の魔物を大量に納品していますね」

「国というとアレか？」

「ええ、宰相の計画ですね」

ヒルデガルドの魔物使い計画にまで絡んでおったのか。

「魔物に関しては数の問題もありますので、ここはそのうちの一つと言う事でしょう」

ふぅむ、兵力として仕えそうな魔物を見つけてはそれを売りつけておったか。

モノだけでなく命まで売り物にするとは本当に業が深いことよ。

「どうやら地下は犯罪の証拠や表立って売る事の出来ない曰く付きの品ばかりのようじゃのう」

「これ以上人様に迷惑が掛からない様に、しっかり回収させて頂きましょう」

地下倉庫の品をありがたくマジックポケットに収納したわらわ達はさらに奥へと向かう。

「ほう、これは牢屋か」

奥に進むと鉄格子が嵌められた牢屋に出くわした。

「ただの商会の地下にあるような施設ではありませんね」

じゃな。普通の商店は地下に牢屋など作らんからの。どう見みても後ろめたい設備なのじゃ。

「む？」

と、その時じゃった。牢屋の一角に弱々しい気配を感じたのじゃ。

わらわが異常を感じた事を察したメイアもまた音を立てずに周囲を警戒しだす。

牢屋のある地下から感じる弱々しい反応、普通に考えれば誰かが捕まっておるのであろうな。

一応見にいくとするか。とはいえ誰が潜んでおるとも限らぬ。

わらわは油断なく通路を進んでゆく。

メイアは少しだけ離れた位置で何かあっても援護できるように備えつつ付いてきておる。

「ここか」

「ゥゥゥ……」

反応があった牢の前に立つと、小さな、しかし警戒を滲ませた唸り声が聞こえてくる。

「心配せずともよい。わらわはこの店の者ではない」

甲高い声は大人の者ではない。と言う事は誰ぞ金持ちか貴族の子供でも誘拐してきたのかのう？

いや、貴族の子供ならこんな獣の様な唸り声をあげたりはせぬか。獣人族ならありえるかの？

わらわは閉じ込められた者を刺激せぬよう、弱めの灯りの魔法で牢屋の中を照らす。

「む？　これは……!?」

そこにおったのは人族の子でも獣人族の子でもなかった。

「ゥゥゥゥゥゥ！」

なんと魔物の子供だったのじゃ。

第26話　魔王、魔獣の子供を保護するのじゃ

「ほれ、ここがわらわ達の暮らす島じゃよ」

ジョロウキ商会を逆襲撃したわらわ達は、地下牢で出会った魔物の子供を島へと連れて来た。

「ゥゥゥゥゥゥゥゥウ」

しかし人族に攫われた所為か、わらわ達に心を許す様子は見せなんだのじゃ。

「困ったのう。話が出来ねば親元に帰してやることも出来ぬ」

「地下で回収した書類を解析してあの魔物がどこに住んでいたのかを部下に調べさせています」

「うむ、頼むぞ。出来ればそれまでに心を開いてほしいものじゃが……」

「まぁこればかりは時間をかけて心を解きほぐさないと駄目でしょうね」

「グルルルルル」
「今日もダメじゃのう」
見知らぬ魔物の子を保護してから数日が経ったが、未だ警戒を解く様子は無かった。

……いや別にモフモフに拒否されてショックとか受けておらんよ？　欠片もショックを受けてなどおらんよホント。

「警戒しているせいか食事もあまりしてくれませんね。傷は治療しましたが栄養を取ってくれないと体が回復しません」

回復魔法で傷はいえても失った体力を癒すには栄養を取ってもらわねばならんからのう。

しかし子供とは思えぬほど警戒しておるが、よほどの目に遭わされたと言う事か？

「困ったのう」

「魔王様ー」

と、そこに毛玉スライム達がやって来た。

「む？　何じゃ毛玉スライム達よ」

「新しい子が来たんだよねー？」

「まぁのう」

「じゃあ一緒に遊んでも良いー？」

「何？」

「お友達になりたいー」

「ふむ」

ああそうか、毛玉スライム達は保護した魔物の子供が落ち着くまで待っておったのじゃな。

なかなか気が利くのう。しかしそうか、遊びか……

「良いぞ。遊びに誘ってみよ」

「わーい」

「危なくありませんか？」

保護した魔物の子が今だ警戒を解いていないことにメイアが心配する。

まぁ毛玉スライム達は弱いからのう。

相手が強い魔物ならじゃれついただけでうっかり潰してしまいかねんのは確かじゃ。

「なぁに、あの魔物も今は体力を消耗しておる。相手が毛玉スライムとはいえ簡単には殺したりは出来ぬじゃろ」

「ギャオオオ！」

と、部屋の奥から魔物の子の威嚇の声が聞こえてくる。

「キャー」

そして毛玉スライム達が吹き飛ばされたのかゴロゴロと転がって来た。

「わー」

そしてまた部屋へと戻ってゆく。

「グルォー！」

「わーいわーい」

そしてはしゃぎながら転がってきた。

「もっともっとー」

「完全に遊んでもらっておると勘違いしておるのう」

その後も毛玉スライム達は何度も吹き飛ばされては戻ってゆくの繰り返しを続ける。

その結果……

「ハァ……ハァ……」

すっかり体力を使い果たした魔物の子は床にべったりと張り付いてくたびれておった。

「ねぇねぇー」

そんな魔物の子に近づいてゆく毛玉スライム達。

「グル……」

もう抵抗するのも面倒になったのかうんざりした様子で視線だけ向ける魔物の子。

「はいこれー」

「グル？」

突然目の前に果物を置かれて不思議そうな顔になる。ってあれ、ラグラの実ではないか。

「美味しいよー」

「おいしー」

そう言って毛玉スライム達は自分達の分をモグモグと食べ始める。

最初は毒でも入っているのかと警戒していた魔物の子じゃったが、毛玉スライム達があまりにも美味しそうに食べているのを見て、疑う自分がバカバカしくなったのか、遂にラグラの実を口にしたのじゃ。

「……カプ」

「おお、食べおったぞ」

「毛玉スライム達の無邪気さに負けたみたいですね」

まぁあれを相手に陰謀とか考える方がバカバカしいからのう。

ともあれ、少しは打ち解けてくれたみたいじゃの。

「これなら上手いことあの魔物の心を解きほぐしてくれそうじゃの」

「リンド」

毛玉スライム達の活躍にわらわ達が安心しておったら、今度はガルがやってきた。

「ガルか。どうしたのじゃ？」

「新しい魔物が来たと聞いた。一応顔を合わせておいた方が良いと思ってな」

「ああ、あっちで毛玉スライム達と遊んでおるぞ」

ふむ、こやつもあの魔物の子が落ち着くまで待っていたと見える。

「そうか、分かった」

うむ、今ならむやみやたらと警戒する事もないじゃろうしな。

ガルは毛玉スライム達も懐いておるし……

「って、いかん！　あ奴と合わせたらまた元の木阿弥じゃぞ！」

よくよく考えたらガルは聖獣じゃし、毛玉スライム達とは比べ物にならん巨体ではないか！

このまま二人を鉢合わせたら恐怖でまた元に戻ってしまうのじゃ！

「待てガル！」

ガルを止める為、わらわ達は慌てて部屋へと飛び込む。

「キューンキューン」

「ん、おお？　随分と人懐っこい奴だな」

しかしわらわ達が目にしたのは、まるで親に再会したかのようにガルにすり寄って甘える魔物の子の姿だったのじゃ。

「……何、じゃと？」

なんでわらわには懐かんのに、ガルには即堕ちなんじゃーっ!!

「納得いかん、納得いかんのう」

その後ガルは魔物の子に好かれた事もあってしばらく傍に居る事にしたらしい。

落ち着くまで自分が傍に居てやれば、わらわ達を警戒する事もなくなるじゃろうと言って。

「まぁまぁ、ガル様は聖獣ですから、それが関係しているのでしょうか？」

「そういうモンかのう？」

むぅ、新しいモフモフを独占しおって。

そんな事を話していたら、ガルがわらわ達の所にやってきた。

「リンド、伝えておきたい事があるのだが」

「む？　魔物の子は良いのか？」

「今は寝ている。それよりも早く伝えた方が良いと思ってな」

「今があった？」

聖獣であるガルがここまで気にするというのは気になるのう。

何か厄介事でも起きたか？

「あの魔物の子だがな、グランドベアの子供だ」

「……グランドベアの子供じゃと⁉」

その名を聞いたわらわとメイアに緊張が走る。

「あの災厄の大魔獣ですか⁉」

「ああ、以前遠目に見たことがある」

グランドベア、またの名を『最も温厚で最も危険な大魔獣』じゃ。

普段は背中に魔物が乗っても平然としている大人しい魔物なんじゃが、子供に害が及んだときだけ凄まじく怒るのじゃ。

ただ子供を見る機会はめったにない。というのも子連れのグランドベアに近づいた者は地の果てまでも追われるからじゃ。

大魔獣の名を関するに相応しい巨体は戦闘能力もそれに相応しくまともに戦えば命の保証はない。

まぁわらわクラスになると敵ではないがの。

グランドベアは戦闘力も高いが、最も恐れられている理由は己の命を度外視した行動をとる事じゃ。

我が子に害が及ぶと判断したグランドベアは、一切の犠牲もいとわずに敵認定した相手を襲う。

それこそ己の命を捨ててでもじゃ。

囮も通じず、単純な利益計算も通じなくなるため、損害を抑えたいと思う者達にとっては最悪の敵と言えた。

まぁわらわクラスになると敵ではないのじゃがな。

とはいえ国を運営する者としては、突然グランドベアが暴走すると討伐部隊を送るまでにどれだけの被害が出るのか分からぬため、頭の痛い問題じゃった。予算的な意味でもな。

うむ、グランドベアは政を行うものにとってまこと最悪の魔獣の一角じゃったわ。

「しかしグランドベアの子供とは厄介じゃのう」

「ですね。幻の魔獣の子供ですからね」

「うぅむ、今頃親は怒り狂っている事だろうな」

その光景を想像してわらわ達は溜息を吐く。

「部下には並行して暴れているグランドベアの情報も集めさせます」

「頼んだのじゃ」

これは早く親に会わせてやらんと大変な事になるのじゃ。

勇者SIDE

勇者達は再び魔獣に挑んでいた。

しかし戦況は著しく悪かった。

それもその筈、今回の戦場は前回の子爵家よりも規模の小さい騎士爵家領である為、動員できる戦力が圧倒的に低かったのだ。

更に前回参加していた蒼天王龍ガイネスが不参加となり、期待していた聖獣が失踪した為に戦力の補充も出来なかったのである。

これではまともな戦いになる筈もなく、最大戦力である勇者達の散発的な攻撃で足止めにすらならない足止めをするしか出来ない状況だった。

「おおおおっ!!」

仲間達の援護を受けた勇者が魔獣に切りかかる。

付与魔法で魔力を威力を増した剣が魔獣の体に傷を与えるが、いかんせんサイズ差が大きすぎて子猫が熊に噛み付いているようなものだった。

なにより、勇者達の実力が足りなかった。

「くっ！　神聖結界さえ使えれば！」

切り札の使用許可が下りなかった事を勇者は毒づく。

それもその筈、神聖結界は神器の最期の切り札。気軽に使われては困るのだ。

だからこそ国王も教皇も勇者達の神聖結界の使用申請を却下したのである。

しかしこれには裏の理由もあった。

それは神聖結界の使用権を教会と王家が独占する為だ。

軽々に使えぬ力を乱用せぬようにと戒め、いざと言う時に使用許可を与える事で人々に神器の真の力は教会と王家の許可がないと使えないルールがあると思い込ませるのが目的だったのだ。

勿論長寿の他種族はそんな事はないと知っている事を理解しているが、世の大多数は短命の種族である。

そして長寿種族は外部との交流が薄い。

故に一般の寿命の民が神器の正しい知識を失うまで自分達で独占し、誰も正しい使い方を知らない時代になるのを待っているのである。

だからこそ勇者達には気軽に使う事は出来ないとして、魔獣退治に神器の力を開放する事を禁じたのであった。

だがそんな裏の事情を知らない勇者達にとっては、数少ない戦力を封じられたに過ぎない。

そして遂に魔獣は騎士爵家の領地を抜けて隣領地へと入り込んでしまった。

「ここまでだ。この先での戦闘は向こうの領主の許可が居る」

仲間の近衛騎士筆頭が追撃しようとした勇者の肩を掴んで止める。

「こんな事を何度繰り返すんだ！　他の貴族の領地に魔物が逃げ込む度に戦いを中断されてようやく許可が下りた時には折角付けた傷も治ってしまう！　これじゃあいつまでたっても魔物を倒せないじゃないか！」

「国の法律でそうなっている。我々が法を守らねば民も法を破るようになる」

「けど‼」

流行る勇者を近衛騎士筆頭が宥める。

「どのみち皆体力も魔力も限界だ。休憩しなければ被害が増えるだけだぞ」

「もう十分すぎるくらい被害が出ているじゃないか！　神器の使用許可をもう一度申請してくる！」

「無駄だ。陛下と教皇猊下は今回の件で神器の使用許可は出さないと決断された。我々の実力で倒せと仰せだ」

「どうやってさ⁉　毎回逃げられて、こんなの味方に足を引っ張られているのと同じじゃないか！」

焦った勇者の発言を聞いていた騎士爵家の兵士達がどよめく。

勇者は貴族達の縄張り争いの事を言ったつもりだったが、兵士達からすれば自分達が足手まとい扱いされたように聞こえたのだろう。

「落ち着け」

「くっ、すまない、失言だった」

「気持ちは分かる。代わりに冒険者ギルドに呼びかけて腕の立つ冒険者を集めて貰っているから少し待て」

「冒険者？　魔族との戦いにも参加しない連中が役に立つのかい？」

冒険者と言う言葉に勇者は不信感をあらわにする。

勇者も冒険者に実力者が居る事は知っていたが、人類の敵と教わった魔族との戦争に参加しない冒

険者を自分達の事しか考えない身勝手な者達と思っていたからだ。

「腕が立つのは事実だ。貴族が重宝する連中も少なくない。ゴロツキだが我々国家に仕えている騎士と違い、貴族のルールに縛られず自由に魔物を追う事が出来る。許可が下りるまでの中継ぎを務めさせる程度には役に立つさ」

「分かったよ……」

これ以上訴えても意味がないと察した勇者は、地面に腰を下ろしてようやく体を休める事にする。

「それにしてもアイツは一体なんなんだ？　僕達がどれだけ攻撃しても鬱陶しそうにする程度で陽動にも乗ってこない」

おかげで作戦も意味をなさないと溜息を吐く。

「どこか目的地があるのかもしれんな」

「一体どこを目指しているんだ」

「さぁな。このままよその国に行ってくれればありがたいんだが」

近衛騎士筆頭の言葉に勇者は眉を潜める。

国家に仕える騎士の発言としては理解できるが、勇者は国ではなく世界を守る事を幼い頃から叩き込まれてきたからだ。

だからこそ、敵対している隣国であろうと民に罪はないと救いの手を伸ばさずにはいられない。

「僕が皆を守らなきゃ……」

決意に満ちたその言葉は、しかし何故か重みを感じないものであった。

第27話　魔王、天上の毛玉海に沈むのじゃ

わらわが異変に気付いたのは偶然からじゃった。

「しもうたっ!?」

足元に飛び出した毛玉スライムをうっかり踏み潰してしまったのじゃ。

「す、すまぬ！　大丈夫か!?」

慌てて回復しようとしたものの、既に手遅れ。

何しろ毛玉スライム言えば子供でも倒せるほど弱い魔物じゃ。

うっかり体重をかけて踏み潰してしまったら絶命間違いなしじゃった。しかし……

「大丈夫ー」

「何!?」

なんと毛玉スライムは生きていたのじゃ！

「そ、そうか、踏みどころが良かったのじゃな。いやすまなんだ」

ふぅ、無事でよかったのじゃ。と、その時は思っておったのじゃが……

「ふぅ、肝を冷やしたぞ」

「何ぞあったのか？」

やってきたガルは、床に座り込むと大きく息を吐きながら脱力する。

「いや先ほどな、うっかり毛玉スライムを踏んでしまってな」

「何ぃ!?　それで毛玉スライムはどうしたのじゃ!?」

ってどうもこうもないわ！　わらわの時ならまだしもガルの巨体でどうあってもプチッじゃぞ!?

それなのに何故こやつはあぶなかったーみたいな顔しとるのじゃ！

「幸い踏みどころが良かったようで怪我はなかったらしい。毛玉スライムはかなり弱いと聞いていたのでうっかり踏んだ時はやってしまったと慌てたぞ」

「お主に踏まれて無事だったじゃと……!?」

馬鹿な！　ガルじゃぞ!?　大型獣サイズの魔獣に踏まれて毛玉スライムが無事で済む筈がない！

「……はぁ」

そこにメイアがやってきたのじゃが、どうにも様子がおかしかった。

なんというか心ここに非ずといった様子じゃ。

「メイア？　どうしたのじゃ？」

「いえ、それが先ほど足元で走り回るミニマムテイルの子供達を避けた際に、バランスを崩してうっかり毛玉スライム達にのしかかってしまったのです」

「なんじゃと!?」

毛玉スライム達にのしかかった⁉

さすがにそれはもう運が良かったとは言えぬぞ⁉　確実に何匹か潰してしまったじゃろ⁉

「毛玉スライム達はどうなったのだ⁉」

「はい、とてもふわふわで気持ちよかったです」

「「……は？」」


流石にこれはおかしいと考えたわらわ達は急遽会議を開いた。

毛玉スライムが大型の獣に踏まれたり人につぶされて無事などあり得ないからじゃ。

「ふぅむ、ガルの話を聞くまではたまたま頑丈な変異種でも居たのかと思ったが、メイアの話を聞く限りそうではないみたいじゃの」

変異種は群れの中に稀に生まれる特異な個体じゃ。

その能力は変異種によって違うが、共通しているのは同族の魔物よりも強いと言う事じゃな。

とはいえさすがに今回踏まれた毛玉スライム達が全員変異種だったという事はありえん。

それだけ変異種の発生率は低いのじゃ。

「……おそらくだが、ラグラの実の影響ではないか？」

そこにガルはラグラの実が原因ではないかとの意見を出してきた。

「何故そう思う？」

「それ以外この島で理由となりそうなモノがないからだ」

それを言われるとグゥの音も出んのじゃが。

「何もありませんからねぇこの島」

「そうじゃのう。ミニマムテイルが島の支配権を争っておったくらいじゃからの」

「それにラグラの実はもともと上級ポーションの材料として有名でしたから、普通に食べる事を考える者は滅多にいなかったでしょうね」

「居たとしても試しに一個程度で継続的な摂取をする者はいなかっただろう」

だからこそ、此度新たな効能が発見されたとしてもおかしい話ではないか。

そう言えばこの間もグランドベアの子供に吹き飛ばされておったのに無事じゃった。

今思うとアレもおかしな話じゃ。

ただそうなると気になる事もある。

「じゃがミニマムテイルのリリリル達は特別強くなっておるようには見えんぞ？　元々あの木はあ奴らの食糧だった筈じゃぞ？」

という訳でミニマムテイルの長老達に聞いてみる事にした。

「そうですなぁ、特に強くなった感じはありませんでしたな。そもそもラグラの木だけでは一族の腹を満たしきれませんでしたから、他の果物や木の実も食べておりました。そもそも今のように大量に実が生るようになったのはメイア様の肥料のおかげですから」

成程、群れ全体の食糧を得る為の希少な食材の一つであっただけで、個々に継続的な摂取が出来るだけの量を確保できなんだのか。

「ラグラの実の継続摂取による身体の強化ですか。これは……興味深い事になりましたね」

メイアよ、身内を実験動物を見る目で見るのは止めるのじゃ。

深夜、わらわは自室のベッドを抜け出し、ある場所へとやってきた。

そこには巨大な毛皮が床一面に敷き詰められておった。

否、これは物言わぬ毛皮ではない。毛玉スライムの群れじゃった。

毛玉スライム達は密集して熟睡しておる。

「……」

わらわは指先で毛玉スライム達の体をぐっと押してその強度を確かめる。プニン。

「これなら、いけるか……」

これは重要な事じゃ。わらわにはこの島を総べる者として事実を知る義務がある。

わらわは意を決すると作戦を実行に移した。

「よいしょっと」

その身を毛玉スライム達の海にそっと投げ出したのじゃ。

……うわぁ、ふわっふわじゃ。

毛玉スライムの海はかつて経験した事がないような悦楽の空間であった。

「おっほー、念願がかなったのじゃぁ～」

守り人達によって毎日のように手入れされた毛皮はお日様に干した布団と最高級の毛皮の合わせ技のようじゃ。

さらにその中身は全身が粘度のある水分の塊であることから、丁度良いいい弾力で体が沈む。

本来なら人の体の重みに耐えられるはずもない毛玉スライムをベッドにするとこうも天上の快楽を得ることが出来るのか！

「ふわぁ～、極楽じゃぁ～」

おお、メイアの言っておった事は事実じゃった。なんという至上の心地よさよ！

未体験の快楽を知ってしまったわらわは、抗いがたい睡魔と心地よさに襲われ瞬く間に眠りの世界へ誘われたのじゃった……ぐぅ。

第28話　魔王、依頼を受けるのじゃ

「さて、今日はどの依頼を受けるかのう」

手ごろなのはマッドリザードの討伐依頼かの。

この魔物は大して強くはないが、格上だろうと気にせず手当り次第に襲ってくる魔物じゃ。

マッドの名は泥ではなく、その精神性の方を指す訳じゃな。二
手頃な依頼を選ぶと、わらわは受付に向かう。

「はーい。マッドリザードの討伐ね。あら？　今日はメイドさんはいないの？」

「メイアは屋敷で仕事をしておる。今日はわらわ一人じゃ」

「そっか、気を付けてね」

「うむ」

それにしてもすっかりメイアの存在も皆に認知されてきたのう。

「っ？」

その時じゃった、わらわは突然差すような視線を感じたのじゃ。

しかし振り返るとその視線は霧散してしまう。

「どうかしたの？」

「いや、なんでもない」

そう、今はの。

依頼の素材を集める為に森へとやってきたわらわは、開けた場所にやってきた所で足を止める。
「さて、そろそろ出てきたらどうじゃ？」

振り向くことなく声をかけると、舌打ちする音と共に気配が生まれた。

「ちっ、気付いていたのか」

「それだけ殺気をまき散らされれば気付くなと言う方が無理と言うものじゃ」

振り向いた先に居たのは、試験で戦ったシルバー級冒険者グランツの息子、ロレンツじゃった。

受付で睨んできたのはこやつじゃったか。

「何じゃ？　父親の面子を潰された恨みでわらわを始末しに来たのか？」

「ば、馬鹿を言うな！　そんなことするわけないだろ！　負けた腹いせに殺す奴なんて居ないよ!!」

いやー、そんな事はないぞー。人族にもそういう結構短絡的は割とそういう連中が多いからのぅ。

寧ろ権力者にこそ、そういった傾向が強いのじゃよ少年。

「ではどうするのじゃ？」

「……ボクと勝負しろ！」

「ほう？」

以外にもロレンツの目的は闇討ちではなく、わらわとの決闘じゃった。

「お前も冒険者なんだ。挑まれた勝負から逃げる様な真似はしないよな？」

ふむ、これは面白いのう。

「ほっほっほっ、父親が大好きなんじゃのう」

「なっ!?　そ、そんなんじゃない!!」

愛い奴愛い奴。そんなパパ大好きっ子にはこちらも応えてやりたくなるわい。

「よかろう、その勝負受けてやる」

「そ、そうか……じゃない！　ふっ、そうこなくてはな！」

カッコつけ直すあたり若いのう。

「お前が受けた依頼はマッドリザードの討伐だろう？　ならどちらが先に必要討伐数を狩り終えるかで勝負だ。僕が勝ったらお前は依頼失敗をギルドに報告してもらう。代わりにお前が勝ったら僕が狩った分をお前にやろう」

成程、わらわが勝ったら依頼を達成するだけでなくただで素材も手に入るという事か。

じゃがそれだけでは足りんの。

「もう一つ条件を追加じゃ。わらわが勝ったらもう二度とわらわに突っかかるでないぞ」

「な、何だとっ⁉」

「そちらから一方的に挑んで来たんじゃから当然じゃろ。それにこちらは別に挑戦を受けなくても良いのじゃぞ？」

そうなんじゃよね。別にわらわとしては受けるメリットが無いからの。

はっきり約束させておかんと今後も突っかかってこられては堪らんのじゃ。

「ぐ……分かった」

ちょっとだけ不満げな視線を見せたものの、ロレンツは渋々わらわの要求を受け入れる。

くくくっ、あっさり要求を受け入れたわ。やはりまだ若いのう。

となると後はルールの確認じゃな。

「のう、どうやって先に狩ったと証明するのじゃ？」

勝負はマッドリザードを先に討伐した方が勝ちというのはよい。

じゃが広い森の中をやみくもに探していては、どちらが先に勝利条件を満たしたのかが分からなくなる。これでは勝負がつかん。

「これを使う」

そう言ってロレンツが取り出したのは、小さな四つの石じゃった。

石はひし形の八面体の形状をしており、それぞれの面に魔術文字が刻まれておった。

「ふむ、結界石か」

それは結界石と呼ばれるもので、地面の四方に石を突き刺す事で内部に敵が入れなくなるという防衛用の魔道具じゃった。

「そうだ。獲物を狩ったらここに運べばいい。先に規定数を運び込んだ方が勝ちだ」

成程、結界の中にしまっておけば盗まれる心配も他の魔物に食われる心配もないのう。

「パーティメンバーの証のコインを持っている者だけが入れるようになっている。特別にお前にも貸してやろう」

「おお、すまんの」

ふむ、無差別に拒絶するわけではなく、鍵を持っている者が入れる仕組みか。

なかなか良い物を持っておるではないか。

「というかコレ、グランツに内緒で勝手に持ってきたんじゃなかろうな？」

「…………」

「返事せんか」

図星かい。子供じゃのう。

「……ち、ちゃんと返すし僕もパーティの一員だから持っていても問題ない！」

まぁ叱られるのはロレンツじゃし、良いんじゃけどね。

「まぁよかろう。ギルドから依頼された必要討伐数は十体じゃ」

「なら先に十体討伐した方の勝利だ」

「うむ」

わらわはロレンツが投げてよこした結界のカギを受け取る。

「では……勝負だ！」

勝負開始の合図と共に、わらわ達はマッドリザード達の生息地へと飛び込んだ。

さぁーて、それでは冒険の始まりじゃ！

第29話　魔王、魔物の群れを一掃するのじゃ

「さて、マッドリザードはどこかのぅ？」

わらわは感知魔法で周辺の魔物の反応を確認する。

さすがにこの辺りはマッドリザードの生息地の外周故か魔物の数が少ないの。

それに散らばっておるゆえ効率が悪い。

「というか魔物の数がかなり少ないの」

討伐依頼が出るくらいじゃ、もっと大きな群れがあると思うのじゃが……。

それとも別の場所に移動したか？

やや奥地側に魔物の群れと思しき集団を発見したわらわは、さっそく向かう。

じゃがそこに居たのは残念なことに毛玉スライム達じゃった。

「おっと、これはハズレか。次じゃな」

「きゃー、襲わないでー」

相も変わらず感情の起伏を感じぬ毛玉スライム達。

場所が変わってもこの辺りは変わらんらしいの。

「心配せんでも襲わぬ。わらわの狙いはマッドリザードじゃからな」

「マッドリザードー？」

「あいつら嫌ー」

「僕達をいっぱい食べるようになったもんー」

と、毛玉スライム達が気になる事を言った。

「どういう事じゃ？　今までは襲われなんだのか？」

「うん。今までは他の魔物を襲ってたー。僕達は別の魔物に食べられてたー」

ああ、襲われていた事は変わらんのじゃな。

「何でマッドリザードが襲ってくるようになったのか分かるかの？」

「うーんとねー、アイツ等急に増えたの。それで仲間達が食べられちゃったー」

ふむ、宰相による大量発生のせいでマッドリザードが増えて森の生態系が乱れたようじゃの。

まぁマッドリザードを間引きすれば安定するじゃろ。

「安心せい。わらわがマッドリザードの数を減らしてやろう」

「ほんとー？」

「ありがとー」

「うむ」

毛玉スライム達と別れたわらわは、再びマッドリザードの反応を求めて移動を開始する。

そして少し走るとマッドリザードの姿が見えてくる。

「よし、さっそく倒すとするかの！」

わらわは大きく跳躍すると、マッドリザードの首めがけて上空から飛び蹴りを放つ。

飛行魔法で加速して威力を上げた落下によって、マッドリザードの首がボキリと折れる。

「よし、まずは一匹」

そのまま残りも倒したわらわは、次の群れを探す。

「む？　新しい群れか？」

探知魔法の範囲外から現れた反応が、こちらに向かって近づいてくるのを感じる。しかし……

「なんじゃこの数は？　流石に多すぎじゃろう」

魔物の反応は瞬く間に増えていき、遂には一〇〇体を越えた。って、大量発生とはいえ多すぎじゃ！

いかんのう。これを放置すれば魔物達が町にまで到達してしまうじゃろう。

町には防壁も衛兵隊もおる故壊滅する事はないじゃろうが、街道をゆく旅人達はそうもいくまい。

「依頼はあと一体じゃが、毛玉スライム達に約束した以上、少々真面目に間引きせんといかんの」

わらわは近づいてくる群れに向かってゆく。

群れの方もこちらに向かってくる故、カチ合うのはすぐじゃった。

しかし意外なことにそこにはロレンツの姿もあったのじゃ。

「何でお前がここに居るんだ！」

ほう、こやつも魔物の群れが近づいている事に気付いたか。

「かなり大きい魔物の群れが近づいてきておるのじゃ。町に近づく前に追い払わんとな」

「魔物の群れだって？」

なんじゃ？　気づいて待ち構えておったのではないのか。

「ふん、丁度いい。僕が全部倒してやる！　あれだな！」

ロレンツは魔物の群れを倒して逆転しようと考えたらしく、魔物の群れに向かってゆく。

「おいおい、数の差を分かっておるのか、あ奴？」

「うわぁー！　何だこの数ーっ！」

分かっておらなんだか。

「まぁ良いか。これだけ居れば探す手間もいらぬ。ささっと倒してしまおうぞ。」

わらわはロレンツを追いつつ、大規模な魔法の準備を行う。けれどマッドリザードの反応はまだおさまらなんだ。

「こ、こんな数、ギルドの強制依頼指令が発生するレベルじゃないか！」

「数は一〇〇匹……いやもっと増えておるの」

「一〇〇!? 急いでギルドに知らせないと!!」

やはり多すぎる。まったく、宰相め。

「おい何してる！ 早く逃げるぞ！ ギルドに報告するんだ！」

「お主は先に逃げておれ。わらわはこやつ等を討伐するのでな」

「は？ 何言って……」

「あの数じゃ、町に到達したら大変な事になるじゃろ？」

まぁマッドリザードが一〇〇匹程度なら焦る必要もないからのう。

「馬鹿言うな！ 子供を置いて逃げられる訳無いだろ!!」

と、何故かロレンツが剣を構えて前に出る。

「何のつもりじゃ？」

「ぼ、僕の方が冒険者としては先輩なんだ！ 僕が時間を稼ぐからお前がギルドに報告しに行け！」

ロレンツは震える手を必死で押さえながら、マッドリザードの大群を睨みつける。

なんとまぁ！ こ奴この土壇場で漢を見せおったわ。

ふふっ、窮地が雛に成長をもたらしたか。よきかなよきかな。

まだまだ最適な選択とは言えぬが、それは今後の更なる成長に期待じゃな。

これは見殺しには出来ぬのぅ。

「良い覚悟じゃ。じゃがそう心配せんでもよい。わらわが数を減らしてやる。フレイムバーン!!」

わらわは中級爆裂魔法の振りをして炎の魔法を無数に放つ。

魔法はマッドリザードの最前線に命中すると、周囲の仲間を巻き込んで吹き飛ばしてゆく。

「な、何だあれ!?」

「中級爆裂魔法のフレイムバーンじゃ。この魔法は複数が至近距離で爆発するとお互いが影響しあって威力を増すのじゃ」

「そ、それであんなに激しい爆発を……!?」

まぁ実際の増幅率はそんな大した事ないんじゃけどね。

わらわの魔法を誤魔化すのに丁度いい故、大げさに言っておるだけなんじゃが。

そんな話をしている間にもわらわが追加で放った魔法がマッドリザード達を吹き飛ばしてゆく。

「そろそろ魔法を変えるか。フリーズバーン!!」

今度は氷結爆裂魔法を放って、周囲一帯を氷漬けにする。

マッドリザードはトカゲ系の魔物故、氷の爆発は効果覿面なんじゃよ。

そして数分も過ぎないうちにマッドリザードの群れは大混乱に陥る。

まだまだ数も多いが、そろそろ良いじゃろう。

「ほれ、何をボケっとしておる。行くぞ」

「え？」

呆けているロレンツのケツをバンと叩くと、わらわはニヤリと笑みを浮かべた。

「忘れたのか？　わらわ達は勝負をしていたのじゃぞ？　ボヤボヤしておるとわらわが全部倒してしまうぞ？」

「……っ⁉　ふ、ふざけるな！　僕も戦うぞ！」

「ならついてくるが良い！」

わらわはこっそりロレンツに強化魔法をかけてやる。

パニックに陥っているとはいえ、まだまだ魔物の数は多いからの。

「そらそらそらそら！」

「うぉぉぉぉっ‼」

わらわが魔法でマッドリザード達を更なる混乱に陥らせ、ロレンツがその隙に一匹ずつ止めを刺してゆく。

そうやって戦っていると、マッドリザード達が突然ざわめき始めた。

「何だ⁉　マッドリザート達の様子がおかしいぞ⁉」

ロレンツの言う通りじゃった。新たにやって来たマッドリザード達は、わらわ達に襲いかかることなくその横を通り過ぎて行ったのじゃ。

「これは……怯えておるのか？　マッドリザードが？」

マッドリザードは獰猛な魔物じゃ。

目につくものは手当たり次第に、それこそ自分よりも大きな相手にすら襲いかかるほどに食欲に突き動かされるこやつ等が、わらわ達の姿を見て襲ってくる事なく通り過ぎてゆく。

明らかに何かから逃げておる。

「一体何から逃げておるのじゃ？」

その時じゃった。マッドリザード達がやって来た方向にある山の方角から、鈍い振動が響いた。

「もしや地すべりか⁉」

天変地異の予兆を察した事で安全な平地に逃げ出したのか？

しかしそれにしては山から離れておる。ここまでくればもう逃げる必要もあるまいに。

ゴッ、という音と共に山の一角が崩れる。

山の一角を崩して現れたのは……

「グォォォォォォォッ‼」

そこらのドラゴンよりも巨大な、熊だったのじゃ。

「「って、熊ぁぁぁぁぁぁぁぁっ⁉」」

わらわ達は町の中を駆け抜け。冒険者ギルドの扉へ飛び込む。

扉をたたき壊さんばかりの勢いで入って来たわらわ達に皆の視線が集まる。

「あら、ロレンツ君にリンドちゃん。一緒に依頼をしてきたの？」

「た、たたた大変ですクレアさん!! きょ、巨大な魔物が!!」

「巨大？ 倒したの？」

「グランドベアじゃ！」

「「「っ!?」」」

わらわの言葉に、一部の冒険者達がギョッとなる。

グランドベア、それは大型ドラゴン級の巨大な熊の魔物じゃ。

ドラゴンが吐くブレスのような特殊能力は無いが、シンプルにデカくて強いと言うことは、弱点が少ないと言う事でもある。

「グランドベア？ 冗談だろ？」

「バーサークベアと勘違いしたんじゃないのか？」

バーサークベアは熊の魔物の中でもなかなかに強力な魔物じゃ。

中堅の冒険者でも、苦戦するこの魔物の特徴は非常に大きな体躯じゃ。

しかし、それでもあの魔物には到底及ばぬ。

「外に出よ！ 西門の方角の山にあ奴の姿は見える！」

わらわの言葉に興味を抱いたのか、何人かの冒険者達が外へと出てゆく。

「「「何だありゃぁぁぁぁぁぁぁっ!?」」」

そして聞こえてくる驚きの声。

「何あれぇぇぇぇぇっ!?」

更に冒険者達の声に釣られて見に行った受付の娘の悲鳴が遅れて聞こえてくる。

その結果、冒険者ギルドは蜂の巣を突いたような騒動になったのじゃった。


「グランドベアとは、とんでもない奴が出てきたな。伝説級の魔物じゃないか」

わらわ達から報告を受けたギルド長は、窓からグランドベアの姿を見ると、目をつぶって眉間に寄った皺を揉みほぐす。

まぁ人族の国から大型の魔物が駆逐されて長いからの。伝説は言い過ぎとしてもめったに見る相手ではない。ギルド長が頭を抱えたくなるのも分からんでもない。

じゃが、わらわ達魔族から言えば、グランドベアはそこまで珍しい魔物ではない。

戦う戦わないは別として、目撃情報はそれなりにある。

この辺り、危険な相手に対するスタンスの違いが大きいじゃろうな。

人族は危険を感じた相手は将来の安全の為に全滅させようとする。大して魔族は住んでいる土地の影響もあって、同じ魔物でも危険度が段違いじゃ。

それ故、過剰に敵対する事なく、共存する道を選んだ。だからそれぞれの土地で生息数が大きく違うんじゃよ。

「流石にアレを放置する事は出来ん。協力して貰えるか？」

やはりというかなんというか、ギルド長はグランドベアを討伐する方向で舵を切るつもりらしい。

「あの大きさとなると結構な犠牲が出るぞ？　国外に誘い出すべきではないかの？」

「難しいな。国外に追い出すには他の貴族の領土を通らねばならん。どこの領主もあんな魔物が領内を通り過ぎる事を義人はしないだろう」

「なら元来た方向に帰してはどうですか？　ここに来るまでの領地の貴族達なら、自分達の不手際から断れないでしょう」

そう提案したのはロレンツじゃ。しかし甘いの。そう簡単にはいかんのじゃ。

「それこそ無理だろう。既に被害を受けた者が再び同じ被害を受けるのを良しとするはずがない。どうにもならなかったからここまで来てしまったのだろうからな。さらに言えば、元来た道を追い返そうとすれば、山道なども通らねばならんが、あの巨体の足元で足場の悪い山道を移動するのは自殺行為だろう。相手は山を崩してこちらに向かってきているんだぞ」

そうじゃの。あれほどの巨体じゃ、平地であっても圧倒的な歩幅の違いで追いつかれるじゃろうし、山道は崩落しておることじゃろう。馬を活用するなら街道沿いに誘導する事になるが、それでは道中の町や村が犠牲になる。既に損害を被っておる貴族達が承知するとは到底思えぬ。

「間の悪い事にヤツの進路はこの町と重なっている。何とかここに来る前に倒さねばならん。、迷っている時間は無いんだよ」

事実、窓から見るグランドベアは、その圧倒的な巨体を利用して面倒な地形の振りを無視して真っ直ぐこっちに向かって来ていた。

「あとは、あの魔物が何故こっちに向かってきているかじゃな。通常魔物は大型でも人の領域には近づかんものじゃ。勝ち負けは別として、無駄な戦いをしたくはないからの」

グランドベアは賢い魔物じゃ。圧倒的に有利であっても、無駄な戦いは好まぬ習性を持つ。

「つまり、魔物を呼び寄せるものがこの町にあると?」

「もしくは通り過ぎて別の町に行ったかじゃな」

ならばグランドベアが安全を度外視させてても向かってくる何かがあるのじゃろう。

「まず我々が考えるのは、グランドベアの進路を変える事じゃろう。上手く町から逸らせば、そのまま通りすぎてくれるのか。それとも執拗にこの町を狙ってくるのか」

「そうだな。この町が目的でないのなら、それで何とかなるし、この町に何かあるのなら、最悪住民だけを逃せば街の再建は出来る」

流石に判断が早い。いや、あの巨体を前に最低限出来る事だけでもしなければと腹をくくったか？

こうなると面倒なのはわらわじゃな。ギルド長が全てを捨てて逃げ出したり、パニックになって命令系統がグチャグチャになれば、わらわも自由に動きやすい。

しかしギルド長が冷静だと、わらわを貴重な戦力として適切な位置に配置されてしまうじゃろう。

そうなってはわらわも本気で動きにくくなる。

「リンド君、君には魔法使い達を指揮して魔物の進路をズラす為の妨害攻撃をしてほしい」

まぁ、こうなるの。要請を受けた以上、引き受けん訳にはいかんな。となると……

「ギルド長!? 相手は冒険者になったばかりの素人ですよ!? 指揮を任せるなんて本気ですか!?」

しかしここでロレンツがギルド長に食って掛かる。やれやれ、この状況でプライドが邪魔をして目の前の問題に専念できん当たり、まだまだ若いのう。

「ロレンツ、それは違う。彼女は冒険者としては新人でも、戦力としては間違いなく玄人だ。それが、ほかならぬ君の父の見立てだ」

「父さんが!?」

しかし父親の名を盾にあっさりと論破されてしもうた。まだまだ経験が足りんのう。

「承知した。では急ぎ準備をするので一旦席を外させてもらうぞ」

「分かった。すぐに戻ってきてくれよ」

「うむ」

冒険者ギルドを飛び出したわらわは、裏通りの物陰に隠れるとすぐに転移魔法で島に戻る。

「お帰りなさいませリン……」

「緊急事態の発生じゃ！ メイア、それにメイド隊も供をせよ！」

「「「はっ！」」」

出迎えの挨拶を遮って命令すると、メイア達は一瞬で表情を変えて返事をする。

「町にグランドベアが接近中じゃ。わらわはギルドから要請を受けておる故、小柄な者が変身魔法でわらわの代行をせよ！」

「無理です！　リンド様程小さい者はおりません！」

「ぐっ、見習いにおらんのか？」

「見習い程度ではメイド隊候補にすら入れません」

仕方ない。一旦は冒険者達と行動を共にするしかないの。何とか抜け出せると良いのじゃが。

「メイド隊は別働隊として冒険者達を援護せよ！」

「「「かしこまりました！」」」

よし、これで行動の自由度が増したの。あとは一番重要な者に声をかけねば。


「と言う訳でお主の親を救うために協力してほしい」

わらわが頼ったのはグランドベアの子供じゃった。

子を奪われて親が暴走しておるのなら、子を返して冷静さを取り戻すのが最も簡単な解決法じゃ。

「……」

しかしグランドベアの子供はまだまだわらわ達に警戒を解かぬ。

毛玉スライムや聖獣には心を開いている事を考えると人族に近い姿をしたわらわ達が信用できぬと言ったところか。

じゃがそれと今の状況は別じゃ。何せこ奴の親の安全もかかっておるのじゃからな。

「お主の親なら並大抵の人族には負けんじゃろうが、人族はヤケになると何をしでかすか分かったものではない。それにお主も親に会いたかろう？」

そう、最悪の場合は勇者達が再び神器の力を使う事じゃ。

邪神との戦いの切り札を無駄撃ちさせる事が何より恐ろしい。

わらわは辛抱強くグランドベアの子供の返答を待つ。

「……やる」

そして長い沈黙の後で、グランドベアの子供がようやく喋りおった。

「お前達は僕に酷い事をしなかった。それにガルさんがお前を信用してる」

成程、ガルが敵視してないから、少なくとも敵ではないという判断か。

完全に信用しては居ないが、自主的に敵対するような相手ではないと思ってくれただけ進歩があったというところかのう。

「お主の親を殺そうとしておる人族の軍隊がおるが大丈夫か？」

「……だ、大丈夫。僕をお母さん達の所に連れて行って」

人族と聞いて僅かに怯むが、すぐに顔を振って自分を連れて行けと決意を示してくる。

うむうむ、良き子じゃ。自分の危険よりも親の身を案じるか。

「うむ、任せておくが良い！」

「ならば我も行こう」

そこにやって来たのはガルじゃった。

「グランドベアの子が居ると知られれば人質にされる危険が高い。ならば我が守るべきであろう」

そうじゃの、ガルが守ってくれるのならわらわ達も安心してグランドベアを抑える事に専念できるというものじゃ。

「任せたぞ。作戦はシンプルじゃ。暴れるグランドベアを止め、子供と会わせる事で正気に戻す！」


わらわは皆と共に町はずれの森へと転移してくる。

「ではわらわは冒険者達と行動を共にする。そちらは予定通りお主が囮になって親を町から引き離すのじゃ。なにガルにしっかり捕まっておれば良いだけの事よ。そしてわらわ達が人族の軍隊を抑え込んでいる間に親を説得するのじゃぞ」

「わ、分かった！」

グランドベアの子は大役を請け負った事に緊張しているのが、ガチガチになっておった。

「大丈夫だよー。魔王様は強いからちゃんと人間達から守ってくれるよー」

「う、うん」

毛玉スライムの子の励ましを受けた事で落ち着きを取り戻すグランドベアの子。

うむ、仲良きことは良き事じゃの！　……って、んん!?

「何で毛玉スライムがここにおるんじゃ!?」

「ついて来たー」

「ついて来たってどうやって⁉」

「マントにくっついてー」

なんという事じゃろう。毛玉スライムはわらわのマントに引っ付いて付いてきてしもうたらしい。

「何でついて来たのじゃ。ここは危険なんじゃぞ⁉」

「友達が心配だったからー」

「むっ⁉」

そう言われると叱りづらいのう。

とはいえ危険なのは事実じゃ。すぐに転移魔法で連れ帰るべきじゃろうな。

「問題ない。毛玉スライムも我が守ろう」

しかしそれに待ったをかけたのはガルじゃった。

「しかしそれではお主の負担が増えるじゃろ？」

「今回の作戦では我は戦闘をせず移動するだけだ。ならお前達よりは楽であろうさ。それにグランドベアの子も自分一人よりは友が居た方が安心できるだろう」

成程、グランドベアの子の事も考えて同行させるべきと言いたいのか。

「分かったのじゃ。毛玉スライムよ、ガルから離れるでないぞ」

「わかったー」

「リンド様、部下から追加で報告です。勇者一行がグランドベアを追跡しているとの事です」

「なんじゃと！」

「どうやら国王の命令で討伐に赴いたようです。、もっとも成果は上がっていないようですが」

むぅ、よりによって勇者と聖女も出て来たのか。

まぁ今の人族にとってグランドベアは大災害じゃからな。浮いた戦力は活用したいか。

「聖女が出て来たとなるとガルはなおさら前には出せぬな」

「……すまん」

どのみちガルは囮兼説得役に割り振るんじゃから聖女達と遭遇する事はないじゃろう。

「では行くぞ皆の者！」

「「「「おおー!!」」」」

うーん、獣率高いのう。

第30話　魔王、妨害大作戦なのじゃ

グランドベアの子供と毛玉スライムを乗せたガルが森に向かって駆けだす。

森の中だと移動速度が遅れるが、聖女に姿を見られないようにするにはやむをえまい。

そして森を抜けて見晴らしの良い平地に出たところで説得を行わせる予定じゃ。

皆と別れたわらわは、町の外で集まっていた冒険者達に合流する。

「待たせたの」

「おお、来てくれたか」

わらわを出迎えたのはギルド長じゃった。

「ギルド長まで参加するつもりか？」

「いや、流石にそれは部下が許してくれんよ。俺達は高台からグランドベアの動向を確認し、お前達に伝える役割だ」

成程、戦場を俯瞰する司令塔として動くと言う事か。戦場を見極めながら動いてくれる者が居ると居ないとでは大違いじゃからな。

まぁ、適当な所でバックレて妨害したいわらわとしてはちと面倒なのじゃがな。

「それとすまない。本来ならお前には部隊を率いて戦ってもらうつもりだったんだが、騎士団から横やりが入った。冒険者は全員騎士団の指示に従ってもらう事になった」

「騎士団じゃと？　しかし冒険者と騎士団では運用の仕方が違うじゃろ」

「俺もそう言ったんだが、グランドベアの巨体に領主様が完全にビビッちまってな。騎士団長の全ての戦力を一つに纏めて一斉攻撃するべしって進言を採用しちまったらしいんだ」

「日頃訓練を受けておる騎士団ならともかく、冒険者にそんなの無理じゃろ」

「無理だよなぁ」

完全に兵科を理解しておらん人間の浅はかな考えじゃのう。ただ領主ならともかく、仮にも騎士団を指揮する者がそんな浅慮をするか？　ちと気になるな。

「承知した。騎士団の指示に従おう」

「助かる」

寧ろこの混成部隊なら、上手く戦線を離脱してメイア達と合流出来る可能性が高い。

「全員集まれ！　作戦を説明する！」

じゃが、やって来た騎士団の人間から伝えられた指示は、それはもう酷いものじゃった。

「冒険者は全員騎士団の前に配備して突撃とか、完全に肉の壁じゃろ」

しかも後衛である魔法使いや僧侶すら騎士団の前とか、頭おかしいのか？

戦力を一つに纏めて一斉攻撃するのではなかったのか？　これでは騎士団が戦闘に参加できんではないか。

「騎士団は最近デカいヘマをしたらしいからな。恐らくその失敗を取り返したいんだろうさ」

わらわの疑問に答えたのは、ロレンツ達を引き連れてやってきたグランツじゃった。

「デカいヘマ？　グランツよ、何じゃそれは？」

「詳しい話は戒厳令が敷かれているから分からんのだが、どうも近くの森でかなり貴重な資源が見つかったらしいんだ。ほら、暫く前に森が封鎖されていただろ？」

「そ、そう言えばそんな話もあったのう……」

いや待て、それはもしや……

「だがどうやらそのお宝を誰かに横取りされたらしくてな。護衛についていた騎士団はそりゃあもう領主様からお叱りを受けたそうだ」

……うん、やっぱりわらわがかっぱらったラグラの木の事じゃよねソレ。

「連中は俺達にあの魔獣を削らせて、美味しい所を持ってくつもりなんだろ」

……つまり、この理不尽な配置はわらわも原因の一端であったと、そういう……うむ、流石にちょっと申し枠ない気分じゃ。ホントすまん冒険者達よ。

「貴様等の目的はグランドベアを町に近づけない事だ。町を守る為、全力で戦え！」

「おいおい、あんなのを俺達だけで真正面から倒すなんて無理だろ」

騎士の説明に冒険者の一人が無茶を言うなと文句を言う。うん、まぁそうじゃよね。

「安心しろ。貴様等は囮だ」

「はぁ!?」

危険極まりない役割を押し付けておきながら、囮だと言われた冒険者達が剣呑な雰囲気になる。

「貴様等の仕事はヤツの気を引いて勇者様が魔物を倒す隙を作る事だ」

「勇者？　勇者が来てるのか？」

勇者という言葉にざわめきが広がる。

「そうだ。グランドベアを討伐する為に勇者様が来てくださったのだ！」

「「「おおーーっ!!」」」

「マジかよ、勇者が来てくれたのか!?」

「勇者様が戦ってくれるのならなんとかなるんじゃないのか!?」

勇者が戦ってくれると聞いて、それなら何とかなるかもしれないと希望を抱く冒険者達。

もっとも、勇者達の実力を知っているわらわとしては、あ奴らがグランドベアに勝てるのかと言われると疑問を抱いてしまうんじゃがのう。いやホント大丈夫なのかの？

「部隊を分けて三方向からグランドベアを誘導する。部隊はグランドベアを中心に回るように動き、攻撃されたグランドベアが逃げるようなら、町に向かわないように間に立ちはだかり、反対側に逃げるように仕向けろ。反撃してくるようなら、町から離れる方向に位置取れ」

作戦そのものはシンプルじゃな。まぁ荒くれ者で普段はパーティメンバー以外とは馴れ合わぬ冒険者達に、いきなり大人数で複雑な作戦行動を行えというのは無理がある。

このくらいの作戦が現実的に実現可能な範囲じゃろ。

これが上手くいったら手柄は安全な後方で事態を見ていた騎士団のものになるのじゃろうがな。

「例えダメでもグランドベアが手傷を負った所で美味しいところを持っていくと」

なかなかセコい手を考える者がおったものじゃ。

「こんな小賢しい輩には、痛い目を見せてやりたくなるのう」


『リンド様、ガル達がグランドベアと接触しました』

メイアから通信魔法で連絡が入る。どうやら始まったようじゃの。

グランドベアの進路が町から森へと逸れる。

「上手くいったようじゃの」

「よく分からんがチャンスだ！　行け、お前達‼」

グランドベアの変化をチャンスと見た騎士団が号令を出すと、冒険者達は不承不承前進を始める。

勇者達が参戦するとはいえ、自分達が囮である事には変わらぬし、気が進まぬのは当然じゃな。

とはいえ、この距離なら間に森もある故、ガル達の説得の方が先に終わるじゃろ。

『メイアよ、そちらの様子はどうじゃ？』

『現在先頭の冒険者達を魔法で作った沼で妨害している最中です』

メイアの報告の通り、前を行く冒険者達から悲鳴が聞こえてくる。

「うわぁ、助けてくれ！」

「底なし沼だ！　散発的だが数が多い。これは迂回した方が良い‼」

「こんな所に底なし沼だって？」

森での活動に慣れている冒険者達が底なし沼の存在に疑問を抱くが、今はそれどころではないと皆救助と迂回を始める。

『こちらも迂回を始め……いや待て』

迂回を始めた冒険者だったが、そこにわらわ達を後ろから見張っていた騎士達がやって来る。

「おい、何を勝手に進路を変えている！　このまま真っ直ぐ進め！」

「無茶いうな。この先にいくつも底なし沼があったんだ。いくつあるか分からないし、魔物の相手もしないといけないから、迂回した方が安全だ」

「時間が無いのだ！　いくつあるかわからんのなら、お前達が安全な道を探しながら進め！」

何とも無茶な話じゃ。最初は拒否していた冒険者達じゃったが、最後には権力を傘にきた騎士達の横暴な命令に折れ、全身する事を余儀なくされたのじゃった。

まぁ、それはそれで進行速度が遅くなる故、迂回した場合と同じ程度の速度になるじゃろ。

『メイアよ、騎士団は強引に突破させる方針じゃ。上手く相手の意識の隙を突いて罠に嵌めよ』

『かしこまりました』

しばし進むと、全体の進軍速度が上がってくる。

「どうやら底なし沼を抜けたようだな」

「それにしてもこんな所に底なし沼があるとは驚きだ。入り慣れていると思っていたが、町の方角の正反対まで来ると危険な地形が多いんだな」

実はうちのメイド達が作った偽底なし沼なんじゃがな。

「うわぁぁぁっ!!」

その時じゃった。突然わらわ達の後方から悲鳴があがったのじゃ。

「た、助けてくれぇぇぇ!!」

悲鳴の主は騎士団じゃった。

「ええ!?　俺達は通り抜けられたのに何でだ!?」

ふむ、どうやらメイア達はわらわ達が通り抜けた直後に再び魔法で底なし沼を作ったらしいの。

「恐らくは装備の重さじゃろ。連中は重い金属鎧を纏い、馬に乗っておるからな。わらわ達とは装備の重さが違う」

「な、成程、それでか」

冒険者達はそう言う事かと納得しつつ、しかしその顔はざまぁ見ろと言いたげに笑っておった。

「そんな事よりも早く助けんかぁーっ」

「ああ、分かった分かった。今いく」

「わらわの細腕では無理故、がんばれー」

ほら、わらわは非力な少女じゃからな。

「はぁ、はぁ……き、騎兵と重装備の者は迂回だ！　軽装の冒険者のみこのまま先行しろ！　魔獣に追いついたら足止めするのだ！」

再び底なし沼に嵌まる事を恐れた騎士達は、身の軽いわらわ達に先行を命じる。

やれやれ、一斉攻撃するのではなかったのか。

「いいかげんにしろよ！　俺達だけじゃ手が足りないぞ！」

「つべこべ言うな！　とにかく攻撃して我々が追いつくまで足止めするのだ！」

「無茶苦茶だ」

「命令だ！　行け！」

結局、権力には逆らえず、冒険者達は渋々と動き出す。

『国からの依頼を途中で投げ出せば悪評が立ちますからね。断る方が難しいでしょう』

近くに隠れて見ておるのじゃろう。メイアが呆れた様子で溜息を吐く。

『愚かな選択じゃが、わらわ達にとっても面倒な展開じゃの』

何せ折角の足止めが一部しか効果が無かった訳じゃからな。

森に元々生息しておった魔物もおる故、ある程度は侵攻が遅れておるのが不幸中の幸いか。

『まだグランドベアの説得は終わっていません。足手まといの騎士団と別れたことで、説得が終わる前に追いつかれる危険が出てきました。どうなさいますか?』

『ふむ、こうなったら森の魔物達との戦いのドサクサで連中を無力化するか』

『承知しました』

わらわ達は方針を変えて冒険者達が森の魔物との戦闘中に見せる隙を待つ。

「いいか! 無理に攻撃するな! ポーションも無いんだ。相手の攻撃を回避する事を優先しろ!」

冒険者達の中に居たグランツがポーションが無いから気をつけろと指示を出す。

「む? ポーションが無いと言うのはどういう事じゃ? 町で補充しておらんのか? それでなくとも国からの依頼なら、騎士団から配給もあるじゃろ」

『確認しました。どうやら騎士団が強制的に町の商店からポーションを徴収したようですね。お陰で冒険者達はポーションの補充が出来ず、治療して欲しいのなら騎士団の指示に従う事を強要されている様です』

成程、それで冒険者達はさっきから無茶振りにも従っておったのか。

「しかし碌でもないのう。適切なタイミングで回復出来ねば思い切った攻撃も出来まいに」

いちいち後方に戻っていたら包囲もへったくれもないではないか。

『おっしゃる通りの状況になっていますね。しかもポーションの提供は騎士団の判断によって行われるため、気に入らない相手、大した傷ではないと判断した場合はポーションの提供を断っています』

「おいおいおい、それ普通に死人が出るじゃろ⁉」

この切羽詰まった状況で貴重な戦力の生殺与奪権を握って悦に浸るとか、わらわの国なら反乱が起きるぞ⁉

『はい。重傷を負って戦線を離脱した冒険者が続出との事です』

「この国の貴族はどんだけ無能なんじゃ……」

『例の騎士団長の判断のようですね。自分の不始末を何とかする為に、冒険者達を強引に戦力として使う為のようです』

「完全に部下の教育に失敗しておるではないか」

冒険者達を物言わぬ駒扱いした挙句ポーションを出し渋り、結果ポーションでは治療しきれぬ重傷者続出とは、これでは不始末の穴埋めどころではあるまいに。

「そんなんじゃからわらわ達に勝てぬのじゃぞぉ……」

正直に言えば、戦争初期の人族の国は強かったのじゃ。

実力伯仲の敵国との戦いは、当時のわらわをしても薄氷を踏むような選択と戦いの連続じゃった。

しかしそんな人族の脅威から我が国を守ったのは、他でもない人族同士の諍いじゃった。

具体的に言うと政権争いや優秀な同僚への嫉妬じゃな。

そして味方を陥れた言い訳として、わらわ達魔族の陰謀をでっち上げては仲間を陥れ続けたのじゃよ。自分で自分の味方を減らしていったのじゃ、そりゃ弱体化もするじゃろ。

うん……これ、他の領地も身内同士の足の引っ張り合いが原因でここまで討伐失敗を繰り返したとか言わんよな？　流石にそこまで無能が揃ってたりせんよね？

「メイア、作戦変更じゃ。重傷を負った冒険者を治療するのじゃ。ジョロウキ商会からの援助として冒険者ギルドに恩を売っておけ」

『畏まりました。既に治療チームが騎士団の目を盗んで冒険者達に接触中です。名目としては近隣の町の商会からの援助にする予定でしたが、ジョロウキ商会名義に変更いたします』

「良い仕事じゃ」

さすがはメイア。わらわの指示を先読みして動いておったか。

「やれやれ、わらわ達が手を下さずとも、騎士団が冒険者達の足を引っ張ってくれておるわ」

まぁ、おかげでこちらが説得に使う時間が稼げるというものか。

今この時も、冒険者達は騎士達の強引な進軍命令に従ってメイア達が作った底なし沼を回避しながら進んでいくが、現地の魔物に襲われて苦戦しておる。

「うわぁっ、足が沈む!!」

あのように下手に避ければ底なし沼に嵌まってしまうからの。

しかしそんな中で、光るものを見せる者も居た。

「はぁっ!!」

「ほう、あれはロレンツか」

ロレンツは上手く底なし沼を避けて魔物を攻撃すると、魔物が怯んだ隙をついて冒険者を底なし沼

から引き上げる。

「た、助かったよ」

「負傷者は下がって僧侶に回復魔法をかけてもらえ！　こんな無茶な作戦に従って命を落とす必要はない！　魔物の気を引いて町から遠ざける事に専念するんだ!!」

なかなか良い動きをする。森の中で動きに戸惑いが無いのは、グランツの教育の賜物じゃろうな。

ふむ、グランツがかかわってない所では、まともな判断ができるではないか。ちょっと見直したぞ。

この戦いはあ奴は現場指揮官として成長させてくれそうじゃな。

「おい！　見てないでお前も戦え！」

おっといかんいかん。ちゃんと味方の振りをしておかんとな。

しかし馬鹿正直に魔物を倒してはガル達の説得の邪魔になってしまう。ならば……

「ブロウサイクロン!!」

わらわは暴風の魔法で魔物達を後方に吹き飛ばす。

「な、なんて魔法だ!!　あれだけ居た魔物達を全部吹き飛ばしただって!?」

あの魔物達には是非とももう一度戻ってきて皆の邪魔をしてほしいからの。

「じゃが倒してはおらぬぞ。今は一刻も惜しい故、時間を稼ぐことを優先した」

「た、助かる。よし皆、急いで……」

グランドベアの下へ向かおう、とロレンツが言おうとした時、グランドベアの動きが変わる。

「おい見ろ！　グランドベアの様子がおかしいぞ！」

というのも、先ほどまで殺気だった様子であったグランドベアが、今は穏やかな様子を見せておったからじゃ。

どうやら上手くいったようじゃの。と、わらわが安堵したその時爆発音がおこる。

「グワァァァァァ!!」

そして落ち着いたと思ったグランドベアが咆哮を上げて立ち上がったのじゃ。

「何事じゃ!?」

『申し訳ございません。勇者一行に同行してきた国の魔法使い部隊の攻撃を許してしまいました』

「何じゃと!?」

見れば確かにグランドベアの近くに、、魔法使いと思しき集団の姿があった。

「しまった、別働隊の方が追いついてしもうたか」

しかし平地では妨害もし辛い故、メイド隊を責めるのも酷か。

『遅延行動に失敗した者達は後でキツく仕置きをしておきます』

おおう、あまり厳しくするでないぞ……

「グルォォォォォォ!!」

いかん、今の攻撃でグランドベアが再び暴れ始めた。

「グォォォォォン!!」

「「「なっ!?」」」

「避けろぉーっ!!」

グランドベアがその巨大で鋭い爪で森の木々を切り裂くと、そのまま宙を舞って魔法使い達に襲いかかる。しかもその余波はこちらにも及ぶ。

「「「うわぁぁぁぁぁぁぁっ!!」」」

宙を舞う巨大な樹木が何十本もこちらに降りかかってくる。

「いかんのう。今ので部隊が総崩れじゃ」

「おい、大丈夫か!?」

「む、ロレンツか。こちらは無事じゃ」

「そ、そうか」

わらわの無事を確認したロレンツがホッとした様子で胸を撫でおろす。

「なんじゃ、お主わらわの事を心配してくれたのか？」

「そ、そんな訳あるか！　単にお前との勝負が中断されたから、決着がつく前に死なれたら実力の差を思い知らせる事が出来ないって思っただけだ！」

何じゃこやつ、ツンデレか。

「ともあれ、このままでは全滅じゃな」

ならば邪魔を兼ねて援護してやるとするか。

「グランドウォール!!」

わらわが魔法を発動すると、地面が大きく広く盛り上がってゆく。

そして飛んでくる大木を遮るだけの厚みと高さを持った巨大な壁が生まれる。

更に壁は高密度に圧縮して折る故、滅多な事では崩れん。

「なっ⁉　壁⁉　何で大きさだ⁉　これが魔法……なのか？」

「何を呆けておる。皆を呼び攻撃が収まるまでこの壁の影で身を守るのじゃ」

「わ、分かった‼　皆、こっちだ！」

「お、俺達も入れてくれ‼」

我に帰ったロレンツが皆呼ぶと、壁の外に居た者達が慌てて逃げ込んでくる。

そこには冒険者だけでなく騎士達の姿もあった。

「さて、それではわらわも向うに行くかの」

「ど、何処に行くんだ⁉」

「勇者達の所じゃ。向こうは森と違って遮るものもない平地じゃからな。援護が必要じゃろ」

まぁ、実際には邪魔しに行くんじゃけどな。

「……お前一体何者なんだ？」

わらわの魔法に圧倒されたロレンツが、驚愕を隠さぬ眼差しでわらわを見据える。

「ただの魔法使いじゃよ」

「ただのって……」

「問答は後じゃ。わらわは行く。ここは任せたぞ！」

「あ、おい待て！」

平地に近づいたわらわは、空から勇者達の戦いを観察する。

グランドベアは完全に勇者達を敵とみなしており、とても説得できる余裕はなさそうじゃ。

「とはいえ、他の者達は完全に足手まといじゃな」

勇者達に同行してきた騎士達は、激しく動くグランドベアの巨体に二の足を踏んで碌に動けないでおる。戦力になっておるのは弓兵か魔法使いぐらいじゃな。

そんな中で唯一、前線に出て果敢に戦っておったのは、勇者とその仲間達じゃった。

しかし勇者達の攻撃はグランドベアの巨体に対しあまりに小さく、ダメージを与えているだけマシといった感じじゃ。

「うーむ、技量だけならグランツ達上位冒険者の方が上なのではないかの？」

完全に装備のお陰でなんとか戦えている感じじゃ。

「くっ！　やっぱり有効打にならない！　神器の力を開放しないと！」

と思ったら勇者が馬鹿な事を言い出しおった。

阿保かぁー！　この程度の敵相手に神器の力を使うでないわ！

「そんな馬鹿な事させてたまるかい、グレートウォール!!」

わらわはグランドベアが冒険者達に向けて腕を振り下ろすタイミングに合わせて魔法を放つ。

地面から湧きだした巨大で分厚い壁がグランドベアと勇者達を分断し、その一撃を阻止した。

「何だこの壁は!?」

「さぁて、時間稼ぎの始まりじゃ」

わらわが地上に近づくと、勇者はこちらに気付く。

そのまなざしは援軍が来た喜びよりも、警戒じゃった。まさかこちらに気付いたか？

「君も冒険者……なのか？」

一瞬だけ勇者達にわらわの正体がバレたのではないかと警戒したが、勇者達は全く気付く様子もなかった。うーんフシアナアイじゃの。

「まぁそんなところじゃ。森は底なし沼と魔物の襲撃で到着が遅れる。わらわが先行して来た」

という事にしておくかの。

「そ、そうか。冒険者以外にもこんなに凄い魔法を使う人が居たんだね。助かったよ」

「礼には及ばん」

本当に気付かんのう。フシアナ過ぎて逆に騙されてないかと不安になって来るわ。

「勇者、今は無駄話をしている場合じゃない。奴の侵攻を止めるのが先だ」

「っ!? そうだった。君、あの壁を解除してくれないか？」

仲間の近衛騎士筆頭に今が戦闘中である事を指摘された勇者は、すぐに己のやるべきことを思い出して壁の解除を求めてくる。

しかしわらわとしては時間を稼ぎたいので却下じゃ。

「それはダメじゃ。壁を解除すれば再びグランドベアが攻撃した時、騎士はともかく魔法使い達はなす術もなくやられるぞ。それに見たところ戦力も足りておらんようじゃ。別働隊が合流するまで待つべきじゃろう」

「悠長に待っている暇はないんだ！　あの魔物が町を襲ったら取り返しがつかなくなるんだぞ！」

「状況をよく見よ。その魔物は町から離れておるぞ」

「え？」

わらわに言われてようやくグランドベアが町から離れていくことに気付く勇者。

「本当だ……君達が何かしたのかい？」

「いや、わらわ達ではない」

やったのはガル達じゃからの。

「お主達もかなり疲れておるようじゃし、戦力が集結するまで体力と魔力の回復を行うべきじゃろう。疲れた体では碌な結果を出せぬぞ？」

「しかし……いや、やはり駄目だ。僕達だけでも魔物の足止めを行う。その間に騎士団と冒険者達は合流して戦力を纏めてほしい」

むぅー、勇者はテコでも体を休める気はないみたいじゃった。全く、もっと状況を読まぬか。

感情で行動しても碌な事にならんぞ。

「負傷者はここで治療を！　動ける者達は僕達と一緒に迂回するぞ！」

そう勇者が指示を出すが、騎士達の反応は芳しくなかった。

「どうしたんだ皆!?」

「その、勇者様」

焦る勇者に騎士の一人がおずおずと手を上げる。

「皆疲れております。魔物も町から離れていますし、今のうちに治療と休息を取らねば戦いどころではありません」

騎士の表情は明らかにあんな化け物と戦ってられるかと内心を代弁しておるが、言ってることは間違いではなかった。少なくとも戦力の終結は必要不可欠じゃろうな。

先行した者達による散発的な攻撃ではなく、全員が一斉に攻撃するべきじゃ。

「何を言ってるんだ！　いつ魔物が進路を変更して町に向かうか分からないんだぞ！　僕達だけでも動くべきだ！　囮になって町から引き離す事くらいは出来る筈だ！」

うーむ、完全に空回りしておるの。騎士達も困った顔をしておる。

まぁ、今代の勇者は魔王であるわらわを倒す事だけを想定して育てられた故、部隊の指揮などした事ないじゃろうし、大規模作戦でのセオリーなぞ学んでもおらんのじゃろうな。

数人のパーティと、数十、数百人での団体行動との違いが理解できておらん。

ともあれ、わらわからすれば、最低でも騎士団は動かんと分かってありがたいのじゃ。

「グルォォォォォォン!!」

と、その時じゃった。壁の向こうのグランドベアが立ち上がって雄たけびをあげたのじゃ。

おお、今度こそ説得が上手くいったのか!?

「まさか町に向かうつもりか!?」

グランドベアの咆哮に、勇者達が警戒をあらわにする。

しかし驚いたのは勇者達だけではなかった。

「う、うわぁぁぁ。ファイアーボール!!」

間の悪い事に、壁際から様子を見ていた魔法使いの一人が、グランドベアの咆哮に動揺して魔法を放ってしまったのじゃ。

「いかん！　グレートウォール!!」

わらわは再びグランドベアとの間に魔法の壁を立て、魔法使いの攻撃を防ぐ。

「ふぅ、危なかったのじゃ」

危なかったのじゃ。危うく上手くいったであろう説得が台無しになる所じゃった。

グランドベアには毛ほども効かんじゃろうが、万が一グランドベアの子供に当たりでもしたら目も当てられんしな。

「何故今の攻撃を邪魔をしたんだ……？」

しかしわらわの行動に勇者が疑念を口にする。

「魔法使い一人が先走って単独で攻撃しても何の意味もない。寧ろ魔物の注意が町に向く危険が増すだけじゃ」

そう、わらわ達の居る場所はグランドベアから見たら町のある方角。ごまかすにはちょうど良い。

「……本当にそうなのか？」

じゃが勇者はそれでは納得ができなかったらしい。

「本当は魔物を守りたかったんじゃないのか？　もしかして僕達の足止めが目的なんじゃ？」

ええい、腐っても勇者か。こういう時ばっかり察しの良い!!

「本当は、君があの魔物を操っていたんじゃないのか!?」

「……は？」

いや待て、何でそうなるんじゃあーっ!!

察しが良いのを通り越してあさっての方向に飛んで行っとるぞ!!

「何でそんな考えになるんじゃ!?　第一そんな事をしてもわらわには何のメリットもなかろう!?」

「よく考えればあのタイミングで君が現れた事も都合が良い気がする。一体君の目的は何なんだ!?」

特にはっきりとした確信がある訳でもなく、何となく怪しいからで疑ったのかー！

「せめて疑う前にちゃんと推理くらいせんかぁー!!」

そんなんじゃから国に良いように利用されるんじゃぞお主!!

「あれほどの巨体じゃぞ。町の近くで戦うなど危険すぎる。奇妙な行動を見せたのなら尚更じゃ」

しかしこの状況は都合が良い。何せこの中で最大戦力である勇者一行を足止め出来ておるのじゃ。

このままわらわに疑いの目を向けさせれば、勇者達もグランドベアに攻撃どころではあるまい。

その隙に説得したグランドベアを逃せば、戦うことなく事件を終息させることが出来る。

ズズゥン!!

しかしそこで新たな問題が発生する。

「何だ？　向うから何か来るぞ？」

そう、グランドベアの進路とは別の方角から巨大な影が姿を現したのじゃ。

その体は巨大な熊に酷似した姿じゃった。

「グォォォォォォッ!!」

「あれは……二体目のグランドベアじゃと!?」

まさかの二体目のグランドベアの登場に、わらわ達は言葉を失うのじゃった。

第31話　魔王、周囲は敵だらけなのじゃ

ガルSIDE

グランドベアの子供と毛玉スライムを乗せたガルは、森を抜けた先にある平地でグランドベアを待ち構えていた。

「オォォォォォォォォォ!!」

我が子を探し求めていたグランドベアは、本能に導かれるままに我が子の下へとやってくる。

だがその眼差しは怒りに満ちていた。子供を乗せたガルを誘拐犯だと思い込んでいたのだ。

「これは説得が苦労しそうだな」

「おとーさん、おとーさん!」

グランドベアの子供が父の名を呼ぶ。

「グォォォォォォォォ!!」

我が子が助けを求めていると感じたグランドベアは、怒りの咆哮をあげる。

「これはいかん、おい、我等は敵ではないと親に説明せよ。このままでは我等が攻撃されてしまう」

「う、うん。分かった。おとーさん、この人達は敵じゃないよ。僕を助けてくれたんだ！」

「グォォォォォォォッ!!」

しかし我を忘れたグランドベアは我が子の言葉も聞こえない程に感情を高ぶらせていた。

「仕方ない、一度痛い目に遭わせて正気を取り戻させるしかないな。幸いリンドが派手に壁を作ってくれたお陰で我が多少暴れても姿を見られる心配はない」

「おとーさんに酷いことするの？」

ガルが戦うつもりだと察し、グランドベアの子が不安そうな声を漏らす。

「心配するな。大怪我はさせん。ちょっと驚かせて正気に戻すだけだ。それよりもお前の声を近くで聞かせる必要がある、二人共しっかり掴まっているのだぞ」

「う、うん。分かった」

「わかったー」

二人に振り落とされないよう注意を促すと、ガルはグランドベアに向かって駆けだした。

「グアァァァァァァ!!」

敵を迎え撃つべくグランドベアが繰り出した攻撃を大げさに回避するガル。

自分一人ならギリギリで回避できるが、今回は子供達がいる為余裕をもって回避したのだ。

そのままグランドベアの前足を駆けあがって頭部に近づくと、顔面に強烈な一撃を叩き込んだ。

「グォウ⁉」

爪を立てていないとはいえ、聖獣と呼ばれる存在の攻撃だ。その衝撃は計り知れない。

「よし今だ！　呼びかけろ！」

「う、うん！　おとーさん、この人は敵じゃないよ！　僕を助けてくれたんだ！」

グランドベアの子は大きな声で己の親にガルは敵でないと呼びかける。

迎撃を警戒したガルが左右に駆け回りながら声をかけ続けた事で、グランドベアの動きが止まる。

「……我が、子か？」

我を取り戻したグランドベアの声が戦場に響き渡った。

「そうだよおとーさん！　僕この人達に助けてもらったんだ！」

「お、おお……そうなのか」

「そうだよ！」

我が子の無事を確認したグランドベアの瞳に理性の輝きが宿る。

「グォォォォォン！　我が子よぉーっ！」

これで事件は無事解決と誰もが思ったその時、突然グランドベアの背中が爆発した。

「グォオアオ⁉」

グランドベアが我が子に再会した喜びの雄叫びを上げた事に怯えた魔法使いが、魔法を暴発させてしまったのだ。

「何っ!?」

ダメージは大したものではないものの、タイミングが悪かった。

我が子との感動の再会を邪魔されたグランドベアがどう動くかと、ガルは内心焦る。

更に問題はそれだけでは終わらなかった。

「グォォォォォン!!」

なんと二体目のグランドベアが現れたのである。

「おかーさん!!」

「何ぃ!?」

「びっくりー」

魔王SIDE

「そうか！　番じゃったか!!」

二体目の出現に驚いたが、よくよく考えれば子供が居るのじゃから両親がおるのは当然じゃな。

「いかんな、あのグランドベアめ、町に向かっておるぞ！」

恐らくジョロウキ商店の地下の牢屋にこびり付いた子供の匂いに反応したのじゃろう。

二手に分かれて我が子を探しておったとは愛情深い魔獣達じゃのう。いやそんな感慨にふけっておる場合ではなかったわ。

「まずはあちらをなんとかせねば」

町を破壊されては大変じゃとわらわが迎撃に向かおうとしたその時じゃった。

「そうはさせないぞ！」

突然勇者が襲いかかってきたのじゃ。

「何のつもりじゃ貴様!?」

「あの魔物を操って町を破壊するつもりだろう！」

「どうしてそうなるんじゃぁー！」

こやつさっきから勘違いがひどくないかの!?

「それどころではないわ！　あの巨体が相手では町の防壁など無意味じゃ！　すぐにあ奴を町から引き離さねばならん！」

通常どのような町や村でも魔物や盗賊対策に防壁を作る。

この町の防壁は町の規模にしてはなかなかのものじゃが、いかんせんグランドベアの巨体の前では高さが足りぬ。

だから今すぐグランドベアの注意をこちらに引き寄せねばならんというのに。

「そう言ってあの魔物と共に町を破壊するつもりだろう！　正体を現せ！」

「あーもー分からん奴じゃな！　ならお主等が町を救いに行け！　わらわはこっちの魔物を相手にする！　それならよかろう！」

役割を交代すれば勇者も町の防衛に専念できるじゃろう、と思ったのじゃが……

「騙されないぞ！　君の魔法は脅威だ！　僕達の注意から逃れた所で強力な魔法を使うつもりだろう！　君を捕らえて魔物を大人しくさせる！」

そうきたかー！　とにかくわらわを倒せば魔物を制御できると判断したわけか。

こうなっては仕方がない。力づくで勇者を黙らせてからグランドベアを止めるのじゃ。

「勇者様、私達も助太刀します！」

「この娘が魔物を操っていた黒幕と言うのは本当か!?」

しかも仲間達までやってきおった!!

「ああ、さっきから魔物への攻撃を止めさせようとしていた。何か知っている筈だ。あの魔物に有効打を与えられない以上、魔物を操っている術者を無力化するしかない！」

あー成る程のう。こ奴、自力でグランドベアを倒せぬから焦っておるんじゃな。

そこにグランドベアを操っていると思しきわらわを見て、術者を倒せば良いと考えたわけか。

じゃがのう、それでわらわを倒した場合、自由になった魔物が暴れるだけだと思うぞ？

『メイア！　お主は何をしとるのじゃ!?』

わらわは通信魔法でメイアに呼びかける。

『申し訳ございません。冒険者達を治療していた私共もリンド様の仲間と判断されたようです。現在勇者の仲間の命令で騎士達が私達を捕らえるようとしてきたので、殺さぬように無力化している最中でございます。殺しても良いのならすぐにでも』

って、騎士団はグランドベアではなくメイア達を相手にしとったんか!?

『殺すと厄介な騒ぎになる。生かしたまま無力化せよ！』

『畏まりました』

まぁグランドベアに苦戦する程度の騎士ならものの数分とかからず無力化できるからよいじゃろ。

『申し訳ありませんリンド様、こちらのグランドベアが冒険者達に襲い掛かって来たので制圧に時間がかかります。彼等は命を救った恩義を感じて私の捕縛に否定的でしたので見捨てる訳にも……』

そう言えばそっちにもグランドベアおったわー！

『グランドベアの方は適当に黙らせてガル達の方に放り込め。こっちはわらわが何とかする』

気を取り直したわらわは勇者達の周囲に魔法を放ち、土煙で視界を封じる。

「くっ、卑怯な！」

この程度の戦術で卑怯とか、どんだけお上品な訓練しか積んでこなかったんじゃこ奴。

「ふっ！」

「ぐはっ!?」

「きゃあっ！」

そして自らも土煙の中に飛び込むと、魔力反応を察知して近衛騎士筆頭と聖女を無力化する。

捜査魔法による魔力察知は対象の体が纏う魔力の形を観る事も出来る。

すなわり土煙の中でもどこに急所があるのか丸わかりと言う訳じゃ。

「風よ、吹き荒れろ！　エアロ！」

勇者が初級風魔法を使って土煙を吹き飛ばす。

惜しいの、もう二秒早ければ仲間を守れたんじゃがな。

「レオン、シュガー!?　よくも仲間を！」

仲間を倒された怒りに燃えた勇者がわらわに向かってくる。

「甘いわ」

わらわは剣を振りかぶった勇者の懐に入り、相手の間合いを潰す。

「え!?」

わらわが予想外に良い動きをしたことで、動揺した勇者のみぞおちに一発ぶち込んでやる。

「ぐはっ！」

やっぱアレじゃのこの勇者。経験が圧倒的に足りん。あと攻撃と防御の技術がチグハグじゃな。

恐らくは神器の使い手である勇者達を封印に専念させる為に防御と生存を専念させたか。

ただ近衛騎士筆頭の実力を考えると、封印を軽視させぬよう戦闘技術の教育はわざと絞ったか？

まぁ単にそれ以上の鍛錬を積ませる余裕が無かっただけかもしれんが。それとも叛乱防止かの？

不足している部分は仲間……というよりも聖獣達の経験と強さでカバーといったところか。

単純な接近戦の強さではガルの方が上のようじゃしなコレ。

「グオォォォォォン!!」

っとと、いかん。そろそろグランドベアを止めに行かねば！

しかし町まであと半分と言う所まで来たところで、後ろから強い魔力が放たれたのを感じる。

最小限の動きでソレを回避して後ろを見れば、そこには立ち上がった勇者の姿があった。

足元に小瓶が転がっておる故、ポーションで回復したようじゃな。ふむ第二ラウンドと……

「何て強さだっ！　このままじゃ皆を守れない！　こうなったら、神器の力を開放するしかない！」

よりにもよって最悪な事を言い出しおった勇者は神器を構えてその力を開放しだす。

「って、やめんかアホォーッ！」

余りの事に全力で戻ったわらわは、勇者が持つ神器を蹴り飛ばした。

「ああっ!?　聖剣が!?」

その結果神器は彼方へと飛んで行き、勇者は慌てて追いかける。

「ふぅ、これで世界は救われたのじゃ……って、しもうた!!」

なんという事じゃ。勇者に気を取られている隙にグランドベアが外壁にたどり着いてしもうた。

しまったー！　戻らずに魔法で吹き飛ばせばよかったのじゃー！

グランドベアが町を破壊すべく拳を振り上げる。

「くっ、人族の目を気にして転移せなんだが仇となったか！　これでは間に合わん！」

止むを得ん、こうなったら魔法でグランドベアの攻撃を阻止するしかないのじゃ！

最悪町が少々壊れるかもしれんが、大量の犠牲者が出るよりはマシじゃろう。

わらわが魔法を放とうとしたその時じゃった。

『だめーーーー』

腕を振り下ろそうとしていたグランドベアに、巨大な影がぶつかったのじゃ。

それはグランドベアを地面に叩きつけると、勢い余って自らもゴロゴロと転がってゆく。

そしてようやく制止したソレは、起き上がることなくこちらに振り向いた。

「「「「なっ⁉」」」」

突然の事にわらわだけでなく、周囲で見ていた騎士や町の者達全てが驚きの声を上げた。

それもその筈。現れたのはグランドベアに匹敵する程に巨大な……毛玉スライムだったのじゃ。

『町を攻撃したら駄目ー』

第32話　魔王、伝説の毛玉スライムを目撃するのじゃ

「ななな、なんだあの化け物みたいな毛玉スライムは⁉」

突然現れた巨大毛玉スライムに誰もが驚きの声をあげておった。

っていうか何じゃアレは⁉　あんな巨大な毛玉スライムはわらわも見た事が無いぞ⁉

『リンド様、ガル様より報告です。あの巨大毛玉スライムは味方との事です』

「あれが味方じゃと⁉　もしやガルの知り合い……いや、今はそんな事を考えてる場合ではないな」

わらわは急ぎ町へ向かうと、案の定町は大パニックになっておった。

「追い出された毛玉スライム達の怨念が俺達を恨んで襲ってきたのか⁉」

「ひぃー！　熊の化け物と毛玉スライムの化け物！　アイツ等に町は滅茶苦茶にされちまうのか⁉」

町の住民はグランドベアと巨大毛玉スライムの来襲でしっちゃかめっちゃかじゃ。

むぅ、これは一度落ち着かせなければ暴動が起きるな。

「グレートウォール‼」

まずは町を守る強固な壁を出して安心させるのじゃ。

「うわぁっ⁉　急に真っ暗になった⁉」

「この世の終わりじゃぁー‼」

いかん、壁が高過ぎて余計に驚かせてしまったのじゃ。むむ、どう説得したものか……よしっ。

「聞け、町の者達よ！　あの巨大な毛玉スライムはお主等の味方じゃ！」

「え？　味方？　あれが……？」

風魔法で町中に声を届けると、町の者達は疑いつつも更なる真相を求め鎮まってゆく。

「そうじゃ！　あれこそは毛玉スライムの王！　この町で暮らしていた毛玉スライム達の願いを受けてお主達を助けに来たのじゃ！」

そう、この町は以前わらわが毛玉スライム達の有用性を説いた事で、世にも珍しい毛玉スライムと共存する町となっておった。今回はそれを利用させてもらうぞ。

「聖女達に見つからぬようにとお主達の手によって町から避難した毛玉スライム達は、ずっとお主達を陰ながら見守っておったのじゃ！　そしてこの町の危機を知った毛玉スライム達は道中の危険を顧みず自分達の王の下に行き、この町を守って欲しいと願ったのじゃ！」

町の住人達を言いくるめる為に適当な話をでっち上げるわらわ。

「だから皆安心するが良い！　魔物は毛玉スライムの王とわらわ達が倒すのじゃ！」

わらわの話が終わると、町の中がどよめきに包まれる。

「毛玉スライム達が俺達の為にそんな事をしてくれたなんて」

「そういや酒のつまみを分けてやったら喜んでくれてたっけ」

「売れ残りの果物をやったら感謝されたな」

「子供達の遊び相手になってくれてたわ」

町の者達はこれまでの毛玉スライム達との交流を思い出す事で、落ち着きを取り戻してゆく。

「アタシ、単に晩御飯の余りをあげてた」

「嫌いなピーマン食べてくれた」

いやお主等は毛玉スライムに謝るんじゃぞ。

「うぉぉー！　ありがとうな毛玉スライム達！」

「がんばれー毛玉スライムの王様ー！　皆も戻ってきたらご馳走作ってあげるからねー！」

冷静さを取り戻した町の者達が、毛玉スライムへの声援を送り始める。

「よし、これなら安心じゃの」

わらわは町を背に巨大毛玉スライムが抑えているグランドベアに向き直る。すると……

「グォォォォォ!!」

『うわぁー』

巨大毛玉スライムはグランドベアによって転がされておった。

ああ、うん。まぁデカくなっても毛玉スライムは毛玉スライムじゃからのう。

「じゃが時間稼ぎとしては上出来じゃ！　あとはわらわにまかせるが良い！」

『おねがいー』

わらわは巨大毛玉スライムに気を取られていたグランドベアの懐に飛び込むと、勢いよくその顎に向けてアッパーを放った。

「そりゃぁぁぁぁぁぁっ!!」

「グォゴッ!?」

ドゴンという音と共にグランドベアの体が宙に浮きあがる。

更に間髪入れず回し蹴りを叩き込んでもう一匹のグランドベアの下へと蹴り飛ばした。

よし、あとはグランドベアの子供が説得するまでグランドベア達を守り切れば……

『魔王様凄ーい』

「くそ！　新しい魔物を呼び寄せたのか！」

しかしそこに神器を回収した勇者達がやって来る。ちっ、意外に早かったの。

「だが魔物が町から離れたのは運が良かった。あとはあの娘と巨大な毛玉スライムだけだ！」

「こ奴等、わらわがグランドベアを引き剥がしたところを見ておらなんだのか……」

まぁよい、一応は最大戦力である勇者達がこちらに釘付けになるのは寧ろ好都合。

「まずはあのデカい毛玉スライムの注意を引きつける！　ファイアーバスター！」

勇者が毛玉スライムに放った魔法をわらわが相殺しようとしたその時じゃった。

突然濃密な霧が生まれ、勇者達の放った魔法が消滅したのじゃ。

更に気が付けば、周囲は深い霧に包まれ僅かな先も見る事が出来ぬほどになっておった。

「なんですかこの霧は⁉」

「くっ！　周囲が見えん！　不意打ちに気をつけろ‼」

「むっ？　この魔法は……」

『リンド様、グランドベアの番の説得が完了しました』

「おお、でかしたのじゃ！　巨大毛玉スライムよ、作戦完了じゃ。帰るぞ」

やはりメイアが目くらましを兼ねて放った妨害魔法じゃったか！

『はーい』

勇者達がこちらを見失っておる隙に、わらわ達はメイア等と合流し、転移魔法で皆を島に送る。

それと同時に勇者が風の魔法でメイアの霧を吹き飛ばす。

「風よ！　邪悪な意思を吹き払え！」

「それでは派手にかますぞ！　アグニメイションバスター‼」

勇者の風が霧を吹き飛ばすと同時、わらわの放った魔法がグランドベア達が居た平地に炸裂する。

次の瞬間、大地に巨大な炎の塔が生まれた。

「な、何だぁーっ⁉」

魔法の余波で発生した衝撃波の勢いは強く、近くに居た冒険者や騎士達が吹き飛ばされないよう必死に近くの岩や木々にしがみ付いたり、先ほどわらわが生み出した土壁の陰に逃げ込む。

そして全ての霧が晴れた後の大地には、巨大なクレーターが出来上がっておった。

「な、何が起きたんだ……⁉」

クレーターの巨大さに冒険者達が呆然となる。

「……はっ！　あの魔物達が居ない⁉」

我に帰った者達がグアンドベア達の姿が無い事に騒ぎ出す。

「あの魔物ならわらわの放った魔法で焼き尽くしてやったのじゃ！」

わらわは飛行魔法でそれらしく空の上から皆に語りかける。

「さっきの凄まじいのが魔法だって……⁉」

「そうじゃ！　今の魔法こそわらわの師匠が現代によみがえらせた古代魔法、アグニメイションバスターじゃ！　この魔法を喰らってはどんな大魔獣と言えどもひとたまりもないのじゃ！」

などと適当な事を言っておく。実際には派手なばかりで実用性の低い攻城用の魔法なんじゃがの。

「アグニメイションバスター⁉　伝説の大魔法じゃないですか‼　実在したんですか⁉」

おお、良い感じに古代魔法に詳しい魔法使いの娘っ子がいたのじゃ。いいぞいいぞ。

「うむ！　ただわらわと言えども一発しか使えぬ大技ゆえ、二体目をどう倒したものかと考えあぐねておったのじゃが、幸いにも偶然現れた毛玉スライムの王の協力で何とか出来たのじゃ！」

よし、これで巨大毛玉スライムが冒険者と騎士達にも印象付けられたじゃろ。

「だが勇者様は君があの魔物を操っていたと言ったぞ！」

「それならあの魔物達を倒す意味はなかろう？　本当なら土壁でお主等を守りながら切り札の魔法を放つつもりだったのじゃが、何やら妙な勘違いをされてな」

くくっ、微妙に辻褄が合わんが、こういう時は勢いで言い切った者勝ちなのじゃ！

「そ、そうだったのか……」

「さて、そろそろ勇者達が戻って来る。わらわが居ては厄介な事になろう。これにておさらばじゃ」

「ま、待ってくれ！　町を救ってくれた礼を！」

「いらんいらん！　その礼は町の為に使うが良い！　それと後の説明は任せたぞ！」

ふむ、上は碌でもない連中ばかりじゃったが、末端の騎士達はまともで安心したぞ。

第33話　魔王、伝説の正体を知るのじゃ

「まさか巨大毛玉スライムの正体がお主等じゃったとはなぁ」

島に戻ったわらわは、巨大毛玉スライムの正体に驚く事となった。

なんと巨大毛玉スライムの正体はお互いの毛を絡ませ合った毛玉スライムの群体だったのじゃ。

まるで海で群れをつくって巨大魚から身を護る小魚の群れのようじゃな。

「こんがらがったのー」

ただその代償として、こんがらがった毛はなかなか解けなくなるのじゃとか。

今は守り人達が総出で毛玉スライム達の毛の絡まりを解きほぐしておる。

「いやー、これはやりがいがあるだなあー」

「お主等よくこれを外せるのう」

正直言ってハサミで切った方が早くないかの？

「大丈夫だぁ。長年聖獣様の毛を手入れしてきたオラ達なら、この程度朝飯前だぁ」

「……」

何ともコメントに答えずらい内容にガルが遠い目になる。

「しかし何故こんな事になったのじゃ？　いやまぁ助かったのじゃが」

「ああ、それがな……」

すると遠い目をしていたガルがこちらの世界に戻って来て事情を説明してくれる。

「二体目のグランドベアが町の傍に現れた際に、森の中で暮らしていた毛玉スライム達が我に助けを求めてきたのだ。町を助けてほしいと言ってな」

成程、聖女から逃す為に町から出された毛玉スライム達は森に隠れておったのか。

「とはいえ我もグランドベアの子供を守りながら親の片割れの相手をしておったのでな、町までは手が回らなかった。そこで動いたのがこ奴だ」

と、ガルは中央に居た毛玉スライムに前足を向ける。

「こ奴が森の毛玉スライム達をまとめ上げ、巨大な姿となってグランドベアの足止めを行ったのだ」

「何とまぁ」

毛玉スライムの予想外の行動力には驚きじゃの。

「よくそんな危険な真似が出来たもんじゃのう」

「だって友達が怪我したら嫌だもんー」

「友達のお父さんとお母さんが悪者扱いされるの嫌だったー」

自分達の身の安全よりも他者の為に動くか。

「どちらかと言えば、お主達の方が勇者に相応しいのう」

「僕達勇者ー？」

「うむ、勇者毛玉スライムじゃの」

「わーい、勇者だー」

「僕達勇者だー」

無邪気に喜ぶ毛玉スライム達に思わずほっこりしてしまうのう。

と、そこに地響きのような音を立てながら巨大な獣がわらわ達の下へやってきた。

「お前達が我等の子を救ってくれた者か」

やって来たのはグランドベアの親子じゃった。

「その様子だと正気に戻れたようじゃの」

我が子と引き離された時は我を失っておったが、もう心配は要らぬようじゃな。

「ああ、迷惑をかけた」

「本当にありがとうございます」

「お父さんとお母さんに会わせてくれてありがとう！」

グランドベアの番は深々と頭を下げてわらわ達に感謝の気持ちを告げてくる。

元々温厚な魔物故、正気に戻れば理性的じゃの。

「なぁに、たまたまかかわっただけじゃからの。気にするではないわ」

「この恩は必ず返す」

「必要な時はいつでも頼ってくださいね」

「僕も頑張るから！」

「ははは、その時は頼らせてもらうとするぞ」

と言っても、暫くは面倒事もお腹いっぱいじゃから、島でノンビリするとしようかの。

勇者SIDE

勇者達が平野に戻って来た時には、全てが終わっていた。

グランドベアの姿どころか魔王や巨大毛玉スライム達の姿もどこにも見当たらない。

「あの少女と魔物はどこに消えたんだ⁉」

勇者達が困惑していると、騎士団長が部下を伴ってやって来る。

「魔物でしたらその少女が倒してくれましたよ」

「あの少女が⁉　そんな筈はない！　彼女があの魔物を操っていたんだ！」

「そうは言ってもねぇ、実際あの魔物は居なくなった訳ですしねぇ、あの通り」

そう言って騎士団長はクレーターとなった平地を指差す。

「これをあの少女が……？」

「ええ。切り札の魔法だったらしく、使うタイミングを計っていたら味方に襲われてそれどころじゃ

なかったと文句を言われましたよ」

襲ったのは誰でしょうねぇと騎士団長は勇者達を責める様に見つめる。

いや、勇者達に非難の眼差しを向けたのは騎士団長だけではなかった。

騎士や従者、それに冒険者達も勇者に非難の目を向けている。

「魔王を倒したって言うからもっと凄ぇ奴かと思ったら意外と大したことねぇなぁ」

「それどころか魔物が居るのに、そっちを無視して俺達を助けてくれた嬢ちゃんに襲い掛かってたもんなぁ。本当に勇者なのか？」

「くっ……」

「止めておけ。今は何を言っても無駄だ」

反論をしようとした勇者だったが、すでにグランドベアも魔王も姿を消している以上、何を言っても無駄だと近衛騎士筆頭が止める。

その結果、勇者達は町を救った恩人に襲い掛かった勘違いの恩知らずと侮蔑されることになるのだが、報いを受けたのは勇者達だけではなかった。

それは自分達の不甲斐なさの責任を勇者達に押し付けて責任を逃れた騎士団長達だ。

彼等は裏で強引に商人達からポーションを徴収した事や、そのポーションの配給を盾に冒険者達を脅して肉壁にした事が商人ギルドと冒険者ギルドからの苦情で領主にバレてしまい、厳しい叱責を受ける事になる。

そして大事な商品を取り上げられる事を危惧した商人達と、命を使い捨てにされる事を危惧した冒険者達はこの町を敬遠する事になり、それが原因で領主は責任を取る為にその地位を追われることになるのだった。

その代わりとばかりに毛玉スライム達の評判は鰻登りに上がり、後年には町を守ってくれた毛玉スライム達とその王に感謝の気持ちを伝える大毛玉スライム祭りが開催され町の名物として長きにわたって名物となるのであった。

第34話　魔王、の敵は困惑するのじゃ

「ではよろしく頼むぞ、ギルド長」

戦いの後、わらわは事の顛末をギルド長に報告しにきておった。

何故そんな面倒な事をしておるかと言うと、わらわの顔が勇者に知られてしまったからじゃ。

魔法で変身した姿ではあるが、今回の実績を考えれば、後々役に立つこともあると考えたのじゃ。

で、ギルド長にもし国からわらわの事を探られたら、すっとぼけてほしいと頼んでおいた訳じゃ。

「ああ、任せてくれ！　町を守ってくれた英雄の頼みだ。喜んで引き受けさせてもらうとも！」

ギルド長の方も、領主のやり口に腹が立っていたらしく、快く引き受けてくれる。

ギルド長への報告を終えて部屋を出ると、予想外の人物が待ち構えていた。

それはグランツの息子、ロレンツじゃった。

「む？　ロレンツか？　何か用……おお、そう言えば勝負をしておったな」

ふむ、うやむやになった勝負の件で声をかけてきたか。

「何じゃ再戦したいのか？　じゃがマッドリザード達は既にどこかへ逃げてしまったぞ？」

「……いや、僕の負けだ」

からかうつもりで言った筈が、意外にもあっさりと敗北を認めるロレンツ。

「ほう、随分素直に認めるのじゃな」

「そりゃあ、あんなモノを見せつけられたらな……認めるしかないだろ」

ふむ、己の未熟を受け入れたか。善哉善哉。剣士として一皮むける日も近そうじゃ。

「姐さんの強さをさ」

「うむうむ……うむ？　なんじゃい姐さんって？」

「アンタの、いや貴女の事です！」

何か口調まで変わりおったんじゃけど!?

「僕は今まで父さんの背中だけを追ってきた。この町で最強の男である父さんこそ最強の冒険者だと思って。けど違った。世の中は広くて父さんよりも強い人間が居たんだ！」

「お、おう。世界の広さを知ることが出来て良かったの……」

「はい！　目が覚めました！　それもあなたのお陰です姐さん！」

そう言って勢いよく額を地面に叩きつけて土下座をしてくるロレンツ。

突然の奇行に驚いておると、ロレンツはガバッと顔を上げ、何やら決意に満ちた表情でこちらを見てくる。

い、嫌な予感がするんじゃが……

「姐さん、どうか僕を弟子にしてください！」

「何でじゃー!?」

ホントに何でじゃ!?

「ならポーターでも何でもします！　あの凄まじい魔法と拳を僕に教えてください!!」

「い、いや。わらわは弟子を取る気はないぞ」

って言うか！　わらわ元魔王じゃぞ！　普通の人族向けの修行なんぞ御免じゃ！

「そ、そんなぁ～なら下僕でも！」

「もっと悪いわ！　親が泣くぞ!!」

いやマジでグランツめが泣くぞ。

「あ～、わらわは用事があるんで、すまんが失礼させてもらうぞ」

わらわはロレンツから背を向けると、全力で駆け出す。

「ま、待って下さい姐さん！　僕も手伝いま……って、うわ速っ!?」

かくして全力でロレンツから逃げだしたわらわは、急ぎ転移魔法で島に避難するのじゃった……

国王SIDE

「報告は聞いたぞ。何の役にも立たなかったそうだな勇者よ」

遠征から戻って来た勇者達は、国王に呼び出しを受けていた。そして開口一番これである。

「そ、それは妨害があったからです！」

「強大な魔法を操る少女が魔物を討伐してくれたそうだな？　だがそれは妨害とは言わん」

現地での途中経過を知らず、報告書の結果から判断した国王が勇者の反論を封じる。

「何よりあれだけ複数の領地に被害を与えておきながら、他人に手柄を奪われるとは情けない!!」

寧ろ国王としてはそんな事よりも救援要請を受けて向かわせたにもかかわらず、結局は魔物が領地を通り過ぎるのをむざむざ見過ごした勇者への怒りの方が大きかった。

各地の領主達からは、土地を荒らしたばかりで何の役にも立たなかった。王家は家臣を守る気が無いのかと苦情が殺到したからだ。それは王家の求心力に傷を付けかねない問題である。

「そもそも魔王を封印したにもかかわらず、何故魔物が活性化しておるのだ！　本当に魔王を封印したのだろうな！」

「なっ!?」

任務の失敗だけでなく魔王討伐まで疑われた事に勇者はショックを受ける。

「陛下、勇者と聖女は確かに魔王を封印しました。それは我等が確認しております」

近衛騎士筆頭の告げた我等とは、勇者の監視役である自分と斥候の事である。

「本当にそうだと良いのだがな。しかし密偵の報告では魔王国では魔王の封印による動揺が殆ど無いそうだ。これがどういう意味か分かるか？」

「え？　えっと……」

突然予想もしていなかった話題で質問された勇者は困惑する。

「お主等の証言が事実だとしてもこの混乱の少なさ……もしや新しい魔王が即位したか」

「何ですって!?　いくら何でも早すぎます！」

王が消えた以上、次代の王を決めるのは当然の事だ。

しかし魔族は力こそ至上の考え方をする者達が多い為、国中から自称魔王が現れ、長期間にわたって覇権争いに明け暮れるのだ。

国王達はその隙を突いて、奪われた領土の奪還と新たな領土の獲得を目論んでいた。

「歴代最長の在位期間を誇り、最強の呼び名も高い魔王ラグリンドだ。策謀にも長けた奴ならば、自身の身に何かあった時には迅速に後継者へ王位が譲られるよう策を巡らせていてもおかしくない」

全くもって勘違いなのだが、魔族側の事情を知らない国王は新たな魔王の誕生を確信していた。

「勇者に命じる！　新たな魔王を見つけ出し、封印するのだ！」

「「はっ!!」」

こうして勇者達は存在しない新たな魔王討伐の旅に出る事となったのだった。

「はぁ、まさか新しい魔王が生まれていたなんて」
追い出されるように謁見の間から出た勇者は、一人溜息を吐いていた。

既に仲間達は出発に備え教会と近衛騎士団宿舎に向かい、勇者だけが取り残されてしまったのだ。

「勇者様！」

「え？　ティスティーナ姫!?」

勇者に声をかけたのは彼の婚約者であるティスティーナ姫だった。

「もう！　王都に戻ってきたのなら何故わたくしの所に来てくれなかったのですか!?」

婚約者である勇者が真っ先に自分の下に来てくれなかった事に文句を言うティスティーナ。

「申し訳ありません姫。国王陛下からの急な呼び出しがありまして」

「なら今はもう暇なのですよね？　丁度料理長が南部群島国の果物をふんだんに使ったデザートを作ってくださったのです。一緒に食べましょう」

そう言うとティスティーナは勇者の腕に絡みつき、彼を自分の部屋に連れて行こうとする。

「す、すみません。実は陛下から火急の任務を与えられまして……」

流石に新たな魔王が生まれたとは言えない為、肝心な部分を誤魔化す勇者。

「そうですか、お父様が……分かりました。それでは仕方がないですよね」

「申し訳ありません」

「いいえ、お気になさらないでください。勇者様は世界の為に働いているのですもの！　ですがどうかお体にはお気を付けくださいませ。わたくしは勇者様の旅の安全をいつも祈っております」

「ありがとうございます姫。すぐに戻っていますよ」

いつもは我が儘なティスティーナがあっさりと引き下がった事を不思議に思ったものの、その方がありがたいと判断した勇者は特に深く考えずにその場を後にする。

そして勇者の背中を見つめていたティスティーナは、つまらなそうにため息を吐く。

「……はぁ、せっかく婚約者にしてあげたのにつまらない人ね。まぁ良いわ。他の人と遊びましょ。そうだわ、確かベムベアー伯爵のご令嬢が婚約したんでしたわね。そのお話を聞かせて貰う事にしましょう！　どんな殿方なのかしら？　素敵な恋のお話が聞けると良いですわね！」

その姿は先ほどまで勇者の身を案じていた人物と同じとは思えない程、邪悪な愉悦に満ちていた。

宰相SIDE

魔王城の謁見の間では、ヒルデガルドを始めとした魔王国の幹部が勢ぞろいしていた。

だがその中心たる玉座に魔王の姿はない。

「では皆様、勇者を討伐した者が次の魔王になると言う事でよろしいですね」

そう、幹部達が集まった真の理由は、誰が次の魔王になるかの取り決めを行う為だったのだ。

「うむ、異議はない」

幹部の一人である武人風の魔族が言葉少なに頷く。

「へへっ、口うるさいだけの女かと思ってたが、意外に話が出来るじゃねぇか」

「私は思慮深いだけです。何でも殴って終われば済むと考えているあなたとは違うんですよ」

獣人魔族の挑発的な軽口に対し、ヒルデガルドもまた挑発で返す。

「へっ、思慮深くて強い宰相様を勇者を倒す前に倒しちまってもいいんだぜ」

「あら、わたくしの玉座を貴方達の臭い血で染めるつもりですの？　それは勘弁してほしいですわ。殺し合いがしたいのなら魔王都の外でやってくださいまし」

殺気を膨れ上がられたヒルデガルド達に、うんざりした様子で苦言を呈したのは吸血鬼魔族だ。

「然り。先代魔王様は思慮深きお方であった。あの方の玉座を思慮浅い者達の血で汚す事は避けて頂きたい」

そしてもう一人、一見すると人族にしか見えない幹部もまた二人の争いに待ったをかける。

口調こそ違うものの、二人の幹部に窘められた事で、ヒルデガルドと獣人魔族は渋々鉾を収める。

「では会議は以上となります。新魔王が決まるまではこれまで通り私が王都の運営および周辺国との折衝を行います。皆さんも自領の管理はこれまで通りでお願いします」

「承知した」

「はーい」

「つまりいつも通りと言う事ね」

他の幹部達もいつも通りと言うヒルデガルドの言葉に頷くと、早々に玉座の間を出て行った。

残されたのはヒルデガルドただ一人である。

「ふふ、他の連中には今まで通りと言ったけれど、私の場合は違う。古臭い考えで私の革新的な政策をいくつも邪魔してきた先代魔王が居ないのです。それがどれだけ王都を繁栄させることか」

笑みを浮かべながらヒルデガルドは主無き玉座を撫でる。

「主を失った後も私の新政策を邪魔していた先代魔王派は理由をつけて城から追い出した。今は私の配下がその後を引き継いだ事で政策も自由に行える」

今まさに魔王城はヒルデガルドの手中に収められようとしていた。

そう言う意味ではメイド達を早々に止めさせたメイアの判断は正しかったと言えるだろう。

「ふっ、何が勇者を倒した者が次の魔王ですか。お前達は勇者にうつつを抜かしていなさい。そしてお前達が留守の間に、帰るべき領地は私の育てた魔物達によって失われるのです！　勇者の討伐などその為の時間稼ぎ！　私の真の目的は、国内の権力を私の下で一元化をする事なのですから！」

勇者との戦いで疲弊しきった後ならば、数の力で十分に押し切れるとヒルデガルドはほくそ笑む。

「戦争とは個の武力ではないという事を時代遅れのロートルに教えてあげましょう。知恵と数こそが戦争を制するのです。そう、これが新時代の戦争なのです！」

何も知らない幹部達が自滅してゆく姿を想像して愉悦の笑みを浮かべるヒルデガルド。

「こうして城に居るだけで私は勝利を手にする事が出来る。これこそ真の王の器というもの。ふふふ、ふはははははははっ！」

敵も味方も利用し尽くす作戦にヒルデガルドは高らかに笑い声をあげた。

だがそこに血相を変えた文官が飛び込んできた。

「大変ですヒルデガルド宰相！　人族の国で新たな魔王の存在が確認されたそうです！」

「……は？」

意味の分からない報告にヒルデガルドの笑いが止まる。

「その情報を得た人族は再び勇者を我が国に派遣する事を決定したそうです！」

「はぁ!?」

「更に人族の領域と我が国の敵対幹部の領域で育成させていた魔物の大半が姿を消しました！」

「はぁぁぁぁぁぁぁぁぁぁぁ!?」

突然多くの策謀が水泡に帰したヒルデガルドは、訳も分からず叫ぶ事しか出来なかったのだった。

第35話　魔王、宴会をするのじゃ！

「それでは、新たなる仲間に完敗なのじゃー！」

「「「かんぱーい!!」」」

毛玉スライム達の絡まった毛が解けたのち、わらわ達は島の住民を集めて宴会を行うことにした。

と言うのもグランドベア達が島への移住を希望してきたからじゃ。

「あのまま故郷に戻ってもまた我が子が人族に狙われかねん。ならばここに住まわせてほしい」

と頼まれたからじゃ。まぁわらわとしても留守中の島の護衛役がいるのはありがたいので、その申し出を快く受ける事にした。

こうなると住人も随分と増えて来た為、一度顔合わせを兼ねて皆で宴会をする事にしたのじゃ。

「久しぶりの酒は美味いな！　守り人の郷では酒など滅多に配給されなかったから久しぶりだ！」

「はぁー、こんなに酒とご馳走があるだぁー。スゲェなぁ」

「ありがてぇ、ありがてぇ。こんなに美味ぃモンは初めてだぁ」

ガルと守り人達は久々の御馳走に大喜びじゃ。特に喜んでいたのは……

「グビグビグビッ、プハァー！　人族の作った酒と言う水は美味いな！」

グランドベアの父親は酒が気に入ったらしく、美味そうに酒を飲む。

それにしてもグランドベアの巨体にかかったら酒樽が小さな湯呑同然じゃな……

「いやー、酒を格安で買う事が出来て良かったのじゃ」

「ええ、丁度ジョロウキ商会の会頭が入れ替わったお陰ですね」

ニコニコと酒のお代わりを注ぎながら言うが、その会頭ってメイアの部下なんじゃよなぁ。

ロッキルをアレした後、メイアは部下をロッキルに変身させジョロウキ商会を乗っ取ったのじゃ。

そして古くからロッキルを知る者にバレてしまう前に、ロッキルの隠し子という設定のメイアの部下を次期会頭に指名して本人は引退という体で完全に店を乗っ取った。

「商会には裏の業務を知らずに働く従業員も少なくありませんでしたからね。悪辣な事をしていた者達だけ居なくなってもらい、真っ当な商会になって貰う事にしました。私共としても古くから土地に馴染んだ商店が手に入るので、情報収集が更に捗るというものです」

という訳で今後何かしら入用になった時は、ジョロウキ商会に無茶が言えるようになったのじゃ。

「うーん、魔王を辞めて半年もせぬうちに商会を一つ乗っ取ってしもうた」

「魔王様に手を出そうとしたのですから当然の報いでしょう。店を物理的に潰されなかっただけマシというものです」

あっ、さてはこやつ、わらわが襲われた時に地味にキレておったな？

「しかしアレじゃな。集まった人数の割には酒を飲む者が少なくて盛り上がりには欠けるの」

毛玉スライムはいうに及ばず、ミニマムテイルや他の島の住民達も酒は飲まぬからのう。

単純な量ではグランドベアが数十人分飲んでおるが……

「リンド様～」

と、そこにシルクモス達が遅れてやって来る。

「おお、お主等も来たか。楽しんでいくと良い」

「ありがとうだモス。でもその前に頼まれた品が出来たから持ってきたモス」

と、シルクモスは薄い箱をわらわに差し出してくる。

「おお、出来たか！　メイア、ちょっと来るのじゃ！」

「はいはい、お料理が切れてしまいましたか？」

メイド達と共に忙しく給仕の仕事をしていたメイアは、しかし足音一つ立てずにやって来る。

「いやいや、そうではない」

わらわはメイアに箱を差し出す。

「お主にプレゼントじゃ」

「私にですか!?」

まさか贈り物を貰えるとは思ってもいなかったメイアが目を瞬かせる。

「ささ、開けてみるが良い」

「は、はい……」

わらわに促され、リボンを解いて箱を開くメイア。

「これは……ドレスですか⁉　しかもシルクモスの⁉」

そう、箱から出てきたのは一着のドレスじゃった。

以前シルクモス達の織った生地が島中に溢れかえった際、わらわはシルクモスに頼んでメイアの為のドレスを作って欲しいと依頼したのじゃ。

「お主はいつもメイド服じゃからな。こういう機会でもないとドレスなど着てくれぬじゃろ？」

魔王をやっておった頃は給金という形で働きに報いておったが、この島に来てからはそういう物をやれなんだからの。

「しかし私のようなものがドレスなど……」

「何を言っておる。お主程の器量の者などそうそうおらぬ。わらわが似合うと思って用意させたのじゃ。ぜひ着てみてくれ」

なおも戸惑っていたメイアじゃったが、メイド隊とシルクモス達によって城へと連れて行かれる。

「お着替え終わったモス！」

そして少し待っていると、美しい光彩を放つドレス姿に着替えたメイアが戻って来た。

「うむ、似合うのじゃ！」

「っ⁉　あ、ありがとうございます……」

初めてのドレスを褒められたメイアは、珍しく顔を真っ赤にして恥じらいを見せる。

はっはっはっ、愛い奴愛い奴。

「あの、私からもリンド様に贈り物があるのですが……」

「何？」

メイアは後ろ手に隠していた物をわらわの前に差し出す。

「どうぞお受け取りくださいませ」

「う、うむ」

立場が逆になったわららが受け取った受け取った箱を開けると、そこから出てきたのは……

「これは、ドレスか⁉」

そう、メイアの贈り物もまたわらわが送った品と同じドレスだったのじゃ。

「いやー、お主はともかくわらわはドレスって柄でもないじゃろ。もうずっと魔王の正装しか着ておらなんだしのう」

「だからこそです！　魔王様はもう魔王ではないのですから、ならばもう周囲に睨みを効かせる為に魔王の正装に拘る必要もありません！」

メイアが猛烈な勢いでわらわに反論すると、シルクモス達がわらわの両腕を掴む。

「お、おい、お主等⁉」

「ささ、観念してリンド様もドレスに着替えましょう」

ヌルリとわらわの両脇に現れたメイド隊が両腕を掴む。

「メイア様に逆らうと美味しい果物が食べられなくなるモス」

「いやお主等それが本音じゃろ!?　おいぃぃぃぃぃぃっ!!」

哀れ、わらわはあれよあれよという間にドレスに着替えさせられてしまったのじゃった……

「まぁまぁ、お似合いですわリンド様！」

自分がドレスに着替えた時よりも嬉しそうにメイアがはしゃぐ。

「ああもう良いわ。お主が楽しければの……」

「わー、魔王様きれー。メイアさんとお揃いー」

「なぬ？」

「あら、言われてみれば」

毛玉スライム達の称賛を聞いたわらわ達は、言われてみればドレスがお揃いである事に気付く。

「お二人から同じドレスの依頼があったモスから、サービスで対になるデザインにしたモス」

「こ奴等め、余計な世話を焼きおって」

まぁ、悪い気はせんがな。わらわは小さく溜息を吐くと、メイアに手を差し出す。

「お嬢さん、わらわと一曲踊ってはくれぬかの？」

「ええ!?」

「公式のパーティではないのじゃ。お主と踊っても問題なかろう？」

「で、ですが楽団もおりませんし……」

そう言ってメイアが渋っていると、突然楽器の音が鳴り出した。

「え？」

メイアが振り向けば守り人達が楽器を演奏しておった。

「これは……」

「さぁ皆よ！　ここからはダンスパーティじゃ！　好きなように踊れ！」

「「「おおー！」」」

わらわの号令に皆は立ち上がると、守り人達の音楽に合わせて思い思いの相手と踊り始める。

見ればミニマムテイル達はいつものチョッキをタキシードに替え、毛玉スライム達も首からネクタイを下げておった。うむ、フォーマルスタイルという奴じゃの。

「リンド様、これは？」

一人メイアだけが状況を理解できずに困惑しておった。

「はっはっはっ、驚いたじゃろ。実は皆に頼んでダンスパーティの用意をしておったのじゃ！」

そう、せっかくドレスを用意するのじゃから、わらわはそれを活かす場が欲しいと考えておった。

そしてドレスが出来る日に合わせて、宴会の振りをしたパーティの開催を決めたのじゃ。

「さぁさぁ、何時までも主役が皆を待たせてはいかん。行くぞ」

「あっ」

わらわは強引にメイアの手を取ると、ダンスパーティの中央に立つ。

「……もう、強引なんですから」

ようやく状況を受け入れたメイアが肩を竦めながら言う。

「何せ魔王じゃからの」

「元、でございましょう?」

「おっとそうじゃった」

思わぬ反撃を受けたわらわは苦笑すると、ダンスのステップを踊り始めた。

メイアもまたそれに付いてくる。

「それにしてもわらわまでドレスを着る事になるとはのう」

「ふふ、お互い様です」

「そうじゃな」

柔らかな笑みを浮かべるメイアにわらわもまた笑みをで応える。

「もう魔王ではないのですから、これからは沢山可愛いドレスを着て貰いますからね!」

「それは関係なくないかの!?」

待て待て、何を言い出すのじゃ!?

「関係大ありです! ようやくドレスを着て頂けたのですから、もう遠慮しませんよ!」

「しまった! 早まったのじゃ!!」

興奮したメイアの姿に、やはり断れば良かったと後悔の念が頭をもたげる。

しかし同時に嬉しそうなその笑顔を見ては嫌とは言いづらいのも確かじゃった。

「やれやれなのじゃ」

溜息を吐きつつも、わらわは皆が踊り笑う姿を見つめる。

ああ、これじゃ。これこそ魔王になる前のわらわが仲間達と楽しく過ごしておった頃の光景じゃ。

「ははっ、楽しいのう楽しいのう」

懐かしき頃を思い出し、思わずしんみりとしてしまう。

「ええ、だからもっと楽しくなりましょう。これからもずっと」

「ああ、そうじゃの」

わらわの心を見透かしたようなメイアの微笑みに、わらわもまた再び笑みで返すのじゃった。

《了》

✹特別収録　魔王、果物狩りに行くのじゃ！

「あー、今回は疲れたのう」

グランドベア騒動が解決した事で、わらわ達は暫く島でノンビリする事にしたのじゃ。

いやホント疲れたぞ。主に労力よりも精神的な疲れでな。

「まさかああもピンポイントに勇者達とかかわる事になろうとはな。しかも連中わらわ達の正体に全く気付いておらなんだし」

昔の勇者達ならわらわが人族に化けておったらすぐ気付いたんじゃがのう。

「もう魔王は引退したのじゃから、勇者とかかわるのは勘弁じゃ」

特に今回は勇者達に人族に化けた姿を見られてしもうたからの。

連中が町から離れるまでこちらで大人しくしておいた方がよかろう。

「どうぞリンド様」

と、わらわの内心の癇癪が収まったのを見計らったメイアが、デザートを差し出してくる。

「おお今日はリンゴのケーキか」

メイアが持ってきたのは林檎をふんだんに使ったフルーツケーキじゃった。

「はむっ、うむ、良い味じゃの」

ここ最近色々疲れる事が多かった故、熱を通して柔らかくなった林檎の甘さが心地よいのう。

「わー、おいしそー」

「何喰ってんですかいリンドの姉御！」

と、そこに毛玉スライム達とミニマムテイルのビッグガイがやってくる。

どうやらリンゴのケーキの甘い匂いに誘われてやってきたらしいの。

「あら困りましたね、あの子達の分までは用意しておりませんでした」

「む？　メイアにしては珍しいの」

「すみません、リンド様のお食事の買い物のついでに仕入れてきたものだったので」

ああ成る程。毛玉スライムとミニマムテイル達の数は中々に多いからの。

メイアの商会から仕入れるならともかく、普段の買い物で皆が食べる量を確保しようとしたら、かなりの数の林檎を仕入れねばならぬ故、変に悪目立ちしかねんか。

「では商会に命じて皆の分の林檎を頼むぞ」

「畏まりました」

そんな訳で今日はケーキを用意できないと説明するメイアじゃったが、それを聞いた毛玉スライム達が落胆の声をあげる。

まぁ目の前に現物があるのに食べれぬのは残念じゃろうなぁ。

とはいえ、島の者達に配れるだけの量を揃えようと思うと、ガルの村の守り人や他の種族の分も用意せねばならん。

それだけの量はそもそも売っておらんしのう。

どこか農家から直接買い付けでもせんと……

と、そこでわらわはある果物の事を思い出した。

「そう言えば、そろそろモースアップルの時期ではなかったか？」

「あら、そう言えばそうですね」

そうじゃそうじゃ、モースアップルなら十分に島の者達の腹を満たす事が出来るぞ。

「魔王様ー、モースアップルってなにー？」

毛玉スライムが抑揚のない声で興味深そうに聞いてくる。

ホントこやつ等のイントネーションどうなっておるんじゃろな？

「モースアップルとは魔族領域に成る大きなリンゴでな、人族の領域で生る林檎の五倍くらいの大きさがあるのじゃよ」

「五倍ー？」

五倍と聞いて、全身の毛を膨らませ驚きを表現する毛玉スライム達。

「うむ、メイアよ、皆にリンゴのケーキを食べさせるためにリンゴ狩りとしゃれこむぞ」

「畏まりましたリンド様」

よし、久々のリンゴ狩りじゃ。

そんな訳でわらわ達は魔族領域にある森の入口へとやってきた。

「この辺りは辺境ですから、ヒルデガルド宰相の手も殆ど回っておりません。人里に近づかない限り、見つかる可能性はまずないでしょう」

流石はメイアじゃ。その辺りの気配りもしっかりしておるのう。

「ふむ、果実狩りか。守り人達の安全は我に任せるが良い」

と、ガルが守り人達の護衛を買って出てくれる。

確かに、守り人達は呼び名こそ勇ましいが、その実情はガルの世話係じゃから護衛は必要じゃろ。

「聖獣様に美味しい林檎を奉納するだよー！」

「任せるだー！」

守り人達がやる気に満ちた声を張り上げる。

「よーし、上手いリンゴを狩りまくるぜー！　森の中の採取なら俺達に任せてくださいよ姐さん!!」

そしてビッグガイ達ミニマムテイルも大はしゃぎじゃった。

どうやらいつもの森とは違う植生の森に冒険心が刺激されたようじゃの。

「ではゆくぞ皆の者!!」

「「「おおーっ!!」」」

「「「「キシャーーーッッ!!」」」」

「「「「何これぇーーーっ!?」」」」

意気揚々と森に入ったわらわ達じゃったが、その光景を見た瞬間、皆が叫び声をあげた。

「ん？　どうかしたのか？」

森の中はいつも通り、食人魔物果物の巣窟なのじゃが？

「ちょちょちょちょちょリンドの姉御、何なんスかアレは!?」

「何って食人魔物果物のモースアップルじゃよ？」

「「「「食人魔物果物ぅぅぅぅぅぅっ!?」」」」

皆何をそんなに驚いておるのかのう？

ちなみに食人、魔物植物ではなく、食人魔物、植物じゃ。魔物も食うぞ。

「シャァァァ!!」

わらわは襲ってきたモースアップルの攻撃を受け流すと、実を傷つけぬように枝から切り離す。

「ガチンガチン!!」

「このようにモースアップルは枝から切り離した後も暫く動き回るが……」

暫く待っているとモースアップルの動きが鈍くなってくる。

更に待つと、すぅと寝息を立てながら大人しくなったのじゃ。

「木からの栄養が届かなくなるとこのように休眠状態に入るのじゃ」

休眠状態に入ったモースアップルは大人しいもので、寝ている猫並みに安全になる。

「ただし、土の上に置いておくと、自分から土に潜って根を張り、近づく者を栄養にする為に襲う故、注意するんじゃよ」

「何でそんなおっかねぇ化け物を狩りに来たんですかぁーっ!!」

「デカくて食いでがあるからじゃよ」

「……そっすか」

　モースアップルは人族の領域の林檎に比べて大きい故、皆で食べるには丁度良いのじゃよ。

　まぁ魔族や魔物は大喰らいな種族も多い故、モースアップルで普通の林檎くらいの感覚の者も多いんじゃけどな。

「みな気を付けてリンゴ狩りをするのじゃぞー」

「「「「無理です」」」」

　何じゃだらしないのう。

　ああいや、毛玉スライムやミニマムテイルでは体の大きさが違う故、採取は難しいか。

「ふむ、久しぶりに尾を振るう機会が来たようだな」

「この大きさなら我等でも摘める」

　逆にガルやグランドベア達は嬉々としてモースアップルに向かってゆく。

「キシャアァァッ!!」

「グォォォン!!」

「グルルルルッ!!」

ガルとグランドベア達がモースアップルに向かって行き、爪や牙で器用に枝を切り裂いてモースアップル達を切り離す。

「お前達はモースアップルが動かなくなったら回収しろ！」

「は、はい！　分かりましただ！」

「お、おう、任せてくれ!!」

守り人とミニマムテイル達は、ガル達が狩ったモースアップルの回収に向かう。

「キシャアァァァァ!!」

「ひぃっ！　まだ動くだ！」

「ひえぇぇぇ！　おたすけー！」

完全に休眠状態になっていなかったモースアップルに襲い掛かられて慌てて逃げる守り人とミニマムテイル達。

まぁ枝から切り落とした時点で、凶暴さはともかく噛む力は大幅に減る故、放っておいても大した問題はないんじゃけどな。せいぜいが噛まれた部分に歯形が付くくらいくらいじゃ。

「ひぇーっ！」

「うひぃーっ！」

こうしてリンゴ狩りをした結果、わらわ達は美味なデザートを楽しんだのじゃったが……

「そーっ……つんつん」

暫くの間、果物を見るたびにミニマムテイル達が警戒するようになってしまったのじゃった。

《特別収録　魔王、果物狩りに行くのじゃ！／了》

あとがき

作者「元魔王様の南国スローライフ～以下略～をお買い上げ頂きありがとうございます!! 作者の十一屋です!!」
ヒルデガルド（以下ヒルデ）「いきなりタイトルを省略しないでください！ おっと、初めまして皆さま。私は魔王国宰相ヒルデガルドと申します。本作にて下剋上を成し遂げた女です」
作者「この作品はそうやって調子に乗ってるお前が悲鳴を上げる作品だよ」
ヒルデ「何でよ！ というか魔王様ピンピンしてるじゃないの!! 完全に舐めプじゃないの！」
作者「こんな風に悲鳴を上げます」
ヒルデ「うっさい！ そもそも何で私が主役じゃないのよ！ 嫌味な上司を下剋上とか主人公ムーブしてたでしょ？ 何であんな寸詰まりババァが主役なのよ！」
作者「（完全にかませ役ムーヴなんだよなぁ） ロリババァ良いだろ？」
ヒルデ「え？」
作者「のじゃのじゃ言うのじゃロリロリババァ良いよね、それがこの作品のコンセプトだ」
ヒルデ「コ、コンセプト……!?」
作者「そう、最初は普通に過労死系男魔王でプロットを進めていたんだけど……『男がモフモフに癒される光景って絵面的にキツいな。寧ろ幼女の方が絵にした時良くねぇ？ よし、ロリババァにしよう！』って変遷があった」

ヒルデ「理由が酷すぎる！」
作者「でもロリババァにしたら担当さんとの打ち合わせ一発で通ったし」
ヒルデ「しかも打ち合わせ通る前に原稿書き出してる!?」
作者「いやほら、さわりの部分でも実際の文章を見て貰った方がコンセプトを理解してもらいやすいじゃん？」
ヒルデ「その割には魔王様戦ってばかりじゃない？　ババァがモフモフに癒されるのがコンセプトなんでしょ？」
作者「ロリババァだ。その結果モフモフが集まっとるだろ？」
ヒルデ「(まさかの物理的ゲット)」
作者「とか言ってる間に時間になったので、お別れのご挨拶をば」
ヒルデ「本作を見出してくださった担当編集さま、挿絵を担当してくださったファルまろ先生」
作者「そしてこの本を手に取ってくださった皆様」
作者／ヒルデ「「ありがとうございましたー！」」
作者「次は2巻でお会いしましょう！」

十一屋翠

我輩は猫魔導師である
～キジトラ・ルークの快適チート猫生活～
1～4巻好評発売中！
猫神信仰研究会
nekogami sinkou kenkyuukai
画 ハム
転生したらチートな猫でした！
目指せ！三食昼寝付きのペットライフ！
©nekogami sinkou kenkyuukai

有郷葉
Arizato You
Illust. 黒兎ゆう
ジャガイモ農家の村娘、
剣神と謳われるまで。
1～2巻発売中！

転生貴族の異世界冒険録
～カインのやりすぎギルド日記～
原作：夜州
漫画：香本セトラ
キャラクター原案：藻
レベル1の最強賢者
原作：木塚麻弥
漫画：かん奈
キャラクター原案：水季
我輩は猫魔導師である
原作：猫神信仰研究会
漫画：三國大和
キャラクター原案：ハム

唯一無二の最強テイマー
～国の全てのギルドで門前払いされたから、
他国に行ってスローライフします～
原作：赤金武蔵　漫画：田村紘一
キャラクター原案：LLLthika
異世界還りのおっさんは
終末世界で無双する
原作：羽々音色　漫画：ダンタガワ
ジャガイモ農家の村娘、
剣神と謳われるまで。
原作：有郷　葉　漫画：たちまよしかづ
キャラクター原案：黒兎ゆう

元魔王様の南国スローライフ 1
～部下に裏切られたので、モフモフ達と楽しくスローライフするのじゃ～

発 行
2023年11月15日 初版発行

著 者
十一屋翠

発行人
山崎 篤

発行・発売
株式会社一二三書房
〒101-0003 東京都千代田区一ツ橋2-4-3 光文恒産ビル
03-3265-1881

印 刷
中央精版印刷株式会社

作品の感想、ファンレターをお待ちしております。
〒101-0003 東京都千代田区一ツ橋2-4-3 光文恒産ビル
株式会社一二三書房
十一屋翠 先生／ファルまろ 先生

Printed in Japan, ISBN978-4-8242-0029-7 C0093
※本書は小説投稿サイト「小説家になろう」（https://syosetu.com/）に
掲載された作品を加筆修正し書籍化したものです。